बदलाव के रियल हीरो

बदलाव के रियल हीरो

75 नायकों की प्रेरक कहानियाँ

एन. रघुरामन

प्रभात पेपरबैक्स
www.prabhatbooks.com

प्रकाशक

प्रभात पेपरबैक्स

4/19 आसफ अली रोड, नई दिल्ली–110002

फोन : 23289777 • हेल्पलाइन नं. : 7827007777

इ–मेल : prabhatbooks@gmail.com ❖ वेब ठिकाना : www.prabhatbooks.com

संस्करण

प्रथम, 2018

मूल्य

एक सौ पचास रुपए

अ.मा.पु.स. 978-93-5266-951-6

मुद्रक

आर–टेक ऑफसेट प्रिंटर्स, दिल्ली

★

BADLAV KE REAL HERO
by N. Raghuraman

Published by **PRABHAT PAPERBACKS**
4/19 Asaf Ali Road, New Delhi-110002

ISBN 978-93-5266-951-6

₹150.00

प्रस्तावना

इन मूक अग्रणियों का अभिनंदन!

हम जलवायु परिवर्तन का सामना करते हैं, विफल होती अर्थव्यवस्था को झेलते हैं, नेतृत्व संकट की बातें सुनते हैं, पानी की पाइपलाइन जैसे मामूली काम के लिए भी भ्रष्टाचार के मामलों के बारे में पढ़ते हैं, और इन सबके बीच जबरदस्त तकनीकी क्रांति को देख रहे हैं। ऐसा लगता है, जैसे हमारे आसपास की पूरी दुनिया परिवर्तन के दौर से गुजर रही है। कुछ वैसे ही, जैसे किसी किशोर के जीवन में ऐसा कुछ होता कि वह कुछ बनना तो चाहता है, लेकिन यह नहीं जानता कि बड़ा होकर वह क्या बनेगा।

लेकिन कुछ लोग पूरी तरह से एक नए और सशक्त रास्ते को आगे बढ़ने के लिए चुनते हैं। वे उस रास्ते पर चलने का निर्णय लेते हैं, जिसके लिए निडरता, नई सोच और साहसिक जीवन जीने के साथ ही नेतृत्व प्रदर्शन के अलावा सकारात्मक विचार की आवश्यकता होती है।

परिवर्तन के ऐसे स्रोत हमारे बीच ही रहते हैं। इस पुस्तक में वर्णित इन 75 लोगों ने अपने समाज और अपने जीवन में अपने ही अनोखे तरीके से व्यापक बदलाव किए हैं। साथ ही, ऐसे प्रयास किए हैं, जिनसे अपने आसपास की दुनिया को खुशहाल बना सकें। एक नजर डालिए कि कैसे उन्होंने अपने सामान्य तरीके से इसे संभव बनाया। उन्होंने चीजों को बेहतर बनाया। हम ऐसे समय में जी रहे हैं, जिसे ऐसे कई और लोगों की जरूरत है। इन्हें एक संग्रह में इकट्ठा करने का निर्णय उन लोगों को उत्साहित करना है, जो इस पथ पर चलने के इच्छुक हैं।

सुखद पठन की शुभकामनाएँ।

अनुक्रम

स्मार्ट बनने के समान ही महत्त्वपूर्ण है आदर्श बनना

हिमांशु पटेल ने कभी 'बिजली', 'ड्रेनेज', 'कानून-व्यवस्था' जैसे शब्दों का महत्त्व नहीं समझा था। 'वाई-फाई' और 'रिन्यूएबल एनर्जी' जैसे शब्द तो उन्होंने अपने गाँव पुसारी के पास के कस्बे में जाने से पहले सुने भी नहीं थे। यह अहमदाबाद से 90 किलोमीटर दूर 6,000 की आबादी वाला छोटा गाँव है। यहाँ उन्होंने अपनी पूरी शुरुआती पढ़ाई की थी, बिना मूलभूत सुविधाओं के। नए कस्बे में हिमांशु ने नई सरकारी योजनाओं के बारे में सुना और जब वे छुट्टियों में अपने गाँव गए तो स्थानीय लोगों को इस बारे में सलाह दी, लेकिन उन्हें नजरअंदाज कर दिया गया। बड़ों ने कहा कि गाँवों में कैसे काम होता है, यह समझने के लिए तुम अभी बहुत छोटे हो। इस बात से उन्हें बहुत चिढ़ हुई। अपनी पढ़ाई पूरी करने के दौरान उन्होंने बी.पी.एल. परिवारों की अवस्था को समझा। आधारभूत ढाँचे की कमी और अन्य कई बातों के बारे में जाना, जो गाँव में बदलाव लाने के लिए जरूरी हैं। यह बात समझ आ गई कि बदलाव लाने के लिए प्रभावशाली भूमिका की जरूरत होगी। ग्रेजुएशन पूरा करने के तुरंत बाद स्थानीय सरपंच का चुनाव लड़ा और 22 साल की उम्र में सबसे युवा सरपंच बने। यह वर्ष 2006 की बात है। 23 अलग-अलग समुदाय, 98 प्रतिशत अशिक्षित लोग, कृषि और डेयरी जैसे अपने दम पर किए जानेवाले व्यवसाय में लगे इन लोगों को कोई बात समझाना किसी भागीरथी प्रयास से कम नहीं था। पंचायत पर 1.2 लाख रुपए का कर्ज भी था। साथ ही, ऑफिस के बाहर ऐसे प्रभावशाली लोगों का जमावड़ा था, जो इस युवक को अस्थिर करना चाहते थे। पहले दो साल में उन्होंने हर सरकारी योजना का इस्तेमाल किया और गाँव के हर घर में टॉयलेट बनवाया। पक्की सड़कें बनवाईं, स्ट्रीट लाइट लगाई और जल वितरण की व्यवस्था की। लोग खुश थे कि उन्हें जो चाहिए था, वो मिला था। फिर गाँव की आत्मा को बरकरार रखते हुए शहरों जैसी अन्य सुविधाएँ यहाँ लाने का काम शुरू किया। इसमें पबिलक अनाउंसमेंट सिस्टम,

वाई-फाई, कचरा एकत्र करना, रिन्यूएबल एनर्जी सिस्टम, सी.सी.टी.वी. कैमरा, स्वास्थ्य सुविधाएँ, पी.पी.पी. मॉडल पर आर.ओ. पानी का प्लांट सहित कई सुविधाएँ हैं। सबसे बड़ी बात यह थी कि वे हर ग्रामीण के संपर्क में थे और 328 बी.पी.एल. परिवारों के जीवन में बदलाव ला रहे थे। फिर मातृ मृत्यु दर जैसे मुद्दों पर ध्यान दिया। वर्ष 2008 में गाँव में संपूर्ण टीकाकरण कराया। दुग्ध बैंक को दूध बेचने के लिए अपना ट्रांसपोर्ट सिस्टम तैयार किया। पहले महिलाएँ 5 किलोमीटर से ज्यादा पैदल जाकर यह काम करती थीं। फिर 100 युवाओं को सरपंच का चुनाव लड़ने के लिए ट्रेनिंग देने पर ध्यान केंद्रित किया। आखिर में युवाओं के लिए बिजनेस एवेन्यू शुरू किए, जहाँ वे अपना बिजनेस शुरू कर सकें और उन्हें इसके लिए राजधानी शहर अहमदाबाद जाने की जरूरत न हो। मेट्रो शहर में अपनी वेल्डिंग इलेक्ट्रो-रॉड फैक्ट्री शुरू करने की पूरी तैयारी कर चुके बी.टेक. ग्रेजुएट धवल रवींद्रकुमार चौहान ने आखिरकार पिछले सप्ताह कुछ कर्मचारियों के साथ अपना प्रोडक्शन शुरू किया है। जैसे-जैसे सेल्स और प्रोडक्शन बढ़ेगा, रोजगार भी बढ़ेगा।

इस गाँव में उनकी इस सफलता के बाद केंद्र का ध्यान इस ओर गया और करीब 1,000 महत्त्वाकांक्षी सरपंचों को उनकी मेंटरशिप में लाया गया।

इत्तेफाक से कई पुरस्कार जीत चुके पटेल के गाँव के मॉडल को उत्तर प्रदेश के सिद्धार्थ नगर जिले के छोटे-से गाँव हासनपुर और राजस्थान के बीकानेर से 150 किलोमीटर दूर स्थित मोमसार गाँव ने अपनाया है। पटेल का मानना है कि गाँव की समझदारी वहाँ सुविधाएँ जुटाने में नहीं है, बल्कि गाँववालों को उन सुविधाओं का महत्त्व समझाने और इनका जिम्मेदारी से इस्तेमाल करना समझाना है और फिर इसके जरिए पूरे समाज का विकास करना है। धवल की फैक्ट्री ऐसा ही एक उदाहरण है। हाल ही के वर्षों में यह ऐसा गाँव बन गया है, जहाँ अपराध बिल्कुल नहीं होते, क्योंकि सभी लोग अपनी जिम्मेदारी समझते हैं।

फंडा यह है कि छोटे गाँव के लिए सुविधाएँ जुटाना एक बार का काम है, लेकिन केवल 'आदर्श' गाँव ही इन सुविधाओं पर विकसित होकर अगले स्तर पर जा सकता है।

□

क्या आपने कभी किसी गाँव को आत्मनिर्भर बनने में मदद की है

कल्पना करें कि आप 7,500 फीट की ऊँचाइ पर अछूते पाइन और देवदार के वृक्षों की आगोश में हैं, जहाँ से गहरी खाई नजर आती है, जिसे दहाड़ती सुपिन नदी ने तैयार किया है और यह नदी टौंस नदी में बहुत सारा जल उड़ेलती है। टौंस नदी यमुना नदी की मुख्य सहायक नदी है। शांति इतनी गहरी है कि किसी जगह पर तो आपको पास में खड़े व्यक्ति की साँसें भी सुनाई देती हैं। हमारे देश के सबसे दूर मौजूद कलाप गाँव में आपका स्वागत है, जो उत्तराखंड के गढ़वाल क्षेत्र में मौजूद है। रोज की जिंदगी में ऑर्गेनिक खेती देखने के लिए यह बहुत अच्छी जगह है। इतनी दूर होने की कठोरताओं के कारण यहाँ के लोगों के लिए मेडिकल सहायता छोड़ दें तो रहने, खाने और पहनने की हर चीज खुद बनानी पड़ती है। टौंस घाटी के दूरवर्ती ऊपरी हिस्से में बसे 35 गाँवों के 20 हजार लोगों के लिए मेडिकल सहायता बहुत ऊँची लागत पर मिल पाती है, कोई 5,000 रुपए प्रतिदिन, जो प्रमुख बड़े शहरों में भी 500 रुपए से अधिक नहीं है। ऐसा सिर्फ इसलिए नहीं है कि सबसे नजदीक का अच्छा अस्पताल 210 किलोमीअर दूर देहरादून में है, बल्कि इसलिए भी कि उफनदी टौंस नदी को पार करने के लिए न तो सड़कें हैं और न पुल हैं। बेंगलुरू के पूर्व फोटो जर्नलिस्ट आनंद शंकर पहली बार इस गाँव में वर्ष 2008 में आए थे। इस जगह की अछूती सुंदरता और सरल-सीधे लोगों ने उनके दिल को छू लिया। उसके बाद वे कई बार वहाँ गए और आखिरकार वहाँ की हर चीज से उन्हें प्रेम हो गया। ऐसी ही एक यात्रा में उनकी मुलाकात बुखार में तपती एक बूढ़ी महिला से हुई। उन्होंने उसे पैरासिटामोल की गोली दी और जब उसका बुखार उतर गया तो वह अक्षरश: उनके कदमों में गिर पड़ी। इससे उन्हें एहसास हुआ कि कलाप में कभी कोई डॉक्टर नहीं आया था। वर्ष 2014 में उन्होंने वहाँ पहला हैल्थ कैंप लगाया, जिससे वे बहुत विचलित हो गए, क्योंकि पता चला कि कई गाँववालों को टी.बी. रोग था। तभी उन्होंने कुछ करने की ठानी और

फिर वहाँ बहुत कुछ बदल गया है। आनंद के इस वेंचर में स्टोरी टेलर फ्रेंड बेंगलुरू के ही मयूर चन्नागेरे की मदद मिली। उन्होंने गाँववालों के स्वास्थ्य संबंधी संघर्षों को दर्ज कर अब तक 19 लाख रुपए इकट्ठे किए हैं, जबकि वहाँ छोटा-सा अस्पताल शुरू करने के लिए अप्रैल 2018 तक 50 लाख रुपए इकट्ठे करने का लक्ष्य है। इस भावी अस्पताल ने तो हैल्थ केयर सेंटर के बतौर काम भी शुरू कर दिया है। कलाप ट्रस्ट ने शिक्षा को भी गंभीरता से लिया। मुश्किल से चल रहे सरकारी स्कूल को उनकी शिक्षण सुविधाओं की मदद मिलने लगी, जो स्कूल के नियमित घंटों के बाद शुरू होती है। छुट्टी और लंबे अवकाश के दिन शिक्षण का यह काम पूरे समय चलता है। वे बच्चों को अंग्रेजी भाषा का प्रशिक्षण देते हैं, ताकि बच्चे बाद के शैक्षिक जीवन में आसानी से अपने को एडजस्ट कर सकें। कठपुतलियों, गीत, कहानियों, प्रकृति की व्याख्या और बाहर की अनुभवगत शिक्षा के जरिये वे उन्हें गणित व विज्ञान सिखाते हैं। कलाप में बिजली का अभाव हमेशा ही बुनियादी ढाँचे संबंधी गंभीर खामी है। गाँव पॉवर ग्रिड से जुड़ा है, पर पॉवर लाइन इतनी कमजोर हैं कि समुदाय की आवश्यकताओं की पूर्ति नहीं कर पाती। इस ऊर्जा संकट को सुलझाने के लिए कलाप ट्रस्ट ने दीर्घावधि के समझौता-पत्र (एम.ओ.यू.) के जरिये मैसर्स इ.-हैंड्स एनर्जी प्राइवेट लिमिटेड के साथ गाँव के लिए अक्षय ऊर्जा मिनी ग्रिड स्थापित करने की पहल की है। इसके इस्तेमाल के लिए लोग प्रतिमाह एकमुश्त 200 रुपए की राशि दे रहे हैं। आनंद ने कम्युनिटी टूरिज्म प्रोग्राम भी शुरू किया है, जिससे स्थानीय लोगों को अच्छा रोजगार मिल जाता है। स्थानीय स्त्री-पुरुषों को माउंटेन गाइड और कैंप साइट पर खाना पकाने, मेहमानों की देखभाल करने आदि जैसी अन्य गतिविधियाँ अंजाम देने के लिए प्रशिक्षण दिया जाता है। ग्रामीण घरों में उपलब्ध कमरों का इस्तेमाल होम स्टे के रूप में किया जाता है। वहाँ आनेवालों को स्थानीय संस्कृति, ग्रामीणों से रू-ब-रू होने, स्थानीय व्यंजनों और आस-पास की सुंदरता का लुत्फ उठाने का मौका मिलता है।

फंडा यह है कि किसी गाँव को अपने पैरों पर खड़ा करने में मदद करने का प्रयास कीजिए और देखिए आपकी आँखों के सामने कैसे नया संसार खुलता है? हमारे देश में 6.50 लाख गाँव हैं और ज्यादातर में बुनियादी चीजों का अभाव है।

□

अच्छी पहल सिर्फ शुरू करनी होती है, रफ्तार तो यह अपने आप पकड़ लेती है

स्टोरी-1 : लंदन से 200 मील दूर छोटा-सा गाँव है, एश्टन हैज। अत्यधिक कम आबादी और व्यावहारिक स्तर पर नगण्य सरकारी सहायता के बावजूद यह गाँव दुनिया के सबसे ज्वलंत मुद्दे अपनी तरह से सुलझाने में अग्रणी बन गया है।

दस साल पहले पूर्व पत्रकार गैरी चारनॉक ब्रिटेन के ही वेल्स में जलवायु परिवर्तन पर आयोजित व्याख्यान सुनकर आए। उन्होंने 600 की आबादीवाले अपने गाँव के लोगों से कहा कि यदि वे भविष्य में दुनिया को हरा-भरा देखना चाहते हैं तो जीवन-शैली और रोजमर्रा के जीवन की आदतों में बदलाव महत्त्वपूर्ण है। आधे से भी कम लोग उनसे सहमत हुए, लेकिन वे हताश नहीं हुए। उन्होंने सहमति रखनेवाले लोगों के साथ मिलकर धीरे-धीरे जीवन-शैली में बदलाव लाने की शुरुआत की। धीरे-धीरे उन्होंने उन मशीनों को अपनी जिंदगी से विदा कर दिया, जो उनके जीवन पर हावी हो गई थीं। परिवहन का जरिया बदला। उन्होंने प्रकृति का श्रेष्ठतम तरीके से उपयोग करना सीखा। उनकी मेहनत और लगन रंग लाई और दूसरे भी उनका अनुसरण करने लगे।

ठीक दस वर्ष बाद आज गाँव के सारे 1,000 लोग ड्रायर का इस्तेमाल करने की बजाय रस्सी बाँधकर उस पर धुले कपड़े सुखाने लगे। बिजली के लिए उन्होंने सोलर पैनल लगाए और उनका इस्तेमाल शुरू किया। चूँकि ब्रिटेन एक ठंडा देश है, इसलिए ठंड से बचने के लिए हीटर का इस्तेमाल करने की बजाय उन्होंने मकानों को इंसूलेट करना शुरू किया। इसका सीधा परिणाम यह हुआ कि पिछले दस वर्षों में गाँव से निकलनेवाली ग्रीन हाउस गैसों की मात्रा 24 फीसदी कम हो गई। गाँव के सारे लोगों ने इसके अलावा भी बहुत से उपाय किए और वह भी बिना किसी सरकारी मदद के, सिर्फ अपने बलबूते पर। एश्टन हैज में कोई भी मकान बनाता है तो वह मकान हमेशा 'एनर्जी एफिशिएंट होम' यानी ऊर्जा का किफायती इस्तेमाल करनेवाला मकान ही होता है। वे आने-जाने के लिए बिजली से चलनेवाली कारें व साइकिलें इस्तेमाल करते हैं और अधिक पर्यावरण अनुकूल संसाधनों का इस्तेमाल कर प्रकृति के नजदीक रहकर जीवन जीते हैं।

इतना ही नहीं, यह छोटा गाँव अब 200 कस्बों, शहरों, महानगरों और देशों के लिए

एक उदाहरण बन गया है, जिनके प्रतिनिधि यहाँ आकर कार्बन उत्सर्जनहीन जीवन-शैली से सबक लेते हैं। कनाडा के ओंटेरियो का गाँव एडन मिल्स भी इसी राह पर चल पड़ा है। एश्टन हैज से सबक लेने के बाद कनाडा के गाँव ने कार्बन उत्सर्जन में 14 फीसदी कमी ला दी है।

स्टोरी-2 : वे मुंबई में दफ्तर जानेवाले हर व्यक्ति को लंच की डिलीवरी करते हैं और इसके प्रबंधन के लिए दुनिया भर में ख्यात हैं। खासतौर पर 'बिना गलतीवाली' उनकी डिलीवरी बहुत ही प्रसिद्ध है। काम बहुत बड़े पैमाने पर होता है। ये 5,000 लोग रोज 25 लाख से ज्यादा लोगों को ताजा भोजन पहुँचाते हैं। पूरी दुनिया उनके इस कमाल से वाकिफ है, लेकिन दुनिया को इस बारे में बहुत कम मालूम है कि इन 5,000 लोगों में कोई 300 डिब्बावाले एक अलग ही किस्म का ओवरटाइम करते हैं।

अपने कड़ी मेहनत के काम के बाद वे घर जाते हैं और बचा हुआ भोजन एकत्रित करने की कवायद करने के लिए खुद को तरोताजा करते हैं। यह भोजन एकत्रित करने के बाद वे उसे जरूरतमंदों को वितरित करने निकलते है। उनकी इस सेवा का फायदा लेनेवाले झुग्गी-बस्तियों में रहनेवाले गरीब लोग होते हैं, देश के विभिन्न भागों में कैंसर रोगियों के इलाज के लिए आए उनके परिजन होते हैं और बहुत से ऐसे लोग होते हैं, जो दो वक्त की रोटी का प्रबंध नहीं कर पाते। उन्होंने अपने इस काम को 'रोटी बैंक' का नाम दिया है। यह योजना 'मुंबई जीवन डिब्बे वाहतुक मंडल' के प्रवक्ता सुभाष तलेकर के दिमाग की उपज है।

रोटी बैंक बहुत कामयाब हुई है, क्योंकि मुंबई दुनिया की ऐसी महानगरी है, जहाँ आलीशान, गंगनचुंबी टॉवरों के साथ सबसे ज्यादा झुग्गी-बस्तियाँ भी मौजूद हैं। यह नफे-नुकसान से अलग हटकर किया जानेवाला काम संपन्न व अभावग्रस्त तबकों को अनोखे ढंग से जोड़ता है। अब बचे भोजन को एकत्रित करने के लिए डिब्बेवालों को फोन करनेवालों की संख्या बढ़ती जा रही है। इस कामयाबी ने गोदरेज जैसी कंपनी आगे आने के लिए प्रोत्साहित हुई है। उसने उन्हें विशेष साइकिलें दी हैं, जिसमें छोटे रेफ्रिजरेटर लगे हैं, ताकि भोजन खराब न हो सके। अन्य बहुराष्ट्रीय कंपनियाँ भी रोटी बैंक में मदद करने के तरीके खोजने में लगी हैं।

फंडा यह है कि किसी भी अच्छी पहल को बस शुरू करने की जरूरत होती है। कुछ समय बाद उससे जुड़ी चीजें अपने आप अपनी जगह लेने लगती हैं और पहल को आगे ले जाती हैं, क्योंकि ऐसी पहल का मूल चरित्र होता है 'अच्छाई'।

विचार बुरे अनुभव को भी स्मरणीय बना सकता है

अगस्त 2016 में वे मध्य प्रदेश के पन्ना में रविवार के बाजार में दो बच्चों के साथ यह पता लगा रही थीं कि अपने अगले फोटो शूट के लिए सबसे अच्छे स्थान कौन से हैं। यह देश की किसी भी अन्य मंडी की तरह थी, आस-पास के क्षेत्रों से आए ग्रामीणों से ठसाठस भरी हुई, जो अपनी सब्जियाँ बेच रहे थे और स्थानीय लोग भाव-ताव करने के साथ खरीदी कर रहे थे। अचानक एक लड़का दाईं ओर से आया और अपनी बाँह को इस मध्य आयु की महिला की ओर घुमाकर उसकी बाईं बाँह के ऊपरी हिस्से को छुआ—कम-से-कम दो बार—और तेजी से दाईं ओर से निकल गया। वे ऐसी महिला नहीं थीं कि ऐसी हरकत की अनदेखी कर दें। वे तेजी से उसकी ओर बढ़ीं और उससे रुखाई से पूछा कि उसने किस हक से उन्हें छूने की हिम्मत की। लड़के ने यह कहकर उन्हें चौंका दिया, 'आई एम अ मैन।' उस पल वे अचानक बहुत तैश में आ गईं। वे जोर-जोर से उस पर चिल्लाने लगीं। विदेशी लहजा, गोरी त्वचा और उनके पहनावे ने पूरे बाजार का ध्यान खींच लिया, लेकिन इसका उस युवक पर कोई असर नहीं पड़ा। वह खास 'जानते हो, मैं कौन हूँ' टाइप का लड़का था! पर जब उसे एहसास हुआ कि वह उसके 'गाँववाली' जैसी कोई महिला नहीं है और आस-पास के लोगों ने दबाव डाला तो उसने माफी माँगी। तब उन्होंने तय कर लिया था कि उस लड़के को वे थाने ले जाएँगी। वह उनके साथ थाने जाने लगा, जो सिर्फ 50 मीटर दूर था। वह जान-बूझकर आड़ा-तिरछा चलने लगा और अचानक एक दोस्त के स्कूटर पर कूदकर मुँह चिढ़ाता हुआ गायब हो गया।

वे थाने गईं और पाँच मिनट में 14 साल का लड़का पकड़ा गया। उसे समझ में आ गया कि वह मुश्किल में पड़ सकता है। उसके स्कूल टीचर सहित पूरा परिवार, मित्र सब इकट्ठे हो गए और खुद को अच्छे परिवार के जिम्मेदार सदस्य बताने लगे, लड़के के चरित्र का प्रमाण-पत्र देने लगे और आखिर में उसके खिलाफ कड़े कदम

उठाने का वादा करने लगे, किंतु जब उन्होंने पूछा कि सजा से उसमें क्या बदलेगा, तो उनके पास कोई जवाब नहीं था। फिर उन्होंने टीचर से पूछा कि उनके स्कूल में कितने बच्चे पढ़ते हैं तो टीचर ने कहा, ''1,000 से कुछ ज्यादा।''

यह वह क्षण था, जब एक आइडिया उनके दिमाग में आया। पुलिस अधिकारी से उन्होंने इस बात की पुष्टि कर ली कि वे चाहें तो कुछ दिनों बाद भी शिकायत दर्ज करा सकती हैं। उन्होंने पुलिस और परिवार को इस मामले को किसी अच्छी बात में बदलने का विचार दिया कि वे स्कूल में अभियान चलाएँ कि 'महिलाओं से अच्छा व्यवहार कैसे करें!' जिसमें आरोपी लड़का मुख्य भूमिका निभाए। मिलिए जर्मनी की उलरिक रेनहार्ड से, जो मध्य प्रदेश में लोगों की जीवन-शैली में छोटे-छोटे बदलाव लाकर गाँवों से शहरों की ओर हो रहे पलायन को रोकने के लिए काम कर रही हैं। वे 'जावर कैसल' नामक एन.जी.ओ. की संस्थापक हैं, जो पन्ना के निकट जानवार के ग्रामीणों के उत्थान के उत्थान के लिए काम करता है।

चूँकि गाँव में होटल थे नहीं, तो उलरिक ने लोगों को सुझाव दिया कि वे होम-स्टे निर्मित करें। अब गाँव में छह होम स्टे हैं और उन्हें चलानेवाले परिवार प्रतिमाह 5 हजार रुपए तक कमा लेते हैं, जो मोटे तौर पर उससे दो गुना है, जो वे पहले कमाते थे। शिक्षा व्यवस्था में सुधार, उद्यमशीलता को प्रोत्साहन ने जीवन की गुणवत्ता में सुधार किया है और उनमें 'उपलब्धि' का एहसास पैदा हुआ है।

उलरिक ने गाँव में एक स्केटबोर्ड एरीना बनाया, जिससे प्रोत्साहित होकर एक छोटा लड़का स्केटबोर्ड के छोटे मॉडल बनाकर पैसा कमाने लगा। एरीना ने बच्चों के लिए गाँव में ही दुनिया खोल दी। दो साल पहले वर्ल्ड स्केटिंग चैंपियनशिप के बाद यह छोटा-सा गाँव अब वैश्विक नक्शे पर है।

फंडा यह है कि एक विचार बुरी स्थिति को भी अच्छे अनुभव में बदल देता है।

अपने माता-पिता से दिन में कम-से-कम तीन बार बात करें

'गुड मॉर्निंग।' मैं जानता हूँ कि जब आपने यह पढ़ा तो मुस्कराए और खुद को मन-ही-मन में गुड मॉर्निंग कहा। 'गुड मॉर्निंग।' अब मुझे पता है कि आपकी भौंहें तन गई होंगी और मन में पूछा होगा, ''अरे, यह है क्या?'' 'गुड मॉर्निंग,' अब मैं जानता हूँ कि आप चिढ़ गए होंगे और यह पैराग्राफ छोड़कर दूसरे पर जाने की कोशिश कर रहे होंगे, यह चेक करने कि कोई प्रिंटिंग की गलती तो नहीं है। सही है न? यदि आप चिढ़नेवालों में से हैं तो आपको यह 'गुड मॉर्निंग' स्टोरी पढ़नी चाहिए। सोमवार को सुबह जब मैं मुंबई स्थित पवई लेक पर घूमने के लिए गया तो मेरे गृहनगर से आए मेहमान भी मेरे साथ आ गए। जब हम वहाँ सबसे पहले पहुँचनेवाले और सबसे आखिर में सूरज की गर्मी बढ़ने के बाद जानेवाले बुजुर्गों के समूह के पास से गुजरे तो मैंने उनमें से एक से पूछा, ''गुड मॉर्निंग अंकल, आपको सारे गुड मॉर्निंग मैसेज मिले या नहीं?'' उन्होंने प्रसन्नता से अपना सिर उठाया, मुझे सुबह का अभिवादन किया और कहा, ''हाँ भई हाँ, आज सब बिल्कुल समय पर थे।'' मेरे मेहमान को कुछ भी समझ में नहीं आया और वे मुझसे इस असामान्य-से वार्तालाप का मतलब पूछने लगे। वास्तव में यह '65 प्लस' नाम का छोटा व्हाट्सएप ग्रुप है, जिसमें 60 तो ग्रुप एडमिन हैं और 300 वे ज्यादा सदस्य हैं, जिससे हर ग्रुप एडमिन 5 सदस्यों से ज्यादा को मैनेज नहीं करता। से 60 एडमिन इन 6 लोगों को रिपोर्ट करते हैं और एक मैसेज भेजते हैं कि उन्हें सारे गुड मॉर्निंग मैसेज प्राप्त हुए। इस ग्रुप का नियम बिल्कुल सरल-सा है। उस ग्रुप में हर किसी को एक 'गुड मॉर्निंग' मैसेज हर दिन भेजना होता है। इसी प्रकार दोपहर बाद और रात को भी मैसेज भेजा जाता है। उसके बाद ही सदस्य चैटिंग कर सकते हैं, फोटो भेज सकते हैं और विचारों का आदान-प्रदान आदि कर सकते हैं। यह ग्रुप एडमिन का काम है कि वह हर दिन आवश्यक रूप से भेजे जाने वाले ये मैसेज चेक करे। यदि उन्हें एक भी मैसेज न

मिले तो उन 6 में से एक सदस्य को सतर्क कर दिया जाता है, जो दिन के ज्यादातर समय साथ रहने का प्रयास करते हैं। फिर वे मैसेज न भेजनेवाले के घर जाना अपना धर्म समझते हैं। मेरे मेहमान थोड़े चिढ़-से गए और कहने लगे, "हे ईश्वर, मुझे तो इन गुड मॉर्निंग मैसेज से नफरत है, जो हर सुबह मेरे फोन में सैलाब की तरह आते हैं। मुझे वाकई समझ में नहीं आता कि वे 300 लोग कैसे मैनेज करते हैं और वह भी दिन में 3 बार।" कुछ देर ठहरकर उन्होंने पूछा, "वे यह व्यर्थ का काम क्यों करते हैं और इससे कौन-सा उद्‌देश्य प्राप्त होता है?" उसका भी कारण है कि क्यों वे इस रस्म के बारे में इतने गंभीर हैं? हाल ही में जब उन्हें एक 70 वर्षीय महिला से मैसेज नहीं मिला तो वे तत्काल उनके घर गए और उन्हें पता चला कि उस सुबह उन्हें लकवे का हल्का दौरा पड़ा था। उन्हें समय रहते बुजुर्गों का यह ग्रुप तत्काल पास के अस्पताल ले गया और उनकी जान बचाई जा सकी। उन्हें अस्पताल में भर्ती कराए जाने के तीन घंटे बाद वह आया बेटा इन अनजान चेहरों को देखकर चकित रह गया, जिनसे वह जीवन में कभी नहीं मिला था। उसने पूछा, "क्षमा करें, पर मैं आप लोगों को पहचान नहीं पाया। मुझे नहीं लगता कि मैं आपसे कभी मिला हूँ।" चूँकि उन्होंने उसकी माँ को अस्पताल पहुँचाने में मदद की थी तो उसने अपने आप पर काबू रखा और पूछा, "सॉरी, पर आप मेरी माँ को कैसे जानते हैं?" फिर ग्रुप के एक सदस्य ने '65+' ग्रुप की जानकारी दी और उसके मिशन के बारे में विस्तार से बताया। फिर उन्होंने बताया, "आज सुबह हमें आपकी माँ से मैसेज नहीं मिला तो हम तत्काल उनसे मिलने गए और बाकी बातें तो आप जानते हैं।"

फंडा यह है कि अपने पालकों को पैसे से खरीदी जा सकनेवाली सुविधाएँ देना ही पर्याप्त नहीं है। हमें उनसे गाहे-ब-गाहे बात करते रहना चाहिए। फिर चाहे बातचीत सांसारिक बातों पर और हमें मिलनेवाले सैंकड़ों गुड मॉर्निंग मैसेज जैसी बोरिंग ही क्यों न हों।

□

दृढ़ विश्वास के साथ बच्चे बनाते हैं बेहतर समाज

तमिलनाडु के मदुरै जिले में छोटे गाँव थिरुवाथावुर के नजदीक कोई रेलवे स्टेशन नहीं है, लेकिन इस छोटे गाँव के लोगों की बरसों से एक आदत है, जिसका ये धर्म की तरह पालन करते हैं। वे हर मानसून के पहले गाँव के हर छोटे-बड़े तालाब को साफ करते हैं। इसमें कोई स्थानीय सरकारी तंत्र शामिल नहीं होता। लोग इसके लिए स्वेच्छा से काम करते हैं और हर परिवार से कम-से-कम एक सदस्य इसमें काम करने आता हैं। तमिल में इसे कहा जाता है—'ओरानी कप्पाथी', मतलब तालाबों की रक्षा।

तब प्राथमिक स्कूल में रहे राजामनिकम इस काम को साल-दर-साल करते रहे। उन्हें बताया गया था कि तालाबों को साफ करने से आस-पास के तालाबों को रिचार्ज करने में मदद मिलती है। वे खुद भी यह देखते, क्योंकि उनके घर के कुएँ में पानी का स्तर कभी कम नहीं होता। राजामनिकम बाद की पढ़ाई के लिए बाहर चले गए। जब लौटकर आए तो देखा कि स्थानीय पानी के स्रोतों पर प्रशासन ने हक जाता दिया है। इसका सीधा असर यह हुआ कि कई ग्रामीण पानी की किल्लत के बारे में बातें करने लगे हैं। पानी के स्रोतों को साफ रखने के उनके विश्वास ने पानी की छोटी-मोटी दिक्कतों को हल करने में मदद की।

फिर वर्ष 2015 में बाढ़ आई, जिसने तमिलनाडु की राजधानी को तैरते शहर में बदल दिया और इसके बारे में उनके साथियों में खूब चर्चा हुई। उन्होंने महसूस किया कि शहर में जल प्रलय का एक बड़ा कारण यह है कि आस-पास की जल संरचनाएँ खत्म हो गई थीं। या तो इनके ऊपर निर्माण हो गया था या इन्हें कृषि भूमि में बदल दिया गया था। पानी जमा करने के प्राकृतिक गड्ढे अवरुद्ध हो गए थे। फिर जब जोरदार बारिश हुई तो चेन्नई शहर बाढ़ से घिर गया। इस घटना से उनका बचपन का विश्वास और मजबूत हो गया कि हर छोटे और बड़े पानी के स्रोत को जीवित और साफ रखना चाहिए।

इस विश्वास के साथ जब वे आई.ए.एस. अधिकारी बने और कलेक्टर नियुक्त हुए तो उन्होंने केरल के एरनाकुलम की गंदी झील को साफ करने का काम किया। यह काम उन्होंने वर्ष 2016 के मानसून के पहले किया। उनकी टीम के कुछ सदस्य इसे लेकर चौकन्ने हो गए। कुछ स्थानीय लोगों को सफाई के उनके इस काम पर संशय हुआ।

जिस जगह वे कलेक्टर थे, वहाँ का उन्होंने शोध किया तो पता चला कि वर्ष 1980 में यहाँ 2,300 तालाब थे। धीरे-धीरे इनकी संख्या घटती गई और वर्ष 2015 में ये 800 ही बचे। आई.ए.एस. अधिकारी राजामनिकम के लिए यह समय जिले के तालाबों को फिर से साफ और जीवित करने का था। सफाई में मुख्य रूप से तालाब में से कीचड़ और कचरा निकालना शामिल था, ताकि इसकी जल संग्रहण क्षमता बढ़ाई जा सके और पानी को इंसानों के इस्तेमाल के लायक बनाया जा सके।

लेकिन जब इस आई.ए.एस. अधिकारी और उनकी टीम ने चार-पाँच तालाब साफ कर दिए तो उसके बाद स्थानीय लोग भी इनके काम में हाथ बँटाने लगे। देखते-ही-देखते इस पहल ने सामुदायिक पहल का रूप ले लिया। फिर जब तक उन्होंने वर्षा का जल संग्रहीत करने के लिए और तालाब बनाने का फैसला किया उनका तबदला केरल स्टेट रोड ट्रांसपोर्ट कॉर्पोरेशन के एम.डी. के पद पर हो गया।

सौभाग्य से उनके उत्तराधिकारी के.एम.वाई. सफीरुल्ला ने भी इस प्रोजेक्ट को आगे बढ़ाने का फैसला किया। इस साल उन्होंने 50 दिन में 100 तालाबों को साफ करने का लक्ष्य रखा है और इस लक्ष्य को हासिल करने के लिए गाँव, एन.जी.ओ., ग्रीन एक्टिविस्ट, स्थानीय लोगों, छात्रों, एन.एस.एन. के वॉलेंटियर्स ने भी इसमें हाथ बँटाना शुरू किया है। अब प्रशासन की योजना जिले के तीन सबसे अच्छे रख-रखाव वाले तालाबों के लिए एक पुरस्कार स्थापित करने की है। अच्छी बात यह हुई कि अच्छे आसार नजर आने लगे हैं और अब पूरा गाँव अपने लिए पानी की समस्या का समाधान करने लगा है।

फंडा यह है कि बच्चों में दृढ़ भरोसों के बीज रोपने चाहिए। उन्हें इसका अनुभव करने दीजिए और फिर देखिए कि कैसे वे भविष्य में समाज बनाते हैं।

आप कितने अनुकरणीय हैं?

याद है जब श्रीकृष्ण और अर्जुन सैर पर थे तो उन्हें एक भिखारी ब्राह्मण मिला और दया के वशीभूत होकर अर्जुन ने उसे सोने के सिक्कों से भरी थैली दे दी, जो चोरी हो गई, क्योंकि ब्राह्मण ने सड़क पर सिक्के मिलने की खुशी जाहिर कर दी थी। जब दोनों ने उसे फिर भीख माँगते देखा तो अर्जुन ने फिर उस पर दया दिखाकर उसे एक रत्न दिया और यह सुनिश्चित किया कि घर जाते समय वह रत्न सुरक्षित रहे। ब्राह्मण ने घर जाकर मिट्टी के एक घड़े में उसे छिपा दिया और सोने चला गया। नदी किनारे पानी लेने जाते समय आधे रास्ते में उसकी पत्नी के हाथों से घड़ा फूट गया। उसने घर लौटकर वही घड़ा उठाया, जिसमें रत्न रखा था। पानी लेते समय घड़े का रत्न नदी में गिर गया। नुकसान से अनजान वह पानी लेकर घर लौट आई। ब्राह्मण अपनी तकदीर को कोसता हुआ फिर भीख माँगने लगा और उसे फिर दोनों ने उसे भीख माँगते देखा। इस बार श्रीकृष्ण ने उसे ऐसा कुछ दिया, जो दो पैसे से ज्यादा का नहीं था। अर्जुन की उदारता की तुलना में श्रीकृष्ण का यह तुच्छ दान देखकर ब्राह्मण चकरा गया। घर लौटते समय उसने देखा कि एक मछुआरे ने अभी-अभी मछली पकड़ी है, जो जिंदगी बचाने के लिए तड़प रही थी। उसको मछली पर दया आई और श्रीकृष्ण के तुच्छ दान के बदले में उसने वह मछली खरीदी और सोचा कि कम-से-कम जान बचाने के लिए उसे मछली की दुआ मिलेगी। ब्राह्मण ने तत्काल मछली को भीख माँगने के कटोरे में डालकर उसे पानी से भर दिया और उसे पानी में छोड़ने के लिए नदी की ओर रवाना हो गया। तभी उसने देखा कि मछली ने कुछ उगला है—यह वही कीमती रत्न था, जो अर्जुन ने दिया था। खुशी से पागल होकर ब्राह्मण चिल्लाया, ''मिल गया, मिल गया।'' संयोग की बात है सोने की थैली चुरानेवाला पास ही कहीं था, जिसने सोचा कि ब्राह्मण ने उसे पहचान लिया है। राजा द्वारा सजा दिए जाने की आशंका से घबराकर उसने ब्राह्मण से दया की गुहार लगाते हुए उसे चोरी किए सिक्के लौटा दिए। अर्जुन को श्रीकृष्ण का यह आइडिया अपनाने लायक लगता है, लेकिन वह सवालिया नजरों से उन्हें देखता है। श्रीकृष्ण ने मुसकराकर कहा, ''दोनों बार जब तुमने

उसे कीमती चीजें दीं तो वह सिर्फ अपने आराम और अपनी जिंदगी को बेहतर बनाने के बारे में सोचता है। जब मैंने उसे दिया तो उसने किसी दूसरे प्राणी की तकलीफ के बारे में सोचा। सच कहूँ तो जब कोई व्यक्ति किसी अन्य के प्रति सहानुभूति दिखाता है और मदद करता है तो वह मेरा काम कर रहा होता है। जब वह मेरा काम करता है तो मैं उसका काम कैसे नहीं करूँगा?''

मुझे यह कहानी तब याद आई, जब मुझे गुरुवायुर स्थित सामाजिक कार्यकर्ता उमा प्रेमन के बारे में पता चला, जो केरल के अट्टाप्पडी आदिवासी क्षेत्रों के सरकारी स्कूलों में मैन्स्टुअल हाइजीन सुनिश्चित करने के लिए अनूठी योजना चला रही हैं। 'पिंक टॉयलेट' नामक इस पहल के तहत किशोरियों के लिए विशेष टॉयलेट सुनिश्चित किए जा रहे हैं। इस पहल की सराहना करते हुए छात्राओं ने प्रधानमंत्री नरेंद्र मोदी को पत्र लिखकर इस योजना का देश भर में अनुसरण करने का अनुरोध किया है। गत अक्तूबर में केंद्रीय आवास एवं शहरी मामलों के मंत्रालय में अंडर सेक्रेटरी गोपाल झा ने प्रत्येक राज्य व केंद्र शासित प्रदेश की 'स्वच्छ भारत मिशन' इकाइयों को आदेश जारी किया कि वे स्कूलों में 'पिंक टॉयलेट' बनाने की प्रक्रिया शुरू करें। इस आदेश में केंद्रीय विद्यालय संगठन को भी निर्देश दिए गए कि वह अपने स्कूलों में ऐसे टॉयलेट बनाए। उमा को खुशी है कि सरकार ने उसके विचार को देश भर में अपनाया है।

फंडा यह है कि यदि आपका काम अनुकरणीय है और उच्च पदस्थ लोग यदि आपकी कार्यों का अनुसरण करते हैं, तो निश्चित ही आप अनुकरणीय व्यक्ति हैं, जिसका मतलब है कि आपने एक उदाहरण पेश किया है।

□

यदि विचार ऊँचे हों तो नियति उनके लिए रास्ता साफ कर देती है

दृश्य-1 : अभी डॉक्टर उस 19 वर्षीय किशोर की अस्पताल के इमरजेंसी वॉर्ड में जाँच कर ही रहा था कि बताते हैं कि अस्पताल मैनेजमेंट के दो सदस्यों ने उससे कहा कि वह पहले 10 हजार रुपए जमा करे अथवा कहीं ओर चला जाए। जाहिर था कि उस लड़के के पास पैसे नहीं थे और डॉक्टरों ने पैसे जगा किए। ऐसी कई स्थितियाँ पैदा हुई थीं, जब न सिर्फ इस डॉक्टरों को बल्कि उसके ही बैच के सात अन्य डॉक्टरों को ऐसा लगा जैसे वे उनके अस्पताल प्रशासनों के पैसा बनाने के बिजनेस में मोहरे भर हैं। वे सारे युवा थे, उनके बहुत से सपने थे, जिम्मेदारियाँ थीं और जॉब से मिलने वाले वेतन से चलनेवाले परिवार थे। लेकिन, कई मौके ऐसे आते जब उन्हें अपने पेशे से तो कोई शिकायत नहीं होती, पर अपनी असहायता पर दुःख जरूर होता। इसलिए मदुरै के ये सात डॉक्टर गरीब, उपेक्षित और लंबे समय से बीमार रोगियों पर ध्यान देकर अपनी देखभाल, वक्त और पैसा लगाने लगे, वह भी मुफ्त में। कुछ अस्पष्ट से विचार के साथ 30 पार के इन डॉक्टरों ने अपने एक इंजीनियर मित्र के साथ 'ऐश्वर्यम ट्रस्ट' की स्थापना कर मुफ्त इलाज देनेवाले एक क्लीनिक की स्थापना की। इसके बाद उन्होंने मुदरै के आस-पास के गाँवों में समय-समय पर मेडिकल कैंप लगाने के साथ अन्य सेवाएँ देना शुरू किया। उनका दृढ़ संकल्प और समर्पण देखते हुए कई अन्य डॉक्टर मित्रों ने हैल्थ कैंपों, पेशेंट फॉलो-अप व सर्जरी में मदद करने के साथ अपने-अपने क्लीनिक व अस्पतालों में रियायती दरों पर उपचार करने की पेशकश की। बाद में इन सात डॉक्टरों ने अपने वेतन के पैसे इकट्ठे करके एक इमारत कराए पर ली और 12 बिस्तरों व अन्य न्यूनतम आवश्यकताओं की सुविधाएँ जुटाईं। बिना किसी औपचारिक घोषणा के वहाँ पूरी क्षमता से इलाज शुरू हो गया। वित्तीय रूप से कमजोर होने के बाद भी डॉक्टरों ने ठान लिया कि अब पीछे लौटने का सवाल ही नहीं उठता।

दृश्य-2 : अब 65 वर्ष के हो चुके आर. जलजा ने वर्ष 1994 में ही कस्टम

व सेंट्रल एक्साइज विभाग से स्वेच्छा से रिटायरमेंट ले लिया था। अब 72 वर्ष के हो चुके व तब बी.एस.एन.एल. में ए.जी.एम. टेलीकॉम उनके पति के. जनार्दन ने भी यही किया। उन्होंने सेवा निवृत्ति के बाद मिले पैसों से जमीन का छोटा टुकड़ा खरीदा और दोनों की 55 हजार की सम्मिलित पेंशन से जिंदगी चलने लगी, लेकिन उनकी रोज की जरूरतों—100 ग्राम चावल, 300 ग्राम सब्जियाँ, दो कप कॉपी और तीन चपातियों पर प्रतिमाह सिर्फ 10 हजार रुपए खर्च आता। घर के रख-रखाव पर तभी ध्यान दिया जाता, जब जरूरत हो। वर्ष 1995 में दोनों 'वैभव सेवा जे.जे. फाउंडेशन' का पंजीयन कराकर वृद्धाश्रम चलाने लगे। वहाँ गरीब परिवारों के 60 से 95 वर्ष आयु के दो दर्जन पुरुष और महिलाएँ रहते, जहाँ न सिर्फ उनके इलाज पर पैसा खर्च किया जाता, बल्कि दुनिया से विदा होने पर अंतिम संस्कार का भी खर्च उठाया जाता। वर्ष 2010 में अपने कमजोर स्वास्थ्य के कारण उन्होंने यह वृद्धाश्रम बंद कर दिया, पर छोटे-मोटे परोपकार के काम उन्होंने आज भी जारी रखे हैं।

दृश्य-3 : कुछ समय बाद वे डॉक्टरों के चैंबर में इंतजार कर रहे थे, जहाँ उन्होंने ऐश्वर्यम ट्रस्ट और युवा डॉक्टरों के संघर्ष के बारे में पढ़ा। वे डिस्पेंसरी से बाहर आए, जाकर उन डॉक्टरों से मिले और उनके सपर्मण से प्रभावित होकर घर लौटे। जमीन के कागजात उठाए और अस्पताल की सुविधाओं के निर्माण के लिए डॉक्टरों को दे दिए। इस साल मार्च में जनार्दन दंपत्ती ने पंजीयन की औपचारिकताएँ पूरी कीं और निर्माण शुरू कर दिया। परोक्ष रूप से वे युवा टीम का मार्गदर्शन करते, उन्हें निर्माण पूरा करने के लिए डोनेशन इकट्ठा करने में मदद करते। आज इस संतानहीन दंपत्ती के लिए यही युवा डॉक्टर उनके बच्चे जैसे हैं। अपनी खास किफायती और सादी जीवन-शैली के कारण वे गरीबों, जरूरतमंदों, बुजुर्गों और निराश्रितों की जरूरतों पर 23 से भी ज्यादा वर्षों से चुपचाप खर्च कर सके और उनकी तरह की सोच वाले इन डॉक्टरों के साथ नए जुड़ाव के बाद उनके भलाई के काम उनके पार्थिव जीवन के बाद भी जारी रहेंगे। उनके इस आपसी सहयोग को देखकर मदुरै के परोपकारी लोगों ने इस साझे उद्देश्य के लिए भोजन सामग्री, दवाइयाँ, कपड़े, पलंग, किराने का सामान आदि देना शुरू कर दिया है।

फंडा यह है कि यदि आपके विचार भले हैं तो नियति ऐसा मार्ग प्रशस्त करती है कि वे विचार आपके जाने के बाद भी जिंदा रहकर काम करते रहें।

□

अच्छाई बड़ी हो तो पोस्टल एड्रेस छोटा हो जाता है

जो बच्चे सरकारी स्कूलों में पढ़ते हैं, आमतौर पर गरीब पृष्ठभूमि के परिवारों से आते हैं और उनके लिए घर में या बाहर एकेडमिक सामग्री के अलावा किताबें नहीं होतीं। उनके लिए निश्चित रूप से लाइब्रेरी ही ज्ञान और रचनात्मकता तक पहुँचने की खिड़की होती है। हाल ही में अपनी दिल्ली की यात्रा के दौरान मैं एन.जी.ओ. 'प्रथम' के एक स्वयंसेवक से मिला। एन.जी.ओ. दिल्ली के 'प्रथम' 200 सरकारी स्कूलों में लाइब्रेरी चलाता है और हर लाइब्रेरी में 200 से 300 किताबें हैं। वर्ष 2003 में शुरुआत करने के बाद पिछले 14 साल से वह इन्हें चला रहा है, लेकिन अब चाहता है कि यह अपने स्तर पर चले। इनसे करीब 50 हजार बच्चों को फायदा हो रहा है। उस समय महाराष्ट्र के पुणे में प्रदीप लोखंडे का काम चर्चा में आया। वे कई ग्रामीण पुस्तकालय चलाते हैं। प्रदीप रूरल रिलेशंस के फाउंडर हैं और यह ग्रामीण भारत के छात्रों के लिए क्रांतिकारी है।

प्रदीप महाराष्ट्र के सतारा जिले के वाई गाँव से हैं। वे कॉमर्स ग्रेजुएट हैं और मार्केटिंग में डिप्लोमा किया है। जॉन्सन एंड जॉन्सन जैसी कंपनियों में काम कर चुके हैं। काम के दौरान उन्होंने और उनकी टीम ने कई तरह के डेटा जुटाए, जैसे—दुकानों की संख्या, क्या बिक रहा है, कितने टेलीविजन सेट हैं, गाँव में इंटरनेट कनेक्टिविटी है या नहीं आदि, ताकि पता चले कि ग्राहकों का व्यवहार क्या है और बाजार में क्या खरीदा जाता है ? मध्य प्रदेश, गुजरात और महाराष्ट्र के कई गाँवों में काम के सिलसिले में घूम चुके हैं। इस जानकारी के कारण उनका विश्वास बना कि गाँव के लोगों का ज्ञान बढ़ाने के लिए कुछ किया जाना चाहिए और उन्होंने 'ज्ञान-की इनिशिएटिव' के तहत गाँवों में सेकंडरी स्कूलों में लाइब्रेरी बनवाना शुरू किया। वर्ष 2001 में इसकी शुरुआत हुई। छात्रों की छात्रों के लिए यह एक विशेष तरह की लाइब्रेरी है। हर लाइब्रेरी एक छात्रा मैनेज करती है, जिसे ज्ञान-की मॉनीटर कहा जाता है। इसे दुनिया का सबसे

बड़ा ग्रामीण रीडिंग इनिशिएटिव भी कहा जाता है। वर्ष 2001 से ही उन्हें लोगों और कंपनियों की ओर से इस्तेमाल किए हुए कंप्यूटर मिलने लगे थे और उन्हें गाँव के स्कूलों में बुलाया जाने लगा। वर्ष 2009 तक महाराष्ट्र, गुजरात, मध्य प्रदेश, राजस्थान, उत्तर प्रदेश, उत्तराखंड, छत्तीसगढ़, तेलंगाना, आंध्र प्रदेश और कर्नाटक के 20 हजार गाँवों में 28 हजार डोनेटेड कंप्यूटर लगाए गए। अब वे या तो नए कंप्यूटर खरीद रहे हैं या आई. टी. कंपनियों से पुराने कंप्यूटर हासिल कर रहे हैं, जो तीन साल में बदल दिए जाते हैं। जब पुस्तकालय आकार लेने लगे, उसके बाद से आज तक ग्रामीण सेकंडरी स्कूलों में 3,600 ज्ञान की लाइब्रेरी स्थापित की जा चुकी हैं, वह भी 1,390 कार्यशील दिनों में। इनमें 8.5 लाख बच्चों को फायदा हो रहा है। हर लाइब्रेरी में कई विषयों की 180 से 200 तक किताबें हैं। करीब 6,25,000 किताबें इन लाइब्रेरियों को दी गई हैं। इनकी कीमत है करीब 1.56 करोड़ रुपए। इन पुस्तकालयों में मैनेजमेंट, डिजास्टर मैनेजमेंट, फिजिकल ट्रेनिंग, भारतीय संविधान, नाटक, संगीत, सामाजिक और यहाँ तक कि सेक्स एजुकेशन की किताबें भी हैं। खास बात यह है कि ये सभी स्थानीय भाषाओं में है। हर लाइब्रेरी आस-पास के करीब 270 ग्रामीण छात्रों के काम आ रही है। लोखंडे को नियमित रूप से आई.आई.एम. और दुनिया भर के अन्य मैनेजमेंट स्कूलों से प्रैक्टिकल मार्केटिंग स्ट्रेटजी पर बात करने के लिए बुलाया जाता है। लाइब्रेरी स्थापित करने के लिए डोनर को 6,700 रुपए का एक चैक पब्लिशर के नाम लिखना होता है, जो सीधे किताबें पहुँचा देता है और छात्रों को प्रदीप की टीम ट्रेनिंग देती है। छात्र किताब पढ़ सकते हैं और फिर सीधे डोनर को या उन्हें पोस्टकार्ड लिखते हैं। जब मैंने 54 साल के इस आंत्रप्रेन्योर से संपर्क करने के बारे में पूछा तो मुझे बताया गया कि मैं भी उन्हें एक सिंपल पोस्टकार्ड लिख सकता हूँ, जिस पर पता लिखना होगा—प्रदीप लोखंडे, पुणे-13। यह उन तक पहुँच जाएगा।

फंडा यह है कि जब सामाजिक कामों में योगदान बढ़ जाता है तो पोस्टल एड्रेस छोटा हो जाता है। इससे आपके काम का महत्त्व पता चलता है।

□

शिक्षा प्रमाण-पत्र दीवार पर लटकाने के लिए नहीं

स्टोरी-1 : यह कोई क्लासरूम नहीं है, खुला क्षेत्र है। फिर भी यहाँ 200 छात्र पढ़ते हैं और संख्या साल-दर-साल बढ़ती जा रही है। इस कम्युनिटी सेंटर और लाइब्रेरी में गंभीरता से पढ़ाई होती है। आर्थिक रूप से पिछड़े और प्राइवेट ट्यूशन या उचित शिक्षा से वंचित बच्चे यहाँ पढ़ते हैं। किताबों को यहाँ ताले में बंद नहीं किया जाता और न कोई इन्हें चुराता है। वर्ष 2013 में शुरुआत के बाद से पिछले तीन साल में यहाँ कोई चोरी नहीं हुई है। पिछड़ी जातियों के छात्रों को ऊँची जाति के बच्चों के साथ बैठने नहीं दिए जाने के कारण इसकी शुरुआत हुई थी, जबकि ये बच्चे भी अन्य बच्चों की तरह पढ़ना चाहते थे। एम.आई.टी. अमेरिका से इंजीनियरिंग ग्रेजुएट मनीष भारद्वाज अमेरिका की मोटी तनख्वाह की नौकरी छोड़कर बिहार आ गए थे। उद्देश्य था—टी.बी. के मरीजों की मदद करना। उनसे प्रभावित होकर आई.आई.टी., बॉम्बे के छात्र सूर्य प्रकाश राय ने यह लाइब्रेरी शुरू की—जिसका नाम है 'प्रयोग'। यहाँ वंचित बच्चों को हर शाम नियमित कोचिंग दी जाती है।

बिहार की राजधानी पटना से 200 किलोमीटर दूर गोपालगंज जिले में यह क्राउड फंडेड और समुदाय द्वारा चलाया जा रहा प्रोजेक्ट है। यह न सिर्फ क्लास में ऊँचे अंक हासिल करने में बच्चों की मदद कर रहा है, बल्कि उनका आत्मविश्वास भी बढ़ा रहा है, राय सप्ताह में एक बार इन जुझारू बच्चों को पढ़ाने के लिए दूरस्थ गाँव का दौरा करते हैं। बाकी दिनों में स्थानीय युवा इन बच्चों को पढ़ाने की जिम्मेदारी उठाते हैं। इसके अलावा वे एक और कार्यक्रम चलाते हैं—लाइट एन इग्नाइटेड माइंड। इसके जरिये अब तक 200 सोलर स्टडी लैंप बच्चों के लिए मुहैया कराए गए हैं। दरअसल, आर्थिक रूप से पिछड़े वर्ग के बच्चों के माता-पिता पैसा बचाने के लिए कई बार पढ़ाई के दौरान केरोसिन से जलनेवाले लैंप बुझा देते हैं। ये सोलर लैंप बच्चों को ताजी हवा में साँस लेने का अवसर भी देते हैं। राय मानते हैं कि अगर उनकी

शिक्षा दूसरे युवाओं को शिक्षित करने में काम नहीं आती है तो फिर इसका मतलब ही क्या है!

स्टोरी-2 : सर्टिफिकेट चाहे अमेरिका की हार्वर्ड म्यूजिक अकादमी का हो या ट्रिनिटी कॉलेज ऑफ म्यूजिक, चेन्नई का। अगर इन्हें सिर्फ दीवार पर टाँगने के लिए इस्तेमाल किया जा रहा हो तो इनका कोई मूल्य नहीं है। इनका कोई मकसद होना चाहिए। कम-से-कम 38 साल के ड्रमर मुरली कृष्णन तो यही मानते हैं। यही कारण है कि वे चेन्नई के पॉश मालापुर मार्केट में पिछले 14 साल से एक स्कूल 'जस ड्रम्स' चलाते हैं। यहाँ वे बच्चे ड्रम बजाना सीखने आते हैं, जो इसके लिए फीस नहीं दे सकते। तमिलनाडु की राजधानी चेन्नई में संगीत सीखना महँगा है और अब तक 800 से ज्यादा छात्र उनके स्कूल से ग्रेजुएट हो चुके हैं। इनमें से कइयों को पूरी स्कॉलरशिप दी गई है, लेकिन जो सबसे महत्त्वपूर्ण सीख इन्होंने अपने छात्रों को दी, वह है—आत्मविश्वास और ताल का आनंद लेने का हुनर। ऐसा अकसर नहीं होता कि जो काम आपको रोजमर्रा के जीवन में पसंद हो वो करने का मौका मिले और लोगों की जिंदगी को बदलने में भी मददगार हो। अगर आपका काम इस बात की इजाजत नहीं देता कि आप अपनी पसंद का काम कर सकें, जैसा कि मुरली कृष्णन ने किया, तो कम-से-कम सप्ताह में एक दिन तो इसे दे ही सकते हैं, जैसा कि सूर्य प्रकाश राय ने किया। फायदे में यह देख पाएँगे कि कितनी जिंदगियाँ सही दिशा में चल पड़ी हैं। कृष्णन और राय के लिए यह सिर्फ एक अनुभव नहीं है, एक यात्रा है।

फंडा यह है कि कॉलेज आपको पास होने का सर्टिफिकेट फ्रेम करवाने और हॉल में लटकाने के लिए नहीं देता है, बल्कि इनका इस्तेमाल इस तरह हो कि संस्थाओं में हासिल की गई आपकी शिक्षा की खुशबू हर ओर फैले।

□

कौन कहता है कि गुनाहों को धोया नहीं जा सकता

भारत-पाकिस्तान सीमा से सिर्फ 22 किलोमीटर दूर, 12-टेके गाँव, तहसील रायसिंह नगर, जिला गंगानगर, राजस्थान। 11 साल का एक लड़का खेत के काम में माता-पिता की मदद करता है। वह पढ़ने भी जाता है। क्लास लगती है, नीम के पेड़ के नीचे। यहीं उस बंजर इलाके में कुछ छाँव गिलती है। एक दिन पेड़ को रोग लग गया, तो चिंतित लड़का पिता से खेत में इस्तेमाल होनेवाला पेस्टिसाइड ले आया और स्प्रे कर दिया, जिसने पेड़ की जान ले ली। उसके मासूम दिल में अपराध बोध पैदा हो गया। उसने प्रायश्चित्त करने का निश्चय किया। उसने नीम के पेड़ के बिना पढ़ाई जारी रखी। वर्ष 2001 में वह बीकानेर में सरकारी डूंगर कॉलेज में लेक्चरर बना। कॉलेज में देखा कि गर्म हवा के कारण नीम के 30 पेड़ सूख रहे हैं। उसने उन्हें बचाने के प्रयास शुरू किए। साथ ही, कॉलेज परिसर में नए पेड़ भी लगाए। दो साल बाद उसे नेशनल सर्विस स्कीम में अतिरिक्त चार्ज भी मिला, जो युवा और खेल मंत्रालय के मातहत है।

बीकानेर से 15 किलोमीटर दूर हिम्मत गाँव में 15 दिन की छात्रों की एक ट्रिप में उन्होंने सूखा राहत काम देखे। इसमें काम के बदले अनाज दिया जा रहा था, लेकिन इसका दुरुपयोग हो रहा था, कोई भी काम नहीं कर रहा था। उन्होंने आपत्ति जताई और प्राकृतिक तालाबों की मरम्मत शुरू कर दी। 125 परिवारों के गाँव को बाहरी आदमी के काम करने में शर्मिंदगी महसूस हुई तो वे भी अभियान में शामिल हो गए। उन्होंने गाँववालों से वादा लिया कि वे कम-से-कम एक पेड़ घर में लगाएँगे। तब पूरे गाँव में सिर्फ पाँच पेड़ थे। उन्होंने अपने वेतन से पौधों की व्यवस्था की और अभियान को नाम दिया 'फैमिली फॉरेस्ट्री'। जब प्रिंसिपल गाँव के दौरे पर आए तो प्रभावित होकर उन्होंने अभियान जारी रखने को कहा। वर्ष 2007 में जिले को हरा-भरा करने की असली ग्रीन यात्रा गातसुखदेसार गाँव से शुरू हुई। यह गाँव बीकानेर से 100

किलोमीटर दूर है। हरियाली के प्रति उनकी दीवानगी के कारण कई गाँववाले अनुरोध करने लगे कि उनके गाँव में भी कैंप लगाएँ और मदद करें। इसमें कलेक्टर और ब्लॉक डेवेलपमेंट अधिकारी भी शामिल हो गए। अभियान के लिए फंड तो आ रहा था, परंतु यह अनियमित था, लेकिन उन्होंने कभी अपनी यात्रा रोकी नहीं और एक गाँव के बाद दूसरे को हरा बनाते रहे। वर्ष 2008 में शुरू हुई मनरेगा योजना से उनके अभियान को मदद मिली, जिससे वे पानी संग्रहीत करने के लिए टैंक बनाने लगे। 'मिड डे मील' योजना के तहत उन्होंने टीचर्स से अनुरोध किया कि वे बच्चों को नमक लगे जामुन दें और अगर बच्चे देखभाल का वादा करें तो उन्हें पौधे दें। हर रोज सुबह प्रार्थना में पेड़ों को पानी देने की बात भी हो।

मिलिए श्याम सुंदर ज्ञानी से। इन्होंने लोगों की मदद से 1.05 लाख पौधे सिर्फ 3.50 मिनट में रोपने का लिम्का बुक रेकॉर्ड बनाया है। वर्ष 2009 में राज्य ने ग्रीन राजस्थान को आगे बढ़ाया तो ज्ञानी ने अलग तरीका आजमाया। मुफ्त पौधे बाँटने के स्थान पर उन्होंने लोगों में इसकी माँग पता की, ताकि सिर्फ खानापूर्ति न हो। जो लोग पौधे लें, वे इनकी देखभाल भी करें। छात्रों और टीचर्स ने घर-घर जाकर सर्वे किया, जिसमें 2.93 लाख पौधों की माँग आई। यह माँग 2,231 स्कूलों और 2,086 गाँववालों की ओर से थी। पौधों के दम तोड़ने की दर कम करने के लिए, जो आमतौर पर 20 प्रतिशत होती है, ज्ञानी ने अपनी जेब से पैसा खर्च किया और अलग-अलग गाँवों में माइक्रो नर्सरी शुरू की। अभियान से चूरू, हनुमानगढ़, बीकानेर और गंगानगर को सबसे ज्यादा फायदा हुआ है। आज 2,100 गाँवों में माइक्रो नर्सरी है, जो अब तक 70 हजार से ज्यादा पौधे तैयार कर चुके हैं। ज्ञानी ने खुद अपने प्रयासों से 11 सालों में छह लाख पौधे लगाए हैं। अपने समर्पण के लिए राष्ट्रपति और राज्य की ओर से पुरस्कृत ज्ञानी का गलती से एक पेड़ मारने का प्रायश्चित्त आज तक जारी है।

फंडा यह है कि कौन कहता है कि कोई अपने गुनाहों को धो नहीं सकता? आप इस जीवन में इसे कई बार धो सकते हैं।

□

किसी मिशन को जन्म देना उसे टिकाए रखने जितना ही महत्त्वपूर्ण होता है

कुछ लोगों में वह उत्साह होता है कि जिससे वे अपने मिशन को साकार कर देते हैं, जबकि कुछ के पास ऐसा अद्‌भुत आइडिया होता है कि वे मरते हुए संस्थान या किसी चीज में जान फूँक देते हैं, किंतु आज यह सुनिश्चित करने के लिए दोनों जरूरी हैं कि आइडिया हमेशा टिकाऊ बना रहे। यह साबित करने के लिए दो उदाहरण पेश हैं।

मिशन को जन्म देना : अगरतला और करीमगंज के बीच दूरी मुश्किल से 250 किलोमीटर है, लेकिन टैक्सी को 10 घंटे लग जाते हैं। सड़कें ही इतनी खराब हैं। यदि आप अगरतला से गुवाहाटी और गुवाहाटी से सिलचर तक उड़ान भरें और फिर वहाँ से 45 मिनट की सड़क यात्रा करें तो उससे कम खर्च आएगा, जो पूरे 250 किलोमीटर की यात्रा के लिए टैक्सी ड्राइवर माँगेगा। खराब सड़कें अच्छी सड़कों की उपलब्धता व वहाँ तक पहुँच और 12 लाख की आबादी के लिए परिवहन के साधनों की ओर इशारा करती हैं। यही वजह है कि वहाँ इतने रिक्शा खींचनेवाले लोग हैं। मधुबॉन्ड नामक सुदूरवर्ती गाँव के रहनेवाले अहमद अली उन्हीं में से एक हैं। कहने की जरूरत नहीं कि वे निरक्षर हैं। उनकी दो पत्नियाँ और सात बच्चे हैं। अहमद अली और अन्य रिक्शा खींचनेवालों में इतना ही फर्क है कि वे जानते हैं कि निरक्षरता न सिर्फ उनके लिए, बल्कि जिले के सारे गाँवों के लिए अभिशाप है। उन्होंने निरक्षरता दूर करने में भूमिका निभाने का फैसला कर लिया और वह भी किसी को बताए बिना कि वे क्या करने जा रहे हैं, क्योंकि वे जानते थे कि कम-से-कम उनके गाँव की सारी बुराइयों की जड़ में शिक्षा का अभाव है और ज्यादातर परिवार निरक्षरता के कारण ही बहुत-सी समस्याओं का सामना कर रहे हैं। उन्होंने वर्ष 1978 में गाँववालों से छोटी-छोटी राशि में पैसे इकट्ठे कर एक निम्न प्राथमिक स्कूल खोला। धीरे-धीरे स्कूलों की संख्या सात हो गई और दूसरी तरफ पहले तीन निम्न प्राथमिक स्कूलों को एक के बाद एक

राज्य सरकार ने अपना लिया। वे अपने सारे बच्चों को अपने स्कूलों में शिक्षित करने में कामयाब हुए और इस तरह बच्चे वह हासिल कर पाए, जो वे अपनी पूरी जिंदगी में नहीं कर पाए थे, किंतु जब उन्होंने नौवाँ स्कूल खोला तो गाँववालों ने विरोध किया। सोच सकते हैं किसलिए? इस स्कूल को उनका नाम देने के लिए! इसलिए नौवें स्कूल का नाम रखा गया 'अहमद अली हाई स्कूल', जिसे स्थानीय विधायक कृष्णेंदू पाल ने केंद्रीय अल्पसंख्यक मामलों के मंत्रालय के मल्टी सेक्टरल डेवेलपमेंट प्रोग्राम फंड से 11 लाख रुपए मंजूर किए। सत्तर वर्षीय अहमद का लक्ष्य अपने गाँव में कम-से-कम 10 शिक्षा संस्थान स्थापित करने का है।

आइडिये को टिकाऊ बनाना : पिछली फरवरी में सहायक शिक्षक संजीव एन ने 15,000 रुपए लागत के सैंकड़ों पौधे अपने स्कूल को दान में दिए। आज जिस चार एकड़ पर यह स्कूल स्थित है, उसमें सुपारी के 6.50 झाड़, नारियल 50 के पेड़, केले के 650 झाड़ और कई तरह के फल, सब्जियों और फूलवाले पेड़-पौधे हैं। जल्द ही दक्षिण कन्नड़ जिले के बँटवाल स्थित मिथुर का यह शासकीय अपर प्राइमरी स्कूल सालाना 3 लाख रुपए की कमाई करने लगेगा। इस स्कूल में केवल सात शिक्षक और पहली से आठवीं कक्षा के कुल 112 छात्र हैं। सब्जियों का बगीचा मध्याह्न भोजन के लिए सब्जियों की जरूरत पूरी करता है। स्कूल ने बोर वेल (नलकूप) की रीचार्जिंग और वर्षा जल के दोहन की तकनीक अपना ली है। चूँकि पास से ही रेलवे लाइन गुजरती है तो रेलवे ने लड़कियों के लिए टॉयलेट बनाने के लिए पैसा दिया है। इस साल गठित पुराने छात्रों के संघ ने कुछ दान प्राप्त किया है। संभावना है कि इसका उपयोग डाइनिंग हॉल और लड़कों के लिए टॉयलेट बनाने में किया जाएगा, लेकिन स्कूल में बड़ा 360 डिग्रीवाला अपग्रेडेशन तो इस साल फलों की पहली फसल की बिक्री होने पर आएगा।

फंडा यह है कि आपके पास जो कभी था ही नहीं, उसे बनाने के लिए आप में जुनून होना आवश्यक है, लेकिन इसे बनाए रखने के लिए आप में प्रतिबद्धता भी होनी चाहिए।

□

हमदर्दी स्कूली बच्चों से वह करवा सकती है, जो सरकार भी न कर सकी हो

कल्पना कीजिए कि आप अपने 9वीं या 12वीं में पढ़नेवाले बच्चे को कुछ दिनों के लिए अपने पैतृक गाँव तथा ग्रामीण भारत दिखाने के लिए पिकनिक पर ले जाएँ। फिर आप देखें कि यहाँ अस्वच्छ पेयजल पहले से ही ग्रामीणों के स्वास्थ्य पर बुरा असर डाल रहा है तो आप क्या करेंगे? जाहिर है, आप-हम जैसे कोई भी केयरिंग पेरेंट स्कूल जानेवाले अपने बच्चे के लिए यह सुनिश्चित करेंगे कि उसे वहाँ ठहरने के दौरान स्वच्छ बोतलबंद पानी मिले, फिर उसकी लागत कुछ भी क्यों न हो अथवा गाँव में होने के दौरान स्वच्छ जल के लिए कितने ही प्रयास क्यों न करने पड़ें। ठीक यही 12वीं पढ़नेवाले दो और 9वीं में पढ़नेवाले एक बच्चे के पालकों ने किया, लेकिन इससे वे बच्चों को उनसे व गाँववालों से प्रश्न पूछने और उस बोर-वेल पर जाने से नहीं रोक सके, जहाँ से गाँववाले पेयजल लेते थे। वे उन्हें जमीनी हकीकत जानने, आँकड़े जुटाने और व्यापक योजना बनाने से भी नहीं रोक सके। अपने सर्वे में इन तीनों स्कूली छात्रों को एहसास हुआ कि उनकी उम्र व इससे नीचे के भी ज्यादातर छात्र प्रदूषित जल से बढ़ती स्वास्थ्य समस्याओं के कारण स्कूल से गायब रहते हैं। सारे बोर-वेल के पानी में फ्लोराइड व लवण अधिक मात्रा में थे। जिस गाँव में वे गए थे, वहाँ 819 सदस्यों वाले 191 परिवार रहते थे, जिन्हें प्रतिदिन कम-से-कम 2,000 लीटर स्वच्छ पेयजल की जरूरत थी। बुनियादी जानकारियों से लैस तीनों बच्चे स्थानीय सरकार के पास गए, जिसने उन्हें फिल्ट्रेशन के लिए आवश्यक जमीन दे दी। निर्माण और अन्य कार्यों के लिए उन्होंने सप्लायरों से सारी सुविधाएँ बिना मुनाफे लागत की कीमत पर देने का अनुरोध किया और वे मान गए। इन वादों और तय कीमत के साथ उन्होंने एक कॉस्ट शीट तैयार की। प्रतिदिन 2,000 लीटर पानी देनेवाले रिवर्स ऑस्मोसिस

(आर.ओ.) फिल्ट्रेशन प्लांट की लागत 8 लाख रुपए के करीब आई। जब छात्रों के पास जगह हो गई और प्लान बन गया व अनुमानित लागत का भी अंदाजा हो गया तो अब अगली सबसे बड़ी चुनौती आवश्यक पैसा जुटाने की थी। पहले तो उन्होंने कुछ जाने-माने फाउंडेशंस को पत्र लिखे और उन्हें अपने प्रोजेक्ट और उद्देश्य के बारे में बताया। कुछ पत्रों का असर हुआ, जबकि कई बेकार भी रहे। वादे करनेवाले ज्यादा नहीं थे, पर उस आधार पर उन्होंने चैरिटेबल ट्रस्ट स्थापित करने का विचार किया, जिससे उन्हें किसी से भी पैसा लेने का अधिकार मिल जाता, किंतु अब समस्या यह थी कि वे सभी नाबालिग थे। इसलिए उन्होंने अपने पालकों की मदद से ट्रस्ट का रजिस्ट्रेशन कराया, लेकिन ट्रस्ट से जुड़े सारे काम—एकाउंट्स से लेकर ऑडिट और प्रोजेक्ट का ब्ल्यू प्रिंट बनाने तक।

फिर छात्रों ने अपने चैरिटेबल ट्रस्ट के माध्यम से पैसा इकट्ठा करना शुरू किया और शहर के विभिन्न परोपकारी लोगों से संपर्क किया। उन्होंने ऐसे मित्रों, परिचितों से भी संपर्क किया, जो मदद करने के इच्छुक हो सकते थे। पूरी राशि का अंतिम हिस्सा ऑन लाइन क्राउडफंडिंग से जुटाया गया। फिर प्रोजेक्ट शुरू हुआ। छात्रों ने ठीक उस तरह से प्रोजेक्ट किया, जैसा सरकार ने किया होता। पाँच रुपए का सिक्का किसी भी गाँववालें को 20 लीटर स्वच्छ पेयजल मुहैया कर सकता है और इस तरह से इकट्ठा किया गया पैसा जिला पंचायत के पास जाता है, ताकि प्लांट के रख-रखाव पर खर्च किया जा सके। नए आर.ओ. सिस्टम का 28 दिसंबर, 2017 को उद्घाटन हुआ। उन्हें यह प्रोजेक्ट साकार करने में पूरा एक साल लगा। उन्होंने इसे किसी बाहरी प्रेरणा के बिना किया, क्योंकि उनके भीतर अपार हमदर्दी थी। बच्चों में हमदर्दी पैदा कीजिए और बच्चों को उस तरह का फर्क पैदा करने का मौका दीजिए जैसा 12वीं में पढ़नेवाले तरुण कुमार रेड्डी व सुक्रुत कृष्ण कुमार और 9वीं में पढ़नेवाले सुप्रीत कृष्णा कुमार ने कर्नाटक के गाँव हेग्गनहल्ली के लिए किया, क्योंकि देश में 6,50,000 गाँव हैं और उनमें से ज्यादातर में अन्य बड़े सामाजिक मसलों के साथ सुरक्षित, स्वच्छ पेयजल का भी अभाव है।

फंडा यह है कि हमदर्दी बच्चों को वह करने के लिए प्रेरित कर देती है, जो कभी-कभी सरकार तक नहीं कर पाती।

दुनिया को चाहिए नई सोचवाले नए नेता

छप्पन साल के बद्री को नई दिल्ली में कंस्ट्रक्शन वर्कर के रूप में काम करना पसंद नहीं था। उनका गाँव राजस्थान के अलवर के नजदीक है और यह दिल्ली से भी पास है। चूँकि गाँव के कई वर्षों से पानी की कमी थी, इसलिए बद्री गाँव छोड़ने पर मजबूर हुए। क्षेत्र में सूखे से बद्री जैसे कई लोग परेशान थे। कुएँ और नदियाँ सूख गई थीं, जगीन सूख गई थी और फसल मुर्झा गई थी। लोग काम की तलाश में शहरों की ओर निकल गए थे। एक दिन किसी ने बद्री को बताया कि गाँव के कुएँ पानी से भर गए हैं। पानी आने से खेती शुरू हो गई है। बद्री और उनके जैसे लोग, जो काम के लिए शहर चले गए थे, खेती के लिए वापस आ गए। महिलाओं और बच्चों को कई किलोमीटर दूर पानी लेने के लिए भटकने से मुक्ति मिल गई। लौटने पर उनकी मुलाकात मिरेकल मैन राजेंद्र सिंह से हुई। सिंह विकास को लेकर जुनूनी हैं और उन्होंने अनुभव किया है कि विकास का कोई भी काम तभी हो सकता है, जब पानी की समस्या का समाधान हो जाए। इसलिए उन्होंने गाँव के सूखे तालाब को साफ करना चाहा। वे जोहड़ बनाना चाहते थे। यह एक तरह का चेक डेम होता है। उनके दोस्त अपने हाथों से तालाब खोदने के लिए राजी नहीं थे। स्थानीय युवकों ने भी उनके समझाने के बावजूद व्यापक महत्त्व के इस काम से दूरी बनाए रखी। उन्होंने इसे पागलपन भरा प्लान बताया।

सात महीने तक एक छोटी टीम के साथ काम करने के बाद उन्होंने गोपालपुरा गाँव के तालाब को हाथों से खोदकर गहरा किया। उस साल जब बारिश आई तो गाँव के हर व्यक्ति को समृद्ध कर दिया। इस सफलता ने एक 'वॉटर मैन' को जन्म दिया। राजेंद्र सिंह का जन्म उत्तर प्रदेश के दाउला गाँव में हुआ था। परिवार के दोनों पक्ष राजपूत परिवारों से हैं और जमींदारी प्रथा से उनका ताल्लुक है। उनके दायरे में सैंकड़ों एकड़ जमीन आती है। वर्ष 1974 में 'गांधी पीस फाउंडेशन' के एक सदस्य घर आए थे और उन्होंने राजेंद्र सिंह के युवा दिमाग को खोल दिया कि गाँव के विकास में ही देश का विकास छिपा है। कई सालों तक गाँवों में विकास के काम करने के

बाद राजेंद्र सिंह को यह समझ में आया कि गाँवों का विकास पूरी तरह जल संसाधनों पर निर्भर है। इस तरह वे और उनके कुछ दोस्त राजस्थान के उस गाँव पहुँचे। चेक डेम के एक सफल प्रयोग ने गाँववालों का ध्यान खींचा और अचानक यह वन मैन आर्मी स्वयं सेवकों की फौज में तबदील हो गई। हजारों लोग साथ काम करने के लिए आने लगे।

किसानों को पैसा उधार देकर उनका उत्पीड़न करनेवाले साहूकार राजेंद्र के खिलाफ षड्यंत्र करने लगे। कुछ इंजीनियर और स्थानीय नेताओं को लगता था कि अनपढ़ गाँववालों को तालाब बनाने का कोई अधिकार नहीं है। उन्होंने साहूकारों का साथ दिया, लेकिन सभी तरह के विरोध रुक गए, जब गाँववाले एकजुट होकर खड़े हो गए और सरकार को नर्म होना पड़ा। जब से उन्होंने सूख चुके तालाबों को फिर से जीवित करने के लिए गाँव-गाँव जाना शुरू किया है, वे 1,000 से ज्यादा गाँवों में जा चुके हैं। देश भर के रूपारेल, सारसा, भागानी और जहाजवालों जैसे कई गाँवों में लाखों लोगों का जीवन बदल चुका हैं। आज इन गाँवों में पशुधन के लिए पीने के पानी का संकट नहीं है। यहाँ तक कि गरमी के एकदम सूखे दिनों में भी किसान काम करते हैं और गेहूँ और सब्जियों की फसलों की खेती साल भर करते हैं। राजेंद्र सिंह अपने प्रयासों के लिए कई राष्ट्रीय पुरस्कार जीत चुके हैं। उनके प्रयासों को अफ्रीका में भी अपनाया जा रहा है। उनका मानना है कि आनेवाले तीन दशकों में जल बचाना हर कहीं जरूरी हो जाएगा।

फंडा यह है कि नए जमाने को नए नेताओं की जरूरत है, जो टिकाऊ विकास के बारे में सोच सकें और यह सिर्फ प्रकृति की मदद से ही संभव है।

□

अच्छे काम कठिन तो होते हैं, पर इनसे व्यापक सामाजिक लाभ मिलता है

उनका जन्म वर्ष 1930 में धार रियासत में हुआ था। यह क्षेत्र अब मध्य प्रदेश में आता है। उनके पिता बागवानी विभाग के प्रमुख थे। चार बच्चों में दूसरे नंबर की संतान के रूप में वे सामान्य छात्र ही थे, जब तक कि कॉमर्स के टीचर ने उन्हें महात्मा गांधी के बारे में नहीं बताया था। कुछ समय बाद सैनी विनोबा भावे के संपर्क में आए और उनके मार्गदर्शन में कई गांधीवादी संस्थाओं में काम किया। इसमें भील जनजाति के लिए बनी एक संस्था भी थी। इस तरह वे भावनात्मक रूप से इन लोगों के नजदीक आए। शिक्षा तो इनके लिए बहुत दूर की बात थी। फिर उन्होंने खबर पढ़ी कि बस्तर की कुछ आदिवासी लड़कियाँ स्थानीय मेले से लौट रही थीं और गुंडों ने उन्हें परेशान किया तो लड़कियों ने बदमाशों की हत्या कर दी।

इस खबर ने उन्हें अंदर तक झकझोर दिया। उन्होंने सोचा कि अगर लड़कियों को शिक्षित कर उनकी ऊर्जा को सकारात्मक दिशा दी जाए तो ऐसे अपराध रुक सकते हैं। इसके बाद उन्होंने अपने गुरु विनोबा भावे से लड़कियों का आश्रम शुरू करने की इजाजत माँगी, लेकिन इसे नकार दिया गया, किंतु बाद में उनकी जिद के आगे विनोबा भावे नर्म पड़ गए। पहचान के लिए तत्कालीन मुख्यमंत्री श्यामाचरण शुक्ला के हाथ का लिखा खत लेकर 46 साल के धरमपाल सैनी, जिन्हें लोग प्यार से 'ताऊजी' कहते थे, बस्तर पहुँचे। उन्होंने दिमरापाल गाँव पर ध्यान केंद्रित किया। गाँव जगदलपुर जिला मुख्यालय से 11 किलोमीटर दूर है। यहाँ साक्षरता दर सिर्फ एक प्रतिशत थी। तब अधिकारियों ने उन्हें चुनौती दी थी कि सरकार ने 80 छात्राओं की स्वीकृति दी है, आप तो सिर्फ 8 छात्राओं को पढ़ाकर दिखा दें। उनका कहना सही था। छह महीने में उन्हें सिर्फ 5 छात्राएँ मिल पाईं। ताऊजी ने छात्राओं को रहवासी स्कूल में पढ़ाई के साथ खेती सिखाना शुरू कर दिया। इससे लोग लड़कियों को स्कूल में भर्ती करने के प्रति आकर्षित हुए, क्योंकि उन्हें लगा कि पढ़ाई के साथ-साथ खेती

सीखने से उनकी परंपरागत जड़ें भी कमजोर नहीं होंगी।

अब सीधे वर्ष 2016 में आ जाते हैं। आज बस्तर में लड़कों के 16 स्कूल और लड़कियों के 21 स्कूल चल रहे हैं, जो हजारों आदिवासी बच्चों को स्कूली शिक्षा हासिल करने में मदद कर रहे हैं। आश्रम नक्सल प्रभावित क्षेत्रों में हिंसा और कठोर सच्चाइयों से जूझने में लड़कियों के लिए शरण स्थल गए। यहाँ उन्हें अपने लिए नया जीवन बनाने का अवसर मिला। ताऊजी का माता के नाम शुरू किए गए माता रुक्मणी देवी आश्रम में 350 लड़कियाँ रहती हैं। इनमें से 150 देश भर में खेल स्पर्द्धाओं में भी हिस्सा लेती हैं। 30 से 40 लड़कियाँ यहाँ साल भर ट्रेनिंग लेती हैं। ताऊजी का मानना है कि खेल ऊर्जा को गलत दिशा में जाने से रोककर सही दिशा देते हैं, इसलिए ताऊजी दिमरापाल गाँव में खेल क्रांति लाए। साथ ही, साक्षरता दर को भी 1 से बढ़ाकर 65 प्रतिशत पर ले गए। आदिवासी समुदाय का देखने का नजरिया और जीवन स्तर तब से अब तक 360 डिग्री बदल चुका है। जीवन में ऊपर उठना ही कई लड़के और लड़कियों का लक्ष्य है, जबकि पहले उनके पास कोई दिशा नहीं थी। सबकुछ बदल चुका है—बातचीत करने के तरीके से लेकर लक्ष्यों के प्रति आशाएँ और उन्हें हासिल करने तक। 87 साल के वृद्ध के समर्पण से यहाँ बड़ा परिवर्तन आ गया है। इसके पीछे इस स्वतंत्रता सेनानी की 40 साल की कड़ी मेहनत है। किसी ने व्यंग्य किया था कि दूध बाँटने के लिए गली-गली जाना पड़ती है, दरवाजे पर दस्तक देनी पड़ती है, लेकिन शराब की दुकानें तो लोगों को अपनी ओर खुद खींचती हैं।

फंडा यह है कि अच्छा काम करना मुश्किल होता है, लेकिन समाज पर इसका बहुत व्यापक और बेमिसाल असर होता है।

□

हमारे बच्चों के लिए सर्वश्रेष्ठ तोहफा है–स्वच्छ पर्यावरण

स्टोरी-1 : जमशेदपुर का युवक दीपक मछली विक्रेता परिवार से है, लेकिन विज्ञान और रोबोट में रुचि होने के कारण वह ऐसी स्वचालित सिंचाई प्रणाली विकसित कर राका है, जो पौधों को समय पर पानी देने में मदद करती है, फिर चाहे लोग काम में व्यस्त हों या घर के बाहर गए हों। इतना ही नहीं, एक सप्ताह पुरानी ये प्रणाली ठिबक सिंचन (ड्रिप इरिगेशन) का उपयोग कर पानी की बर्बादी भी रोकती है। यूजर द्वारा सेट किए समय पर यह अपने आप पौधों को पानी देना बंद कर देती है। टाइमर पानी को निर्धारित समय तक बहने देता है और उसके बाद वॉल्व बंद हो जाता है। यह प्रणाली ऊँचाई की दिशा में विकसित बागवानी के लिए भी उपयोगी है।

स्टोरी-2 : वीकेंड की तफरीह के लिए महाराष्ट्र के लोकप्रिय पर्यटन केंद्र महाबलेश्वर की भी अपनी समस्याएँ हैं, खासतौर पर इन विशुद्ध प्राकृतिक रूप में मौजूद पहाड़ियों पर पर्यटकों द्वारा बिना सोचे-समझे फेंक दी गईं प्लास्टिक की बोतलों की समस्या। पर्यावरण पर यह बोझ कम करने के लिए वन विभाग ने अब शुद्ध पानी की बिक्री शुरू की है, ताकि लोगों को पानी की एक से अधिक बोतलें खरीदने से रोका जा सके। घाटियों तक पहुँचनेवाले बोतलों के कचरे को कम करने के लिए विभाग का अपना रिवर्स ऑस्मोसिस प्लांट है, जिसमें 2 रुपए प्रति लीटर पर स्वच्छ पेयजल की आपूर्ति की जाती है। प्लास्टिक की बोतलों को इकट्ठा करके कहीं और ठिकाने लगा भी दिया जाए तो आखिरकार वे जंगल में ही पहुँचती हैं। इसे रोकने के लिए बॉटल क्रशर प्लांट भी लगाया गया है। अन्य पर्यटन केंद्र यहाँ उठाए गए कदमों को दिलचस्पी से देख रहे हैं।

स्टोरी-3 : पानी की लगातार बढ़ती खपत और गर्मी के रिकॉर्ड-तोड़ तापमान से चिंतित गुजरात सरकार हर रहवासी के लिए रेनवाटर हार्वेस्टिंग (वर्षा जल सहेजना) अनिवार्य बनाने पर विचार कर रही है। गुजरात विधि आयोग ने सरकार को रिपोर्ट दी

है, जिसमें नागरिकों व सरकार के लिए वर्षा के जल का संरक्षण अनिवार्य बनाने का सुझाव दिया गया है। यदि सरकार ने इसे कानूनी रूप देने का फैसला लिया तो परंपरागत रेनवाटर हार्वेस्टिंग सिस्टम संबंधी पृथक् कानून बनानेवाला गुजरात पहला राज्य होगा। चूँकि जल संरक्षण और वर्षा जल दोहन संबंधी सरकारी योजनाओं का कोई नतीजा नहीं निकल रहा है, सरकार इसके लिए कानूनी ढाँचा तैयार करने का विचार कर रही है।

स्टोरी-4 : बेंगलुरू के मैकेनिकल इंजीनियरिंग के अंतिम वर्ष के छात्र शाबाज जहीर, दिलशाद दाऊद, जेबिन कोशी और जॉबी जेम्स तथा उनके मेंटर बोपन्ना केडी ने पर्यावरण अनुकूल स्मार्ट साइकिल विकसित की है, जिसे पैडल मारने की जरूरत नहीं होती—यह सौर ऊर्जा से चलती है। पिछले हफ्ते प्रदर्शित यह साइकिल डी.सी. मोटर से चलती है, जो आगे या पीछे के एक्सल में लगी होती है। साइकिल पर लगे सौर पैनल बैटरी को चार्ज करेंगे, जिससे मोटर चलती है। जब साइकिल उपयोग न की जा रही हो तो सौर पैनल बैटरी को चार्ज करते रहते हैं। यह प्रणाली पेट्रोल इंजन, गीयर बॉक्स और ईंधन टैंक की जगह ले लेगी। यह साइकिल कोई ईंधन नहीं जलाती, इसलिए कोई रख-रखाव नहीं, शोर नहीं। साफ-सुथरा काम।

स्टोरी-5 : घटते परंपरागत ऊर्जा संसाधन और इस आसन्न खतरे के विकल्प के रूप में सौर ऊर्जा को प्रोत्साहित करने के उद्देश्य से इस वर्ष 8 मई को आई.आई.टी., मुंबई में पढ़े सुशील रेड्डी सौर ऊर्जा चलित साइकिल पर देश के पाँच राज्यों की 7 हजार किलोमीटर की यात्रा पर निकले हैं। अपनी यात्रा के दौरान तीन मित्रों के साथ निकले सुशील सौर ऊर्जा सुविधाएँ स्थापित करने संबंधी हर जानकारी देते हैं। उनका एक ही संदेश है, सौर ऊर्जा ही भविष्य की ऊर्जा है। ऊर्जा संकट व समाधान को लेकर जमीनी स्तर पर जानकारी व जागरूकता की दयनीय दशा है, जिसे ये छात्र अपने अनोखे तरीके से उपलब्ध कराने का प्रयास कर रहे हैं।

फंडा यह है कि यदि आप अपने बच्चों को दुनिया का सर्वश्रेष्ठ तोहफा देना चाहते हैं कि सिर्फ पर्यावरण और इसकी प्रजातियों की रक्षा करें। आज विश्व पर्यावरण दिवस है और इसकी थीम है, 'गो वाइल्ड फॉर लाइफ' यानी जिंदगी के लिए वन्य जीवन को बढ़ावा दें। अगली पीढ़ी निश्चय ही आपके इस बेशकीमती तोहफे की कद्र करेगी।

□

आप अपने संगठन में कितने अलग हैं

स्टोरी-3 : मुंबई महानगर पालिका के असिस्टेंट कमिश्नर उदय कुमार शिरूरकर डोंगरी नाम की जगह से बहुत निकट से जुड़े हैं। क्या आप डोंगरी के बारे में यह सोचने लगे हैं कि इसका सबसे बड़ा योगदान तो अंडरवर्ल्ड को डॉन देना है, जिसके कारण इसका संबंध बॉलीवुड की फिल्म 'डोंगरी का राजा' से भी गया? आप बिल्कुल सही है, लेकिन दूसरी बात यहाँ है कि यहाँ स्कूल छोड़नेवाले बच्चों की संख्या बहुत ज्यादा है। उदय कुमार ने इस साल 23 लोगों को ऐसा कुछ करने की प्रेरणा दी, जिसे करने की उन्होंने कभी हिम्मत नहीं की। वे सब डोंगरी के ही थे; स्कूल ड्रॉप आउट उम्र के चौथे या पाँचवें दशक के प्रारंभ वाले। वे तब से उसी पद पर काम कर रहे हैं, जिस पर उन्होंने ज्वॉइन किया था। वे चतुर्थ श्रेणी कर्मचारियों के रूप में काम करते हैं—सफाई करनेवाले, मेन होल साफ करनेवाले, रोड और पाइप लाइन सुधारनेवाले। इस कठोर मेहनत के बदले उन्हें मिलते हैं प्रतिमह छह हजार रुपए से भी कम। उदर कुमार ने उन्हें डोंगरी नाइट स्कूल में भर्ती होने के लिए प्रेरित किया और हायर सेकंडरी परीक्षा पास करने में मदद की। अब इस माह इन 21 पुरुषों और दो महिलाओं का वेतन तीन हजार हजार रुपए बढ़ जाएगा। साथ ही, भविष्य में पदोन्नति पाने के अवसर काफी बढ़ जाएँगे, क्योंकि अब वे हायर सेकंडरी पास हैं। कोई आश्चर्य नहीं कि उनके मिशन को लोगों ने 'मिरेकल 23' का नाम दिया है, जो बिहार के 'सुपर 30' से कम नहीं है।

स्टोरी-2 : पिछले हफ्ते रांची स्थित सदर थाने के डी.एस.पी. विकासचंद्र श्रीवास्तव सांप्रदायिक रूप से संवेदनशील क्षेत्र बर्गई में एक राजनतिक दल की 'सद्भावना यात्रा' पर निगरानी रखने गए और उन्हें एहसास हुआ कि इसमें तो एक घंटे की देरी हो गई है। अन्य पुलिसकर्मियों की तरह उन्होंने यात्रा शुरू होने के पहले पास की चाय की दुकान पर वक्त नहीं बिताया, बल्कि उन्होंने पास के अल्पसंख्यक माध्यमिक स्कूल को चेक करने का निर्णय किया, जहाँ एक कक्षा में टीचर की गैर-हाजिरी के कारण अराजकता मची हुई थी। वे क्लासरूम में गए, शिक्षकहीन कक्षा के बच्चों से अनुमति ली और आठवीं कक्षा के 45 बच्चों को भूगोल और सामाजिक

विज्ञान के कुछ अध्याय पढ़ाए, क्योंकि यह पीरियड उन्हीं विषयों का था। बच्चों ने वर्दीधारी शिक्षक को बड़े गौर से सुना। फिर उन्होंने सामाजिक मूल्यों पर कुछ बातों के साथ अपना सबक खत्म किया। बच्चों ने खुश होकर जोर से तालियाँ बजाईं, जिसकी आवाज उस शोर से अधिक थी, जो थोड़ी देर पहले उस कक्षा में हो रहा था। किसी को भरोसा ही नहीं हो रहा था कि कोई पुलिस अधिकारी भी इतना अच्छा शिक्षक हो सकता है। एक घंटे बाद श्रीवास्तव फिर पुलिस अधिकारी की भूमिका में आ गए और अधिक सतर्कता के साथ रैली में शामिल हो गए।

स्टोरी-3 : विजय कुमार सिंगापुर में व्यस्त कॉस्ट एकाउंटेंट हैं। वर्ष 2006 में उन्होंने अपने द्विभाषी ब्लॉग 'पोएट्री इन स्टोन' में टेंपल आर्ट को डॉक्यूमेंट करना शुरू किया। उसमें उन्होंने शौक के बतौर शिल्पों के बारे में बहुत विस्तार से लिखा। वर्ष 2013 में इससे दुनिया के विभिन्न हिस्सों में खो चुके मंदिरों को खोज निकालने के लिए ऑनलाइन आंदोलन 'ब्रिग अवर गॉड्स होम' की शुरुआत हुई। यह उनके द्वारा शुरू की गई 'इंडिया प्राइड प्रोजेक्ट' (आई.पी.पी.) नाम की कंपनी के तहत काम करता है। यह पूरी तरह से स्वयंसेवकों से संचालित संगठन है, जिसने भारत से तस्करी कर ले जाई गई मंदिरों की बेशकीमती मूर्तियों का पता लगाने का काम किया है।

विजय की ताजा जीत है, ऑस्ट्रेलिया की गैलरी से 1,000 साल पुरानी नृसिंह की मूर्ति को वापस लाना (वहाँ इसे 'लॉयन लेडी' कहते थे)। यह मूर्ति तमिलनाडु के वृदाचलम स्थित मंदिर से चुराई गई थी। उनका अनुमान है कि भारत हर दशक में करीब 10,000 कलाकृतियाँ खो देता है। वजह है, चोरी रोकने के खिलाफ कोई कड़ा कानून न होना। वे इसे अपनी मातृभूमि को अपना योगदान मानते हैं कि वे जितनी संभव हो, उतनी कलाकृतियों को विदेश से भारत ले जाएँ। आई.पी.पी. इसे केवल सोशल मीडिया की ताकत के बलबूते ही कर रहा है। लोग कोई कलाकृति देखते हैं और यदि उन्हें संदेह हो कि भारत की हो सकती है तो वे फोटो लेकर इसे पोस्ट कर देते हैं। वहाँ से विजय कुमार का काम शुरू हो जाता है। वे इसे ठीक तरह से डॉक्यूमेंट करते हैं और फिर उसे स्वदेश लौटाने की लड़ाई शुरू हो जाती है।

फंडा यह है कि आप अपने ही संगठन में कितने भिन्न हैं? जरा इस पर सोचिए। यदि संभव हो तो ऐसा कुछ अलग से करें, जो समाज में फर्क पैदा कर सके।

□

सबका साथ, सबका विकास पूरी मानवता का नारा बन सकता है

सुबह की सैर पर जानेवाले अधिकतर लोगों की बातचीत का विषय था, प्रधानमंत्री नरेंद्र मोदी की पहल पर इसरो का पाकिस्तान को छोड़कर (क्योंकि उसे यह स्वीकार नहीं था) अपने पड़ोसियों को दिया गया 450 करोड़ रुपए लागत के सैटेलाइट का उपहार। प्रधानमंत्री नरेंद्र मोदी ने इसकी घोषणा रविवार को सुबह अपने रेडियो कार्यक्रम 'मन की बात' में की और कहा कि स्लोगन—'सबका साथ, सबका विकास' अब भारत की सीमा के बाहर भी जा रहा है। देखिए कुछ उदाहरण, जिनसे इस नारे की व्यक्ति और समूह से तुलना की जा सकती है।

उदाहरण-1 : उसकी उम्र के बच्चे अपनी छोटी-सी पॉकेट मनी की बचत कहानियों के किताबें खरीदने, वीडियो गेम या स्मार्टफोन लेने में करते हैं, लेकिन जमशेदपुर के कक्षा सात की हिल टॉप स्कूल की छात्रा 11 साल की मोंद्रिता चटर्जी अपने पिगीबैंक के भरने का इंतजार इसलिए कर रही थी, ताकि वह गरीब और जरूरतमंदों के लिए टॉयलेट बनवा सके, खासकर वंचित बच्चों के लिए। इस बार उनके पिगीबैंक में जमा 19 हजार रुपए पारसूधी हलदबानी के आश्रम व एक्टिविटी सेंटर में टाटानगर सत्यायतन मंदिर के गरीब बच्चों के लिए दो टॉयलेट बनाने के लिए गिफ्ट किए गए हैं। राज्य के मुख्यमंत्री रघुबर दास से भी उन्हें इसके लिए प्रशंसा मिली है। टाटा टेक्नोलॉजीस की छोटी-सी मदद, जो करीब 9 हजार रुपए थी, से उनका सपना पूरा हो गया। इस महीने के शुरू में कंस्ट्रक्शन का काम शुरू हुआ था और अब हलदबानी के परिसर में लड़कों और लड़कियों के लिए अलग-अलग टॉयलेट दो सप्ताह पहले शुरू हो गए हैं।

उदाहरण-2 : एक तरफ जब कुछ लोग सुरक्षा बलों पर पत्थर बरसाने में व्यस्त हैं, दूसरी तरफ भारतीय सेना करगिल जैसे कश्मीर के आतंक ग्रस्त दक्षिणी और उत्तरी हिस्से से आनेवाले छात्रों की मदद आई.आई.टी. में प्रवेश का सपना पूरा करने में कर

रही है। कश्मीर के सुपर 40 के रूप में पहचान रखनेवाले और श्रीनगर में चलनेवाले आर्मी के सामाजिक जिम्मेदारी और लर्निंग-ट्रेनिंग पार्टनर सेंटर द्वारा इसे कई आंतरिक बाधाओं के बावजूद चलाया जा रहा है। इस बार यहाँ के 26 लड़कों और 2 लड़कियों ने आई.आई.टी.-जे.ई.ई. परीक्षा क्रैक की है। परिणाम पिछले सप्ताह आया। सारे रिकॉर्ड तोड़ते हुए इसने 78 प्रतिशत सफलता पाई।

उदाहरण-3 : उनके खानाबदोश पुरखे जंगलों में फल-पत्ते और टहनियाँ जमा करते थे। कुछ अभी भी ऐसा करते हैं, लेकिन बोकारो के उत्तरी-पूर्वी हिस्से के गाँव के कुछ बिरहोर युवा अब अलग दिशा में चल पड़े हैं। इन्हें अपनी कम्युनिटी से मिला है एक नया रोल मॉडल। ये समुदाय विशेष आदिवासी समूह में आता है। 'बोकारो स्टील लिमिटेड (बी.एस.एल.) ने 'ज्ञान ज्योति स्कीम' के तहत 15 बिरहोर लड़कों को अडॉप्ट किया है। यह बोकारो के बी.एस.एल. ट्रेनीज हॉस्टल में रहते हैं और कल्याण विद्यालय में पढ़ते हैं। ये सी.बी.एस.ई. से मान्यता प्राप्त स्कूल है। कक्षा 6 में पढ़ रहे सभी बच्चे हायर एजुकेशन भी लेना चाहते हैं और इंजीनियर, डॉक्टर, टीचर, पुलिसकर्मी बनना चाहते हैं। ये लड़के बी.एस.एल. द्वारा एडॉप्ट किए गए पहले के 15 बिरहोर युवाओं के बैच से प्रभावित हैं, जिसमें से तीन स्पेशल इंडिया रिजर्व बटालियन में कॉन्सटेबल के रूप में शामिल हुए हैं।

उदाहरण-4 : पिराना डंपिंग यार्ड को ऐसे कचरा बम के रूप में जाना जाता है, जिसमें कभी भी विस्फोट हो सकता है। यह गुजरात की सबसे बड़ी घरेलू कचरे की लैंडफिल साइट है। लगातार बन रहे गंदगी के पहाड़ और विषाक्त धुएँ से आस-पास रहनेवाले लोग प्रभावित हो रहे हैं और इसके आस-पास कोई नहीं रह सकता, लेकिन हर शाम 150 से ज्यादा गौरैया, जो सबसे शर्मीला पक्षी माना जाता है, इस पहाड़ के पास आना पसंद करती हैं। इसकी वजह है, एक ऑटो रिक्शा ड्राइवर इमरान शेखानी से मिल रहा प्यार और देख-रेख। उन्होंने कई कृत्रिम घोंसले बनाए और पाँच साल पहले गौरैया का पालन-पोषण शुरू किया। इन चिड़ियाओं ने हमारे कॉन्क्रीट के जंगल को छोड़ना तय किया है, जिसे हम अधिक सुंदर बना रहे हैं। इन्होंने इमरान के बनाए घोंसलों को रहने के लिए चुना, जहाँ उन्हें प्यार व देख-रेख मिलती है।

फंडा यह है कि देश, व्यक्ति, कॉर्पोरेट और समुदाय कोई भी 'सबका साथ, सबका विकास' के नारे को अपना सकता है और अपने तरीके से पूरी मानवता के भले के लिए काम कर सकता है।

□

समाज में बदलाव के लिए खुद मिसाल बनें

स्टोरी-1 : पिछले सप्ताह पंजाब के भटिंडा के कुछ किसान कीटों के हमले से तबाह हो चुकी कपास की फसलों के लिए मुआवजे के चैक बाँटने आए मंत्री के खिलाफ प्रदर्शन कर रहे थे। उसी समय राज्य के एक अन्य इलाके में 25 से ज्यादा किसान जरबेरा के फूलों के बारे में जानकारी लेने के लिए किसी पॉलीहाउस के दौरे पर थे। इस पौधे का उपयोग अधिकतर सजावट में होता है। जो किसान विरोध प्रदर्शन के जरिये अपना गुस्सा जाहिर कर रहे थे, वे नकारात्मक विचारों से भरे थे, जबकि अन्य दो दर्जन किसान उत्साहित थे और अपनी उपज अमृतसर एयरपोर्ट से सीधे यूरोप और खाड़ी देशों को भेजने की उम्मीदों के बारे में बात कर रहे थे।

ये किसान गेहूँ-धान के परंपरागत फसल चक्र को तोड़ते हुए फूलों की खेती शुरू करने की उम्मीद कर रहे थे और अपनी जमीन को नए नजरिये से देखने को तैयार थे। इस काम के लिए जिस व्यक्ति ने पहला कदम उठाया वे हैं—कुलदीप सिंह धालीवाल। वे अपने आरामदायक घर की सभी आधुनिक सुविधाओं और अमेरिका के अपने फलते-फूलते व्यापार को छोड़कर अपने राज्य के किसानों को फिर से आत्मनिर्भर बनाने के उद्देश्य से घर लौटे हैं। उन्होंने खुद एक मिसाल कायम कर परिवर्तन लाने की उम्मीद पैदा की है और व्यावहारिक विकल्प सामने रखकर गैर-परंपरागत फसलों को सामने रखा है। अपने प्रेजेंटेशन के लिए उन्होंने एक बैलेंसशीट बनाई और किसानों को आसानी से समझाने के लिए लाभ का अंक सामने रखा। यहाँ से सबसे नजदीक फूलों का बाजार गाजीपुर दिल्ली में है, जो 500 किलोमीटर की दूरी पर है। धालीवाल ने अपनी जमीन पर एक एकड़ में पॉलीहाउस बनाकर जरबेरा के फूलों की खेती शुरू की है।

धालीवाल ने हर पौधे पर 35 रुपए खर्च कर एक एकड़ से अधिक भूमि पर 25 हजार पौधे लगाए हैं और उम्मीद है कि एक पौधे से हर साल करीब 30 फूल मिलेंगे।

इसमें पॉलीहाउस बनाने, 24 घंटे पानी की व्यवस्था और स्प्रिंकलर सिस्टम बनाने सहित अन्य खर्च शामिल नहीं हैं। उन्होंने अपना प्रोजेक्ट फरवरी 2015 में शुरू किया था और वर्ष 2016 के शुरू तक इससे निश्चित रूप से आय होने लगेगी। पंजाब के ग्रामीण इलाकों में युवाओं के शराब और ड्रग्स के शिकंजे में पड़ते जाने की रिपोर्ट ने धालीवाल को यह कदम उठाने के लिए प्रेरित किया। उनका मानना है कि किसी अन्य इंडस्ट्री की ही तरह किसानों को भी शिक्षित और प्रशिक्षित करने की जरूरत है। जमीन उनकी मशीनरी है और उन्हें पता होना चाहिए कि वे उसी भूमि पर और क्या उगा सकते हैं। इसके अलावा उनकी इस शुरुआत ने करीब एक दर्जन लोगों को रोजगार दिया है जो किसानी, फूल तोड़ने, पैक करने और उपज को ले जाने जैसे कामों में लगे हैं।

स्टोरी-2 : वे उत्तर प्रदेश के बिजनौर जिले के झूजाझालिया जिले के हैं। काम करने विदेश गए थे। एक बार जब अपने गाँव आए तो देखा कि वहाँ काफी समस्याएँ हैं। इसलिए इस इंजीनियर ने जर्मनी के म्यूनिख की अपनी नौकरी छोड़ी और गाँव की समस्याओं के समाधान के लिए पंचायत चुनाव लड़ने का फैसला किया। इसका नाम है—तरुण शक्तावत। जर्मनी जाने के पहले टी.सी.एस. और महिंद्रा जैसी कंपनियों में नौकरी कर चुके शक्तावत ने आर.टी.आई के माध्यम से जानने की कोशिश की कि क्यों उनके गाँव की हालत सुधारने के लिए कुछ किया नहीं गया? उन्होंने पाया कि सरकार द्वारा जारी किए गए फंड में कई तरह की अनियमितताएँ हुई हैं। बदलाव जाने के लिए उनहोंने जर्मनी की अपनी 37 लाख रुपए सालाना आमदनी की नौकरी छोड़ दी और अब गाँव प्रधान के चुनाव के मैदान में हैं। उनका मानना है कि अगर गाँवों के प्रधान ईमानदारी से काम करें तो भारत के गाँव भी जर्मनी और बाकी यूरोप की तरह अच्छे बन सकते हैं और वे इसकी मिसाल पेश कर इसे साबित करना चाहते हैं।

> **फंडा यह है कि अगर आप अपने समाज में बड़ा बदलाव लाना चाहते हैं तो आपको व्यक्तिगत रूप से मिसाल बनना होगा, ताकि अन्य लोग विश्वास कर सकें और उस राह पर चल सकें।**

□

ग्रामीण भारत में डिजिटल शिक्षा से चमत्कार

बीते रविवार की बात है। एक दस साल की लड़की लैपटॉप के समक्ष गर्व से बैठी थी। सीधे तनकर बैठी लड़की के चेहरे पर खुशी की चमक थी। उसने अपनी दसों अंगुलियाँ किसी अनुभवी लैपटॉप यूजर की तरह की-बोर्ड पर रख दीं और काम करने लगी। पहले उसने अपना नाम टाइप किया, लेकिन थोड़ी धीमी गति से। एक के बाद दूसरा अक्षर और आखिर में पढ़ा—मंजू कुमारी गामती। स्पेलिंग में गलती की कोई संभावना नहीं थी। इसके बाद उसने अपने पिता का नाम टाइप किया और फिर आखिर में अंग्रेजी के सारे 26 अल्फाबेट। इस बार भी कोई गलती नहीं। जैसे बीते जमाने के बॉलीवुड एक्टर तुरंत दर्शकों को सपनों की दुनिया में ले जाते थे, वैसे ही मंजू भी सपनों में चली गई। उसका चेहरा गुलाबी हो गया, जैसे कोई ताजा खिला कमल हो और उस पर थी—झिझक, खुशी और गर्व, लेकिन आस-पास मौजूद लोगों की तालियों की आवाज उसे फिर असल दुनिया में आई, इससे उसकी चमकदार आँखें नम हो गईं—खुशी के आँसू। आप सोच रहे होंगे एक दस साल की लड़की ने अपना नाम टाइप किया, इसमें नया क्या है? हाँ। यह चौंकानेवाली बात है, क्योंकि वह आदिवासी लड़की है। गाँव में रहती है, जिसका नाम है, झोंक का भीलवाड़ा और वह दो साल पुराने, अधूरे बने स्कूल में पढ़ती है। यह गाँव उदयपुर से 70 किलोमीटर दूर एक छोटी पहाड़ी पर स्थित है। यह स्थान राजस्थान के राजसमुंद जिले के खामनोर ब्लॉक के गाँव खुदा पंचायत में आता है। 25 परिवारों और 80 लोगों की आबादीवाले इस गाँव में कभी भी कोई स्कूल नहीं गया और दो साल पहले तक तो यहाँ कोई स्कूल था भी नहीं। मुख्य मार्ग से 25 किलोमीटर दूर स्थित इस गाँव में सड़क नाम की कोई चीज नहीं है। मंजू के दादा ने 70 साल की उम्र तक बिजली नहीं देखी थी और मंजू खुद भी पिछले 3 साल से सप्ताह में एक दिन के लिए कुछ घंटे बिजली देख पा रही थी। आदिवासी समुदाय का यह आत्मनिर्भर गाँव है, जिसका मुख्य व्यवसाय केले जैसे

फलों की खेती, बकरी का दूध और गुड़ बनाना है।

मंजू सहित गाँव के स्कूल के सभी बच्चों का परिचय हल्दी घाटी से आए कुछ वॉलंटियर्स ने रविवार को टाइपिंग शुरू करने से दो घंटे पहले ही एक चीज से कराया गया था, जिसका नाम था—कंप्यूटर। हल्दी घाटी इस पहाड़ी गाँव से 40 किलोमीटर दूर एक दूसरा गाँव है और वे लोग अपने लैपटॉप लेकर बच्चों को कंप्यूटर सिखाने आए थे। सिर्फ मंजू ही नहीं थी जिसने पहली बार कंप्यूटर देखा था, बल्कि उस स्कूल के सभी 46 बच्चों ने जिंदगी में पहली बार कंप्यूटर देखा था। इन बच्चों में पास के टोले नंदूखुदी के 10 छात्र भी शामिल थे।

लेकिन इस प्रक्रिया की सबसे अच्छी बात यह थी कि बच्चों ने पूरे 90 मिनट तक वॉलंटियर्स द्वारा दी गई कंप्यूटर की शिक्षा को बहुत ध्यान से सुना और बाद के 90 मिनट में उन्होंने कंप्यूटर पर प्रैक्टिस की। इस दौरान कुछ ने गलतियाँ कीं, लेकिन अधिकांश ने एक भी गलती नहीं की। 'दैनिक भास्कर' के संवाददाता वीरेंद्र पालीवाल और उनके भाई जीतेंद्र पालीवाल के साथ वॉलंटियर्स दो कोचिंग क्लास के मालिकों के साथ वहाँ पहुँचे थे। ये लोग यहाँ स्कूल के टीचर अजय राम के अनुरोध पर आए थे, जो खुद रोज वर्ष 20 किलोमीटर यात्रा कर बच्चों को पढ़ाने आते हैं। हालाँकि अजय को अपने घर के नजदीक काम मिल सकता था, लेकिन वे यह भी जानते थे कि कोई भी टीचर इस तरह की विकट स्थिति में पढ़ाने नहीं आएगा और उन्होंने स्कूल जा रही गाँव के पहली पीढ़ी के हित को प्राथमिकता दी।

आज के बच्चों को सिर्फ प्राथमिक शिक्षा की ही जरूरत नहीं है, बल्कि उन्हें जटिल होते जा रहे और आपस में जुड़ रहे विश्व से निपटने में सक्षम बनाने की जरूरत है। इसलिए समाज के सभी वर्गों के लिए समावेशी शिक्षा की दिशा में इन युवाओं के प्रयास को सराहना की जरूरत है।

फंडा यह है कि बच्चे कहीं के भी हों, उनमें स्वाभाविक जिज्ञासा होती है और इस तरह की गतिविधियाँ परंपरागत स्कूलिंग को सहयोग करेंगी और यह पहल नई पीढ़ी में नई संभावनाओं को खोलेगी और देने का सुख हासिल करने का यह आधुनिक तरीका है।

□

अच्छे माहौल से आते हैं अच्छे परिणाम

वर्ष : 2008, स्थान : केरल के कोजिकोड के शहर नडाक्कावु का 122 वर्ष पुराना गवर्नमेंट वोकेशनल हायर सेकंडरी स्कूल फॉर गर्ल्स। यह स्कूल केवल मछुआरे परिवार के बच्चियों के लिए है।

जर्जर इमारत, टूटे फर्नीचर या बिना फर्नीचर वाले, टपकते हुए क्लासरूम और गंदे टॉयलेट देखकर कोई भी छात्रा निराश हो जाएगी। प्लास्टर उखड़ी गंदी दीवारें। छत को सहारा दे रहे खंबे जैसे कह रहे हों, 'अब मैं थक गया हूँ और लेटना चाहता हूँ' छत पर कवेलू न होने से बारिश के मौसम में कक्षाओं में पानी रिसता रहता था। खुली जगह के हर हिस्से पर खरपतवार और ऊँची-ऊँची घास उग आई थी। जगह-जगह झाड़ियाँ और बड़े-बड़े पत्थर पड़े थे। कहने को 2,000 छात्राओं के लिए नौ वॉश रूम थे, लेकिन उनमें से कइयों में दरवाजे और पानी नहीं था। कुल मिलाकर निकृष्टतम सुविधाओं में स्कूल सर्वोत्तम था। हतोत्साहित टीचर व स्टाफ को स्कूल में प्रवेश करने के नाम से ही कँपकँपी छूट जाती थी और छात्राएँ वहाँ जाना ही पसंद नहीं करती थीं। यहाँ आना यानी सजा भुगतने जैसा था।

पालक अपने बच्चों को थोक में वहाँ से निकाल रहे थे और स्टाफ की खाली जगहें कभी भरती नहीं थीं क्योंकि विद्यार्थी कम थे और जो बचे थे, वे भी परीक्षा में फेल होकर घर बैठते जा रहे थे। शायद इस वर्णन को पढ़कर आपको सोच-विचार के लिए पर्याप्त बिंदु मिल जाएँगे कि क्यों सरकारी स्कूलों में पढ़ाई बीच में ही छोड़नेवाले बच्चों की संख्या ज्यादा है।

स्थिति में सुधार लाने के विचार से स्थानीय विधायक प्रदीप कुमार ने वर्ष 2008 में बदलाव का पहला अध्याय शुरू किया और स्थानीय विधायक के रूप में मिलनेवाली 1 करोड़ रुपए की विकास निधि को जर्जर स्कूल इमारत को सुधारने में लगाने का निश्चय किया। आई.एस.ओ. और इन्फोसिस के लोगों से उनके द्वारा की गई मदद की गुहार से एक टेलीस्कोप और कुछ मल्टी मीडिया उपकरण मिले, लेकिन स्कूल को बचाने के लिए इतना पर्याप्त नहीं था। इसे तो और भी बहुत कुछ चाहिए था, और वह भी तत्काल।

अब संयुक्त अरब अमीरात चलते हैं। 28.8 अरब रुपए के टर्नओवर वाली कंपनी के.ई.एफ. होल्डिंग्स को बिजनेसमैन फैजल ई. कोट्टीकोलोन और उनकी पत्नी शबाना

फैजल चलाते हैं। अपने समुदाय के लिए कुछ करने और अपने शहर को बदले में कुछ देने के इरादे से उन्होंने वर्ष 2007 में 'फैजल एंड शबाना फाउंडेशन' स्थापित किया था। संयोग से उनका शहर भारत का कोजिकोड ही था। अब केरल आते हैं। जब इन दोनों ने स्कूल को देखा तो जरा भी सोच-विचार न कर तत्काल स्कूल सुधारने के लिए 16 करोड़ रुपए दे दिए।

पुराना वह ढाँचा जिसे सुधारा नहीं जा सकता था, उसे गिरा दिया गया और आधुनिक निर्माण किया गया। तुलनात्मक रूप से बेहतर ढाँचा खड़ा किया गया। कुछ ऐतिहासिक विरासत की रचनाओं का संरक्षण किया गया और नए का निर्माण कुछ समय इस तरह किया गया कि वह पुराने के साथ आसानी से मिल गया। एक साल से थोड़े ज्यादा समय में स्कूल आधुनिक संस्थान में रूपांतरित हो गया, जिसमें अत्याधुनिक शिक्षा सुविधाएँ और खेल का मैदान था।

स्कूल के प्रवेश द्वार से ही बदलाव नजर आने लगता है। टूटा हुआ प्रवेश द्वार और ध्वस्त हो चुकी दीवारों की जगह स्कूल की चारों दिशाओं में चहारदीवारी बना दी गई थी और भव्य गेट पर हमेशा दो सिक्योरिटी गार्ड तैनात रहते—सरकारी स्कूलों के लिए तो यह दुर्लभ ही कहा जाएगा। स्कूल को अब 1,32,000 वर्ग फीट के अपने बगीचे, 25 हजार किताबों की लाइब्रेरी और एथलेटिक्स, फुटबॉल और हॉकी के लिए 18,110 वर्ग फीट का एस्ट्रो टर्फ वाले बहुउद्देशीय खेल के मैदान पर फख्र है। नए स्पोर्ट्स कॉम्प्लेक्स में 13,000 वर्ग फीट का इंडोर स्टेडियम, लकड़ी के फर्शवाले बास्केट बॉल और बैडमिंटन कोर्ट के अलावा छात्राओं के लिए विस्तृत चेंजिंग और लॉकर रूम भी हैं।

डिजिटल उपकरणों से लैस कक्षाएँ, भौतिक, रसायनशास्त्र और वनस्पतिशास्त्र के लिए आधुनिक प्रयोगशालाएँ, 92 चकाचक टॉयलेट, कॉर्पोरेट शैली का एक किचन और डाइनिंग हॉल, जिसमें एक समय में 600 छात्राएँ भोजन कर सकती हैं। स्कूल इस बात का उदाहरण है कि कैसे शिक्षा के क्षेत्र में एक युगल द्वारा की गई पहल से हजारों छात्राओं और उनकी परिवारों की जिंदगी बदल सकती है? आज वहाँ 2,497 छात्राओं के लिए 81 टीचर हैं और 92 फीसदी छात्राओं को इस साल अपनी अंतिम परीक्षा में ए+ग्रेड मिली है। यह किसी भी मायने से बड़ी सफलता है।

फंडा यह है कि यदि आप माहौल बदल दें तो सफलता की दर कई गुना बढ़ जाती है, लेकिन ऐसा करने के लिए आपके पास फैजल दंपत्ती की तरह बड़ा दिल होना चाहिए।

□

पर्यावरण स्वच्छ रखना हमारा भी दायित्व

स्टोरी-1 : देश का हर गाँव और शहर कोलकाता की तरह सौभाग्यशाली नहीं हो सकता, जहाँ जर्मनी के बर्लिन स्थित इनटेक माइक्रो पावडर एजी ने पिछले हफ्ते कचरे से स्वच्छ बिजली पैदा करने का संयंत्र लगाने के करार पर गुरुवार को हस्ताक्षर किए हैं। 3,400 करोड़ के इस संयंत्र के लिए हावड़ा महानगर पालिका के साथ करार हुआ है, जो दोमजुर में लगाया जाएगा। यदि कचरे से ऊर्जा का यह संयंत्र हकीकत में बदलता है, तो यह भारत में पहला होगा और 'स्वच्छ भारत अभियान' को नई दिशा मिलेगी। इस प्रोजेक्ट से न सिर्फ हावड़ा को अक्षय और स्वच्छ ऊर्जा का स्रोत मिलेगा, बल्कि कचरे के बढ़ते ढेरों की समस्या से छुटकारा भी मिलेगा।

स्टोरी-2 : कर्नाटक की राजधानी बेंगलुरू से 250 किमी. दूर जगालुरू एक छोटी-सी पंचायत है। जब बेंगलुरू जैसे शहर का दम बढ़ते कचरे के ढेर से घुट रहा है तो कॉलेज के एक छात्र ने पर्यावरण को नुकसान पहुँचानेवाले प्लास्टिक कचरे के बढ़ते ढेर का रोना रोने की बजाय 'कचरे' से पैसा कमाने का फैसला किया। अपने पुश्तैनी गाँव में चलाए एक पायलट प्रोजेक्ट से उसने लोगों का मार्गदर्शन किया और उन्हें कचरे से पैसा कमाना सिखाया। चार माह बाद गुरुवार को कचरे से अलग किए प्लास्टिक व अन्य चीजों से वे 50 हजार रुपए कमाने में कामयाब रहे।

वर्ष 2011 की जनगणना के अनुसार, जगालुर की आबादी 17,257 है। यहाँ के 15 वार्डों में 3,566 परिवार रहते हैं। हर घर से रोज करीब 350 ग्राम कचरा निकलता है। इस प्रकार पूरे गाँव से करीब आठ टन कचरा निकलता है। कालाबुरागी स्थित कर्नाटक केंद्रीय विश्वविद्यालय से भू-गर्भशास्त्र में एम.एस.सी. के विद्यार्थी 22 वर्षीय वी. प्रवीणा कुमारा छुट्टियों में अपने गाँव जाते थे और प्राय: सोचते थे कि वे कैसे इस गाँव की तसवीर बदल सकते हैं।

गाँव के होने के कारण वे जानते थे कि लोग अपने आस-पास की परिस्थितियों और जो कचरा वे फेंक देते हैं, उसके बारे में वे ज्यादा शिक्षित नहीं हैं। उन्होंने सोचा कि यदि रोजगार खोजने के साथ ही, गाँव छोड़ने के प्रति उदासीन लोगों के लिए कचरे

की प्रोसेसिंग से पैसा कमाने की राह खोज ली जाए तो काफी बदलाव आ जाएगा। उन्होंने इसी पर काम करने का फैसला किया और सफल हुए। पहले चार माह में गाँव की छोटी इकाई ने 45,560 रुपए की पहली आमदनी कमाई। इससे लोग कचरे को अलग दृष्टिकोण से देखने को प्रेरित हुए। अब वे जैविक रूप से प्रसंस्करित किए जा सकनेवाले कचरे से अपने लिए खाद भी बना रहे हैं।

स्टोरी-3 : इस हफ्ते बुधवार को कर्नाटक के परिवहन मंत्री रामलिंगा रेड्डी की बेटी का विवाह हुआ। 20 हजार से ज्यादा मेहमान आए थे, लेकिन मेरी जानकारी में यह पहला विवाह समारोह था, जिसमें बिल्कुल कचरा पैदा नहीं हुआ और न अनाज का एक दाना कूड़े में गया। यह सब विवाह जैसे समारोह का किसी भी शहर पर पड़नेवाले पर्यावरणीय प्रभाव को खत्म करने के लिए दृष्टिकोण से किया गया था। कचरा उठानेवाले प्रशिक्षित कर्मियों के संगठन 'हासिल डाला' के कम-से-कम 150 कर्मचारियों ने विवाह समारोह में पैदा हुए सूखे और गीले कचरे को अलग-अलग इकट्ठा किया। आर्गेनिक कचरा बॉयो गैस प्लांट में भेजा गया, जबकि सूख कचरा रिसाइकलिंग उद्योग को भेजा गया। भोजन का मैनू भी पर्यावरण पर पड़नेवाले असर को ध्यान में रखकर बड़ी सावधानी से तय किया गया था। परंपरागत विवाह होकर भी 'अग्नि' में घी नहीं डाला गया। मेहमानों को दिया गया कोई भी तोहफा रेशम, चमड़े या ऊनी उत्पाद नहीं थे। मेक-अप का सामना भी क्रूरतारहित सौंदर्य प्रसाधनों का था और तोहफे में की-चेन दिया गया, जिसमें प्राणियों को अपनाने का संदेश था। रिसाइकिल किए कागज पर आमंत्रण-पत्र छापे गए थे। पौधे वितरित किए गए।

फंडा यह है कि अकेला व्यक्ति भी वह काम करता है, जो कोई स्थानीय स्वायत्त संस्था करती है और पर्यावरण सिर्फ नगर निगम संस्थाओं का ही काम नहीं है, यह हमारा भी है। यदि हम इस ओर ध्यान दें तो हम न सिर्फ पैसा कमा सकते हैं, बल्कि अपने बच्चों के लिए स्वच्छ धरती भी छोड़ जाएँगे।

□

डिजाइन का संबंध प्रोडक्ट के दिखने से नहीं, उसके अच्छे काम-काज से है

बॉम्बे हाईकोर्ट ने एक दिन ठाणे म्युनिसिपल कॉर्पोरेशन की जमकर खिंचाई की और शहर में पर्याप्त टॉयलेट न होने का दोष देते हुए यह कमी दूर करने को कहा। हम में से कई लोगों के लिए यह खबर मात्र है, लेकिन दो लोगों ने इसे अवसर के रूप में देखा। सहेज मंत्री (28) ने दो साल ग्राम विकास नामक गैर-सरकारी संगठन के साथ काम किया था। यह संगठन कई अन्य बातों के अलावा स्वच्छता पर काम करता था। मलेरिया के कारण मुंबई स्थित घर लौटने पर मजबूर हुए मंत्री ने निर्णय लिया कि उन्होंने ग्रामीण क्षेत्र में जो सीखा, उसे शहरी वातावरण में अमल में लाने का वक्त आ गया है। आर्किटेक्ट रोहन चव्हाण (30) के रूप में उन्हें अपना सहयोगी मिला, जिन्होंने दिग्गज आर्किटेक्ट क्रिस्टोफर बेनिंजर और चार्ल्स कोरिया के साथ काम किया था और वे भी कुछ नया करने के लिए बेचैन थे।

ठाणे म्युनिसिपल कॉर्पोरेशन के कमिश्नर संजीव जायसवाल से मुलाकात के कई अनुरोधों के बाद अंततः उन्होंने उन्हें कुछ मिनट दिए, लेकिन उनकी योजना देखने के बाद कमिश्नर ने दस मिनट दिए, लेकिन उनकी योजना देखने के बाद कमिश्नर ने दस मिनट में पूरे प्रोजेक्ट को मंजूदी दे दी। पब्लिक टॉयलेट का उनका डिजाइन तो किसी प्रदर्शनी की जगह जैसा लगता था। उनका डिजाइन पिछले साल अक्टूबर में मंजूर हुआ था, लेकिन जरूरी सामग्री जुटाने और सही जगह तलाशने में वक्त लग गया। टॉयलेट का डिजाइन कुछ ऐसा था कि उसमें प्राकृतिक प्रकाश का अधिकतम उपयोग होता। वहाँ एक खुली जगह में थी, जहाँ फोन चार्ज किए जा सकते और कोई शौकिया कलाकार प्रदर्शनी भी लगा सकता था। डिजाइन प्रकृति के अनुरूप था और फर्श में कहीं जोड़ नहीं था, जिससे उसे साफ करना आसान था।

ठाणे से गुजरनेवाले हाई-वे के मैराथन चौक पर चमचमाती इमारत को देखकर किसी व्यावसायिक जगह होने की गलतफहमी हो सकती है। वास्तव में, यह अगस्ती रेस्टरूम यानी सार्वजनिक सुविधाघर है, दो लोगों के विजन का परिणाम। चमचमाता, फाइव स्टार सुविधाघर इस हफ्ते आम लोगों के लिए खोल दिया जाएगा और उपयोगकर्ता को इसके लिए 5 रुपए देने होंगे। दोनों ने टॉयलेट को टिकाऊ व व्यावसायिक रूप से व्यवहार्य बनाने के तरीके पर विचार किया था। वहाँ इतनी जगह भी थी कि ए.टी.एम. मशीन लगाई जा सके। उन्होंने बाहरी जगह कंपनियों को बेचने की योजना बनाई है, जहाँ वे अपने उत्पादों की मार्केटिंग कर सकती हैं।

इस सुविधाघर में सोलर पैनल लगाए गए हैं, जिससे वे ऊर्जा के मामले में किफायती हो गए। इस तरह इस बॉयो-टॉयलेट को सिर्फ पानी की आपूर्ति की जरूरत थी, वह भी पास के बगीचे से रिसाइकिल किया गया पानी। इसके लिए बिजली या सीवर पाइप की जरूरत नहीं थी। फिर महिलाओं के सुविधाघर में इतनी जगह है कि वे वहाँ बैठकर सुस्ता सकें। इसके तहत एक छोटे कमरे में बेंच है, जो नन्हे बच्चों या शिशुओं की माताओं के लिए नर्सिंग स्टेशन जैसा काम आ सकता है।

अब कम-से-कम मुंबई जानेवाले पूर्वी एक्सप्रेस हाई-वे पर तो किसी को सिर पर कपड़ा डालकर सड़क किनारे खुद को राहत देने की जरूरत नहीं है। वास्तव में ठाणे म्युनिसिपल कॉर्पोरेशन की इस पहल ने सबसे धनी मुंबई महानगर पालिका को नीचा दिखा दिया है, जो अब अपने इलाके के हाई-वे पर सामुदायिक सुविधाघर बनाने के लिए मशक्कत कर रही है। इस नए विचार के प्रति लोगों के उत्साह को देखते हुए ऐसे और सुविधाघर खोलने का फैसला लिया गया है। दोनों युवाओं के पास ऐसे कई सुविधाघरों की योजना है—10 से 15 किलोमीटर के दायरे में ऐसा प्रयोग किया जाएगा, ताकि उन्हें आर्थिक रूप से व्यवहार्य बनाया जा सके।

स्टीव जॉब्स ने एक बार कहा था, ''डिजाइन मजेदार शब्द है। कुछ लोग सोचते हैं कि डिजाइन का संबंध सुंदरता से होता है, लेकिन आप जरा गहराई में जाएँ तो इसका मतलब है, किसी प्रोडक्ट के काम करने की कुशलता।''

फंडा यह है कि आम लोगों के लिए बनाए प्रोडक्ट में गलती होने की पूरी संभावना होती है और उनका उपयोग भी बहुत लापरवाही से होता है। जब ऐसा कोई प्रोडक्ट चौबीसों घंटे सातों दिन बिना बिगड़े काम करता रहे तो शायद यह श्रेष्ठतम डिजाइन वाला प्रोडक्ट है।

□

हालात खराब हों तो खुद में बदलाव लाएँ

पूर्वी भारत के शहरों में लोगों की अखबार पढ़ने की आदत एक नजर में आपको आश्चर्य में डाल देगी, लेकिन आप गौर से देखेंगे तो और भी अचरज होगा। पाठक अखबार उठाता है और बिना हैडलाइन पढ़े या प्रथम पेज के ऊपर के आधे हिस्से में कुछ भी पढ़े, सीधे नीचेवाले हिस्से पर चला जाता है और सर्वप्रथम वह पहले कॉलम की आखिरी पाँच पंक्तियाँ पढ़ता है। यहाँ उसे एक यूटिलिटी न्यूज आइटम मिलता है, जिसमें गैस कंपनियाँ बताती हैं कि उस दिन कितने एल.पी.जी. (रसोई गैस) सिलेंडर सप्लाई किए जाएँगे। इससे साफतौर पर इस क्षेत्र में रसोई गैस की किल्लत के बारे में पता चलता है। एक ऐसा ही शहर असम का बोंगईगाँव है, जहाँ एल.पी.जी. आपूर्ति आज भी बड़ी समस्या है। वर्ष 2006 में भारत सरकार ने इस शहर को देश के सबसे पिछड़े 250 जिलों में शामिल किया था। इस क्षेत्र को 'पिछड़ा क्षेत्र अनुदान निधि कार्यक्रम' से भी मदद मिलती है। सारी मदद के बावजूद यहाँ रसोई गैस की भारी किल्लत है।

यह शहर पश्चिमी असम का प्रवेश द्वार है और नगरीय क्षेत्र व आबादी के लिहाज से असम का चौथा सबसे बड़ा शहर है। यहाँ चश्मे की दुकान के मालिक 70 साल के अरुण कर्माकर अन्य लोगों की तरह एल.पी.जी. गैस सिलेंडर का इंतजार करते नहीं बैठे। उन्होंने समस्या का समाधान खोजा। वे पूरे शहर को कुकिंग गैस तैयार करने का एक नया तरीका दिखा रहे हैं और इससे बागवानी के लिए गोबर की खाद भी मिल रही है और उनकी एल.पी.जी. सिलेंडर पर निर्भरता कम हो रही है। उनके पास एक गाय है, जिससे करीब 4 किलो गोबर और 4 लीटर गौमूत्र मिलता है, जिससे वे मार्श गैस तैयार कर रहे हैं, जो मूल रूप से बायो गैस है। यह नम जमीन पर तैयार होती है और इसका मुख्य घटक है, मीथेन। उनका तरीका काफी आसान है। वे अपनी गाय का गोबर एकत्र करते हैं और इसे एक सूखे कुएँ में डाल देते हैं, जिसमें पहले से ही बड़ी मात्रा में कचरा जमा होता है। इसके बाद प्लास्टिक का एक ड्रम इस पर उल्टा रख दिया जाता है और दबाव के लिए इस पर कुछ ईंटें

रख दी जाती हैं। कुछ मिनट बाद कचरे और गोबर से बनी मार्श गैस रबर की नली के माध्यम से गैस के बर्नर तक पहुँचने लगती है। जब गैस बनना बंद हो जाती है तो ड्रम में एक काले रंग का पेस्ट बन जाता है। यह तत्त्व खाद का विकल्प होता है और इसे फूलों और सब्जियों के बगीचों में इस्तेमाल किया जा सकता है।

उनकी पत्नी को सिर्फ एक एल.पी.जी. सिलेंडर की जरूरत होती है, इसलिए वे सिलेंडर के इंतजार की मुसीबत से दूर हैं। चूँकि कर्माकर के छोटे-से घर में फूलों के बगीचों के लिए पर्याप्त जगह नहीं है, इसलिए वे खाद मुफ्त में उन लोगों को बाँट देते हैं, जिनके पास फूलों और सब्जियों के बगीचे हैं। गोबर गैस और खाद बनाने के इस तरीके को वे अन्य लोगों के बीच भी प्रचारित कर रहे हैं। यह शुद्ध, आर्गेनिक खाद बहुत गुणकारी है। स्थानीय लोग, जिन्हें उनके द्वारा तैयार खाद मिल रही हैं, भी इस बात को स्वीकार करते हैं। दस लोगों के परिवार के लिए कम-से-कम पाँच गायों की जरूरत होती है, जिससे रोज उनकी कुकिंग गैस की जरूरत पूरी हो सकती है। कर्माकर के पास और गाय रखने की जगह नहीं है, लेकिन फिर भी कभी गैस की कमी से नहीं जूझना पड़ता। यहाँ तक कि तब भी नहीं, जब मौसम सबसे ज्यादा खराब होता है और आपूर्ति बहुत ज्यादा बाधित होती है। यह तकनीक उन्होंने 66 साल की उम्र में गुजरात में एक जागरूकता कार्यक्रम में सीखी थी। घास खानेवाली सिर्फ देसी ब्रीड की गाय के गोबर से ही प्रभावी मार्श गैस बनती है, जबकि आमतौर पर रासायनिक रूप से तैयार चारा खानवाली क्रॉस ब्रीड गाय का गोबर इस स्तर की गैस नहीं बना सकता। यदि किसी के पास ज्यादा जगह और अधिक संख्या में गाय पालने की क्षमता हो तो संभावनाएँ और भी हैं।

फंडा यह है कि बदलाव के लिए उम्र, शिक्षा और स्थान बाधा नहीं होती। बुरे हालातों में किसी समस्या को सुलझाने के लिए मदद का इंतजार करने से बेहतर है कि बदलाव लाया जाए।

□

जागरूकता फैलाने के लिए भी होता है प्रचार

मंडी डबवाली हरियाणा-पंजाब सीमा पर स्थित छोटा शहर है। यहाँ का स्टेशन पंजाब के भटिंडा और राजस्थान के बीकानेर के बीच सफर करनेवाले यात्रियों को सुविधा देता है। दो प्लेटफॉर्म का यह स्टेशन दोनों शहरों के बीच दर्जन भर से ज्यादा ट्रेनों को गुजरते देखता है। यह एक तरफ भटिंडा और दूसरी तरफ राजस्थान के ही हनुमानगढ़ के बीच पहला बड़ा स्टेशन है। दिन के वक्त प्लेटफॉर्म पर चारों ओर कचरा फैला रहता है, लेकिन यदि आप सुबह 6:00 बजे प्लेटफॉर्म पर देखें तो वे एकदम चकाचक दिखाई देंगे।

रेलवे कर्मचारी इसकी सफाई नहीं करते, बल्कि शहर के ही चार बाशिंदे रोज सुबह 5:30 बजे आकर सफाई कर जाते हैं, फिर चाहे बारिश हो रही हो या कड़ी धूप पड़ रही हो। इतना ही नहीं, वे यात्रियों से भी गुजारिश करते हैं कि वे अपना कचरा डस्टबिन में ही डालें। वे थोड़ा वक्त प्लेटफॉर्म पर भी गुजारते हैं, ताकि सफाई कायम रखी जा सके। उम्र के छठे व सातवें दशक में चल रहे किशन अरोरा, अवतार सिंह, शशि काम और विनोद अच्छी-खासी जिंदगी गुजार रहे हैं, लेकिन नियत समय पर आकर सफाई में जुट जाते हैं।

प्रधानमंत्री का 'स्वच्छ भारत अभियान' अक्टूबर 2014 में शुरू होने के तुरंत बाद इस टीम ने काम शुरू कर दिया था और तब से एक भी दिन ऐसा नहीं गया है कि रेलवे प्लेटफॉर्म की सफाई न हुई हो। इससे उन्हें आत्म-संतोष मिलता है कि वे समाज हित में कोई योगदान दे रहे हैं। उन्हें थोड़ी हताशा भी होती है कि लोग उनके काम का महत्त्व नहीं समझते और स्वच्छता को बनाए नहीं रखते हैं। यदि किसी दिन चारों में से कोई आ न सकें तो शेष तीन अनुपस्थित सदस्य का काम आपस में बाँट लेते हैं और प्लेटफॉर्म की सफाई का काम प्रभावित नहीं होता। कचरे में ज्यादातर चाय के कप और पानी की बोतलें होती हैं।

जब उन्होंने काम शुरू किया तो लोग उनकी खिल्ली उड़ाते हुए पूछते कि उन्हें इस अंशकालीन काम का कितना पैसा मिलता है, लेकिन जब उन्हें पता चला कि यह सिर्फ अच्छे उद्देश्य से स्वेच्छा से किया जा रहा काम है तो उनमें से कुछ ने उनका साथ देने का दिखावा भी किया, लेकिन ये चारों एकजुट बने रहे। एक तरफ इन चारों ने अपना स्वेच्छा कार्य जारी रखा, जबकि दूसरी तरफ रेलवे उद्घोषक ने अपनी ओर से यात्रियों को 'डराना' शुरू किया कि यदि वे प्लेटफॉर्म पर गंदगी बिखेरते पाए गए तो उन्हें कौन-सी धारा के तहत सजा दी जाएगी। दुर्भाग्य से इस उद्घोषणा से इन चारों द्वारा किए गए त्याग की भरपाई में कोई मदद नहीं मिलती, बल्कि उलटा ही असर होता। जितना उद्घोषक लेगों को कानून का डर दिखाते, उतना ही वे ज्यादा कचरा बिखेरते, क्योंकि कानून की धाराओं की भाषा आम यात्री की समझ से परे है।

चूँकि ये चारों जल्दी सुबह केवल एक घंटा ही बिताते, उनका काम यात्रियों की नजर में नहीं आता। फिर ये यात्री उनके शहर के भी नहीं होते, इसलिए इस काम की उन्हें परवाह भी नहीं होती और यही वजह है कि सफाई के कुछ ही घंटों बाद स्टेशन की फिर वही हालत हो जाती है। इसके विपरीत मुंबई के कुछ उपनगरीय स्टेशनों पर इसी तरह का काम करनेवाले वॉलेंटियर यह सुनिश्चित करते हैं कि उनका काम रेखांकित हो, लोग उसका महत्त्व समझें। वे अपने हाथ में प्ले कार्ड लिए होते हैं, जिन पर लिखा होता है, 'आप सब सो रहे थे, हमने आपकी सुविधा के लिए स्टेशन की सफाई की है।' इससे कचरा फैलाने की मानसिकता रखनेवाले लोग हतोत्साहित होते हैं और स्टेशन अधिक समय तक साफ बना रहता है। रेलवे अनाउंसर इस अच्छे काम की घोषणा करने में गर्व अनुभव करते हैं और यात्रियों को रेलवे के विभिन्न कायदों को दोहराकर धमकाने की बजाय उनसे सहयोग माँगते हैं।

फंडा यह है कि पब्लिसिटी यानी प्रचार हमेशा प्रमोशन यानी खुद को आगे बढ़ाने के लिए नहीं होता, सार्वजनिक सफाई जैसे अच्छे काम में तो नहीं। तो बड़े पैमाने पर लोगों में जागरूकता फैलाने का साधन है, जो अप्रत्यक्ष रूप से ऐसे काम में जन-सहयोग को बढ़ाते हैं।

□

दृढ़ आस्था असंभव को संभव बना देती है

तमिलनाडु की मुख्यमंत्री जयललिता हर मेडिकल सुविधा उपलब्ध कराए जाने के बाद भी मौत से अपनी लड़ाई हार गईं। लंदन से आए डॉक्टरों ने भी कहा कि चेन्नई के अस्पताल में पिछले 74 दिनों से जो इलाज उन्हें मुहैया कराया गया है, उससे अधिक वे भी कुछ नहीं कर सकते। लेकिन ऐसे लोगों की काफी संख्या है, जो मौत से लड़ाई शुरू होने के पहले ही हार जाते हैं। इसलिए नहीं कि उन्हें अच्छा इलाज उपलब्ध नहीं होता, बल्कि इसलिए कि वे उन सुविधाओं को प्राप्त करने के लिए अस्पताल तक नहीं पहुँच पाते।

पश्चिम बंगाल के जलपाईगुड़ी स्थित धालाबाड़ी के करीमुल हक ने बरसों पहले अपनी माँ को खो दिया था, इसलिए नहीं कि उन्हें अच्छी उपचार सुविधा नहीं मिल सकी, बल्कि इसलिए कि वे मेडिकल सुविधावाली जगह पर पहुँच नहीं सकीं। नदी के पार बसे उनके गाँव तक पहुँच सके, ऐसी एक भी एंबुलेंस नहीं थी और ऊपर से नदी पर पुल भी नहीं है। माँ की मौत से दुःखी चाय बागान के वर्कर करीमुल हक लगातार सोचते रहते कि वे कैसे इस दुःखद घटना को रोक सकते थे। फिर एक दिन साथी वर्कर बागान में बेहोश होकर गिर पड़ा और अन्य कामगारों में घबराहट फैल गई। करीम ने उसे अपने मित्र को पीठ से बाँधकर अपनी बाइक पर बिठा लिया और प्राथमिक स्वास्थ्य केंद्र ले गए। यह गाँव से छह किलोमीटर दूर था, लेकिन वहाँ सर्जरी की सुविधा नहीं थी। यह सुविधा 45 किलोमीटर दूर थी। वहाँ से 45 किलोमीटर जाने का तत्काल निर्णय लेने से मित्र की जान बच गई और करीमुल को अपने गाँव के लिए एंबुलेंस सुविधा शुरू करने का विचार आया।

हम सब चार पहियोंवाली एंबुलेंस से परिचित हैं, लेकिन एंबुलेंस के रूप में बाइक का उपयोग असामान्य विचार है, किंतु 'करीमुल बाइक एंबुलेंस' बहुत लोकप्रिय हो गई है। स्थानीय डॉक्टर से पुलिस अधिकारी और ब्लॉक अधिकारी तक ज्यादातर लोगों को इसका पता है। सबसे बड़ी बात तो है कि उनकी यह सेवा दिन-रात गरीब गाँववालों को अस्पताल व क्लीनिक ले जाने के लिए उपलब्ध है, वह भी मुफ्त में।

यहाँ तक कि पड़ोसी गाँवों में भी उनकी इस अनूठी एंबुलेंस की भनक लग गई है और आपात स्थिति में वे भी उसका उपयोग करते हैं।

चाय बागान में काम करने से उन्हें हर माह चार हजार मिलते हैं। वे 25 फीसदी रकम 'बाइक एंबुलेंस' के ईंधन व रख-रखाव के लिए अलग निकालकर रख देते हैं, जबकि 25 फीसदी राशि बाइक की किश्त के रूप में बैंक में चली जाती है। शेष राशि से वे घर खर्च चलाते हैं। उनकी खुशकिस्मती है कि उनकी दोनों बेटियों का विवाह हो चुका है और दो बेटे मोबाइल मैकेनिक का काम करते हैं। ऐसे में कम-से-कम पिछले कुछ वर्षों से परिवार सिर्फ उनकी कमाई पर निर्भर नहीं है। चाय बागान के डायरेक्टर सुकुमार दास ने उन्हें काम के समय में काफी रियायतें दी हैं, क्योंकि दास को लगता है कि करीमुल का सेवा-कार्य असाधारण है।

अकेले दास ही नहीं है, जिन्होंने करीमुल के मानवीय कार्य को पहचाना है। उन्हें उनकी सामाजिक सेवा के लिए जी-समूह के बंगाली न्यूज टी.वी. चैनल 24 घंटा ने 'अनन्य सम्मान' से नवाजा है। अब स्थानीय लोग चाहते हैं कि उनके इस काम का सम्मान कर राष्ट्रपति उसे मान्यता दें। ऐसा क्यों नहीं होना चाहिए? उन्होंने अकेले पिछले एक दशक से कुछ अधिक समय में 3 हजार से ज्यादा लोगों की जिंदगियाँ बचाई हैं। चूँकि वहाँ का जमीनी इलाका अच्छा नहीं है और ऐसी सड़कें भी नहीं हैं कि वहाँ कोई चौपहिया वाहन ले जाया जा सके। इसलिए वे एंबुलेंस खरीदने से इनकार कर देते हैं। इस अथक काम की प्रेरणा उनकी आस्था है कि यदि वे लोगों की जिंदगियाँ बचाने का यह कार्य जारी रखते हैं तो उनकी माताजी को जन्नत नसीब होगी। चूँकि वे इतने लागों का जीवन बचा चुके हैं तो उन्हें विश्वास है कि उनकी माँ जहाँ भी हैं, वहाँ से उन्हें देखकर मुसकराती होंगी।

फंडा यह है कि आपकी दृढ़ आस्था ऐसे काम करने की प्रेरणा बन सकती है, जिसे कई लोग असंभव मानते हैं।

□

पहचान चाहिए तो वह करें जो 69 वर्षों में न हुआ हो

स्टोरी-1 : सन्नी अरोकिया स्वामी, बालचंद्र एम. हेगड़े, कुमार स्वामी और कोतरेश वीरप्पुरा। ये सभी बेंगलुरू के 'एम.एस. रमैया इंजीरियरिंग इंस्टिट्यूट' के छात्र हैं। ये ऐसा कुछ करना चाहते थे, जो देश की आजादी के 69 वर्षों में कभी न हुआ हो। ऐसा वे क्या कर सकते हैं, यह जानने के लिए इन्होंने एक टूर किया और अपनी रिसर्च में उत्तर कन्नड़ा जिले के जोइडा ताल्लुका के कई गाँव देखे, जिनमें आज तक बिजली नहीं पहुँची थी।

उन्होंने पाया कि खूबसूरत पश्चिमी घाट में कई रिहायशी बस्तियाँ हैं, लेकिन सड़कें और अन्य सुख-सुविधाएँ नहीं हैं। अचरज तो यह था कि बिजली का तो यहाँ किसी ने नाम भी नहीं सुना है। उन गाँवों में से उन्होंने दो छोटे गाँवों—घाटकुनांग और खानगाँव को चुना। यहाँ अधिकांश लोग धान की खेती करते हैं। जब उनके पास पैसों की कमी हो जाती है तो वे गोवा चले जाते हैं और दिहाड़ी मजदूरी करने लगते हैं। सिर्फ दो घंटे के सफर में उनके गाँव से गोवा पहुँचा जा सकता है। उन्होंने इन गाँवों के विकास के लिए जरूरी चीजों के अनुसार योजना बनाई और अपने कॉलेज लौटे। उनके कॉलेज से उन्हें इस प्रोजेक्ट के लिए 4 लाख रुपए का फंड मिल गया।

उन्होंने अन्य छात्रों की मदद से एक सोलर सिस्टम पर काम शुरू किया। यह सिस्टम सभी तरह के मौसम में काम कर सकता है। हर सिस्टम में 20 हजार रुपए का पड़ा और उन्होंने दोनों गाँवों में बिजली की व्यवस्था करने के लिए ऐसे 20 सिस्टम लगाए। गाँव के लोगों को इनके रख-रखाव की ट्रेनिंग भी दी गई। स्थानीय इलेक्ट्रीशियन को भी सामने आनेवाली तकनीकी समस्या से निपटने के लिए प्रशिक्षण दिया गया। इस साल अप्रैल के शुरू में जब पहला बल्ब रोशन हुआ तो लोगों के चेहरों पर आई मुसकान को भुलाया नहीं जा सकता। गाँववालों ने अपने घरों में बल्ब देखा तो इतने प्रसन्न हुए कि कई घंटों तक ईश्वर का आभार मानते हुए प्रार्थना करते रहे।

स्टोरी-2 : यह किसी पेड़ की तरह नजर आता है, लेकिन इसमें दो बातें अलग हैं। एक तो यह कि इसके तने पर चमकदार भूरा रंग पेंट किया गया है और दूसरा, इससे शाखाओं और पत्तियों की नहीं, बल्कि सबसे ऊपर लगे सोलर पैनल की परछाईं मिलती है। सौर ऊर्जा के प्रचार के लिए अहमदाबाद म्युनिसिपल कॉर्पोरेशन सोलर पैनल का इस तरह का एक पेड़ इंस्टॉल कर रहा है। इससे लोगों को गैजेट्स चार्ज करने और वाई-फाई की सुविधा मिलेगी। गुजरात की राजधानी में इस तरह के कई पॉवर ट्री लगाए जाने हैं। पॉवर ट्री का अनोखा कॉन्सेप्ट इस क्षेत्र में स्वच्छ ऊर्जा के प्रचार के लिए लाया जा रहा है। पहला पॉवर ट्री रिवर फ्रंट गार्डन में सुभाष ब्रिज के पास लगाया जा रहा है। इसके इस्तेमाल के आकलन और सफलता के बाद अन्य सार्वजनिक स्थानों पर इसी तरह के पेड़ लगाए जाएँगे। इससे सेल फोन के साथ लैप टॉप भी चार्ज किए जा सकते हैं।

पेड़ से लोगों के इस्तेमाल के लिए दस पॉवर पॉइंट दिए गए हैं। सुविधा के साथ सुरक्षा के उपाय भी हैं, जिससे दुरुपयोग भी रोका जा सके। वन टाइम पासवर्ड के माध्यम से यूजर मोबाइल फोन पर वाई-फाई सुविधा इस्तेमाल कर सकता है। यह सुविधा 10 से 15 मिनट की तय समय सीमा के लिए आकस्मिक काम के लिए उपलब्ध होगी। पॉवर ट्री कलात्मक और तकनीकी प्रयासों का समावेश है। यह सोलर आर्ट वर्क है। इस तरह के कुछ सोलर ट्री यूरोपीय देशों और उत्तरी अमेरिका में सार्वजनिक स्थानों, शैक्षणिक कैम्पस, व्यावसायिक क्षेत्रों और बगीचों में लगाए गए हैं।

फंडा यह है कि अगर आप वही काम कर रहे हैं, जो पहले भी हो चुके हैं, तो उन्हें ऐसे स्थानों पर कीजिए जहाँ पहले हुए न हुए हों और इस तरह कीजिए जैसा आजादी के 69 वर्षों में किसी ने सुने न हों। फिर देखिए कि कैसे आपकी इस रचनात्मकता को पहचान और सराहना मिलती है?

□

संकट हो तो आइडिया कॉपी करने में हर्ज नहीं

बहुत समय पहले जब महिंद्रा एंड महिंद्रा को पता चला कि कंपनी के वाहन 'बोलेरो' की माँग पूर्वी भारत के पहाड़ी इलाकों में बहुत ज्यादा है तो मुंबई की कांदीवली फैक्ट्री से ज्यादा-से-ज्यादा ट्रकों से वाहन पहुँचाने की कोशिश की गई, लेकिन कमी बढ़ती गई और समय 70 हजार बोलेरो वेटलिस्ट में हो गईं। एम. एंड एम. का बोर्ड हैरान रह गया। हर ट्रक में 10 गाड़ियाँ भरकर वहाँ भेजने में दस दिन का समय लगता और इससे सेल्स टीम और डीलर्स के लिए समस्या पैदा हो गई। एक अधिकारी ने अच्छा आइडिया दिया कि मालगाड़ी से वाहनों को फैक्ट्री से सीधे वहाँ भेजा जा सकता है, वह भी सिर्फ 48 घंटे में। आइडिया काम कर गया। इस विचार ने न सिर्फ इस काम में लगे हजारों ट्रकों को मुक्त कर दिया, बल्कि कंपनी ने सारी माँग को चार महीने में ही पूरा कर दिया और यहाँ तक कि बड़ा स्टॉक भी तैयार कर लिया गया। यह अलग बात है कि ज्यादा सप्लाई ने इस क्षेत्र में बाजार खत्म कर दिया और कंपनी फिर रोड ट्रांसपोर्टेशन पर लौट आई, लेकिन महाराष्ट्र के सूखाग्रस्त इलाकों में रेलवे से पानी पहुँचाना नई बात है।

पिछले शनिवार को महाराष्ट्र के सांगली जिले में मिरज स्टेशन पर 50 टैंकरवाली रेल पहुँची। इन टैंकरों को पीने के पानी ले जाने के लिए आनन-फानन में स्टांम से साफ किया गया, जिससे वे राज्य के लातूर में पेयजल ले जाने लायक हो सकें। यह जिला दशकों के सबसे बड़े जल संकट से जूझ रहा है। मिरज में पानी को जैकवेल से रेलवे के फिल्ट्रेशन प्लांट लाया गया। फिर यहाँ से पानी को एक पुरानी पाइप लाइन से वैगन में भरा गया। अभी 400 पानी के टैंकों से रोजाना पानी लातूर ले जाया जा रहा है। इसके अलावा 200 ट्रकों से पानी इसी जिले के ग्रामीण इलाकों में भेजा जा रहा है। हर रेलवे वैगन की क्षमता 54 हजार लीटर की है, लेकिन अभी 50 हजार लीटर पानी इनमें भरा जा रहा है। 50 ऐसी वैगनोंवाली एक ट्रेन से इतना पानी पहुँचाना 450 ट्रक से सप्लाई करने के बराबर है।

इधर एक पूर्व आर.एस.एस. प्रचारक, एक कांग्रेस नेता, एक चीनी मिल के मालिक, एक वकील और एक सामाजिक कार्यकर्ता के अजीब समूह ने मिलकर लातूर की इस समस्या के समाधान का प्रयास शुरू किया है, जबकि महाराष्ट्र की अब तक की कोई भी सरकार इसे हल नहीं कर पाई है और प्यासा लातूर तकलीफें झेल रहा है। अशोकराव कुकुड़े, त्र्यंबकदास झंवर, बीबी ठोंबरे, मनोहरराव गोमरे और मकरंद जाधव ने वह कदम उठाने का साहस दिखाया जो हाल के इतिहास में लोगां ने नहीं उठाया है। इन्होंने अपने पैसों से दो स्टाप डैम बड़े करने का फैसला किया है। अभी बरसाती पानी के बहाव को रोकने के लिए बनाए इन बाँधों में पानी नहीं है। स्थानीय लोगों ने इन पर काम करना शुरू कर दिया है, ताकि जब बारिश हो तो इसमें पूरे साल चलने लायक पानी जमा हो सके। उन्होंने एक सर्वे किया और पाया कि अगर दोनों बाँधों को और गहरा और चौड़ा किया जा सके तो लातूर में होनेवाली कम बारिश में भी पर्याप्त पानी इकट्ठा किया जा सकता है। मिलकर पैसा जुटाने पर सहमति के बाद टीम ने दो महीनों में 2 करोड़ रुपए एकत्र कर लिए। पूरा प्रोजेक्ट 7.5 करोड़ रुपए का है। करीब 1,000 से ज्यादा व्हाट्सएप ग्रुप बनाए गए और स्थानीय उद्योगपतियों की एसोसिएशन से लेकर ज्वेलरों और डॉक्टरों तक ने सहयोग दिया और इस तरह इसमें 51 लाख रुपए जमा हो गए।

फंडा यह है कि जब समस्या गंभीर हो तो आइडिया कहीं से भी कॉपी करने में कोई शर्म की बात नहीं है और व्यावसायिक प्रतिद्वंद्वियों को दोस्त बनाने में भी कोई हर्ज नहीं है।

□

दृढ़ प्रतिज्ञ हैं तो पहाड़ भी हिला सकते हैं

पश्चिम बंगाल के मुर्शिदाबाद जिले का गाँव भाबटा। जिला देश के सबसे गरीब जिलों में गिना जाता है। यहाँ 70 प्रतिशत आबादी गरीबी और अज्ञान के दलदल में फँसी है। किसी भी बच्चे का स्कूल जाना गाँव में लग्जरी माना जाता है, जबकि शिक्षा मुफ्त है, लेकिन ट्रांसपोर्ट, यूनिफॉर्म और किताबों का खर्च बहुत ज्यादा है। बाबर अली खुशकिस्मत रहे। जूट का व्यापार करनेवाले पिता मोहम्मद नजीमुद्दीन (50) का भरोसा शिक्षा में था। उन्होंने सिर्फ बाबर के ट्रांसपोर्टेशन पर हर साल 1,800 रुपए खर्च किए, जो वर्ष 2002 में काफी बड़ी रकम मानी जाती थी। नौ साल का बाबर यह देखकर दु:खी होता था कि जो सुविधा उसे मिल रही है, वह गाँव के अन्य बच्चों के पास नहीं है। वह गाँव के बच्चों के लिए कुछ करना चाहता था। उसका दिन रोज सुबह पाँच बजे शुरू होता। पहले कुछ दूर पैदल और फिर ऑटो से वह स्कूल पहुँचता। दोपहर दो बजे लौटकर आता और गाँव के बच्चों को शाम तक पढ़ाता। हर रोज वह स्कूल में जो सीखता वह अन्य बच्चों के साथ साझा करता। समय के साथ अधिक बच्चे उसकी क्लास में शामिल होने लगे। उनमें से अधिकांश ने जीवन में कभी स्कूल नहीं देखा था और उन्हें स्कूल के बारे में कुछ पता भी नहीं था, जब तक उन्होंने बाबर के मुँह से इसके बारे में सुना नहीं था। जल्द ही उसे पता चला कि हर बच्चे में सीखने की काफी इच्छा है।

कुछ महीनों में यह स्थिति हो गई कि छात्र इंतजार करते कि कब वह स्कूल से लौटेगा, यहाँ तक कि उसे खाना खाने का समय भी नहीं मिलता। उसकी माँ और भाई-बहन भी उसका सहयोग करते, हालाँकि पिता को राजी होने में कुछ समय लगा। वह अपने स्कूल में टीचर्स से चॉक के टुकड़े माँगता। जब टीचर्स को पता चला कि वह इनका उपयोग पढ़ाने में कर रहा है तो वे उसे चॉक का बॉक्स ही देने लगे। यह सिलसिला दो साल तक चलता रहा। गाँववालों ने इसकी गंभीरता को समझा और उन्होंने ब्लॉक डेवेलपमेंट अधिकारी से किताबें और पढ़ाई की अन्य सामग्री देने में मदद माँगी। चूँकि पूरा गाँव उसके साथ था, इसलिए धीरे-धीरे इंतजाम होने लगे।

सरकारी अधिकारियों ने उसे ब्लैक बोर्ड, किताबें और चॉक लाकर दिए। इस तरह 11 साल की उम्र में बाबर ने औपचारिक रूप से अपने स्कूल आनंद शिक्षा निकेतन का शुभारंभ किया। उसने गाँव के बुजुर्गों की एक स्कूल कमेटी बनाई। फिर पास के गाँव के हायर सेकंडरी स्कूल की प्रधानाध्यापिका फिरोजा बेगम से अनुरोध किया कि उसकी स्कूल की सचिव बन जाएँ। बच्चे की ईमानदारी और गंभीरता की जीत हुई और वह राजी हो गईं। इन सब में अच्छी बात यह थी कि उसके जोश से गाँववाले एक साथ आए और उन्होंने उसका सपना पूरा करने में मदद की। स्कूल के उद्घाटन की खबर को स्थानीय अखबारों ने तो छापा ही, कोलकाता के एक बड़े अखबार ने भी इसे प्रकाशित किया। जाने-माने अर्थशास्त्री और नोबेल पुरस्कार से सम्मानित अमर्त्य सेन की ओर से उसे बुलाया आया। जब वह 13 साल का हुआ तो कोलकाता के एक लर्निंग सेंटर शांतिनिकेतन से उसे संबोधित करने के लिए बुलावा आया। यहाँ श्रोताओं में पश्चिम बंगाल के वित्त मंत्री और कई बड़े प्रोफेसर शामिल थे।

अगले साल बाबर को सी.एन.एन.आई.बी.एन. का रियल हीरोज अवॉर्ड सुपरस्टार आमिर खान ने प्रदान किया। इसके बाद वह आमिर खान के प्रसिद्ध टी.वी. शो 'सत्यमेव जयते' में भी आया। फिर बी.बी.सी. भी उसके बारे में लिखने गाँव पहुँचा। वह टैड फैलो बना और अपने स्कूल के बारे में टैड टॉक में बताया। उसका स्कूल अब घर के पीछे के हिस्से में लगता है और कक्षा आठ तक की क्लास स्कूल में लगने लगी है, जिसमें 300 नियमित छात्र हैं। स्कूल में 10 टीचर्स हैं और ये सभी स्वयंसेवी हैं और इसमें से चार तो उसी के स्कूल के पूर्व छात्र हैं, जिन्होंने यहाँ से निकलने के बाद ग्रेजुएशन किया। बाबर अब 22 साल को हो चुके हैं और फ्री स्कूल के अपने आइडिया को देश भर में आजमाना चाहते हैं।

फंडा यह है कि अगर आप कुछ करने के लिए दृढ़ हैं तो पहाड़ हिलाना भी संभव है।

□

क्या आपने कभी असली दुनिया देखी है

देर रात डॉ. मोहिंदर सिंह अरोरा का परिवार उनके लखनऊ स्थित आवास पर जमा था, जो 1 मार्च, 2017 को 80 साल के होनेवाले हैं, लेकिन अभी बीमार थे। वे सो रहे थे, जबकि उनके बच्चे व परिवार के अन्य सदस्य उनके लिए प्रार्थना कर रहे थे। अचानक दरवाजे की घंटी बजी। पुत्र अमरजीत सिंह अरोरा रात के उस समय इस व्यवधान पर गुस्सा हो गए, लेकिन उन्हें अचरज नहीं हुआ, क्योंकि उनके पिता लखनऊ के सबसे लोकप्रिय लोगों में से हैं। यदि आप किसी भी रिक्शावाले से कहें कि आपको 'ज्ञानीजी' से मिलना है, (हाँ, डॉ. अरोरा इसी नाम से मशहूर हैं) तो वह उनके घर सी-1151, राजाजीपुरम पर छोड़ देगा।

हॉस्पिटेलिटी बिजनेस चलानेवाले अमरजीत हमेशा यह देख विचलित हो जाते कि किसी रोगी को देखने की उनके पिता की फीस कभी 5 रुपए से ऊपर नहीं जाती। ज्यादा फीस लेना तो दूर, जरूरतमंदों को तो वे पैसे और दवाइयाँ तक दे देते, ताकि वे स्वास्थ्यवर्द्धक भोजन करके जल्दी सेहतमंद हो सकें। हालाँकि, इन 53 वर्षों में फीस 10 पैसे से बढ़कर 5 रुपए तक पहुँची है। अपने पिताजी से चर्चा में वे हमेशा पूछते, "मुझे बताइए पिताजी, अपनी जिंदगी में आपने क्या कमाया?" ज्ञानीजी हमेशा जवाब में मुसकरा देते। ज्ञानीजी ने एक अनाथाश्रम 'बाल सहयोग' में वार्डन के काम से अपने कॅरियर की शुरुआत की थी। वे तब इंदिरा गांधी को रिपोर्ट करते थे, जिन्हें उनके पिता व प्रथम प्रधानमंत्री जवाहरलाल नेहरू के मार्गदर्शन में प्रशिक्षित किया जा रहा था। परिवार की पहुँच सीधे प्रधानमंत्री आवास तक थी, जबकि विभाजन के बाद वे पाकिस्तान से शरणार्थी के रूप में आए थे, लेकिन उनके परिवार ने इस ऊँचे संपर्क का कभी फायदा नहीं उठाया। ज्ञानीजी के पिता ने अपने बेटे के लिए सारे ऊँची तनख्वाह वाले जॉब की पेशकश ठुकरा दी और ड्राफ्टमैन के बतौर भारतीय रेल ज्वॉइन करने में उसकी मदद की। ज्ञानीजी पार्ट टाइम पैशन के रूप में होमियोपैथी की प्रैक्टिस करते, लेकिन जब उनकी माँ को त्वचा की खतरनाक बीमारी एक्जिमा हुई। वर्ष 1967 में एलोपैथी से ज्यादा मदद नहीं मिली, उन्होंने होमियोपैथी से माँ को दो साल में ठीक

कर दिया।

उन्होंने रेलवे से स्वैच्छिक सेवानिवृत्ति ले ली और आर्थिक रूप से गरीब तबके के वृहत्तर फायदे के लिए होमियापैथ के रूप में प्रैक्टिस करने लगे। यही वजह है कि पूरा लखनऊ शहर उन्हें 'खुदा का बंदा' कहता है। इसीलिए दरवाजे की घंटी बजते ही अमरजीत विचलित हो गया कि जब उनके पिता खुद बीमार हैं तब भी कोई उन्हें तकलीफ देने आ गया। ये कोई मुसलिम सज्जन थे, जो अमरजीत के कड़े विरोध के बावजूद ज्ञानीजी से मिलने पर जोर दे रहे थे। पहले तो उसने गुजारिश की कि वह सिर्फ ज्ञानीजी को देखेगा, उन्हें तकलीफ नहीं देगा, पर अमरजीत टस-से-मस नहीं हुए। फिर तो वे किसी दादा की तरह सीधे डॉक्टर के बेडरूम में पहुँच गए। वहाँ वे खड़े हुए, फिर छत की ओर देखकर और दुआ करना शुरू किया, "हे खुदा, इस शख्स को कोई दुःख मत दीजिए। कृपया उनका सारा दर्द मुझे दे दीजिए, क्योंकि तुम जानते हो वे किस तरह के शख्स हैं। दुनिया को और ज्ञानीजी चाहिए।" फिर वे कुछ देर और ज्ञानीजी के लिए प्रार्थना करते रहे और चुपचाप चले गए। अमरजीत और उनके परिवार के सदस्य तो स्तब्ध रह गए। अगली सुबह ज्ञानीजी उठे, अमरजीत को बुलाया और कहा, "तुम हमेशा पूछते थे कि मैंने क्या कमाया, ठीक है न?" अमरजीत ने चुपचाप सिर हिलाया और कहा, "आप मेरे यहाँ क्यों नहीं आ जाते?" ज्ञानीजी ने जवाब दिया, "आकर मेरी दुनिया में रहो। यह कहीं अधिक सुंदर है। यहाँ लोग दूसरों के लिए जीते हैं, तुम्हारी व्यावसायिक दुनिया की तरह चीजों के लिए नहीं जीते। फिर कभी मुझे अपने साथ आने के लिए न कहना। तुम्हारा यहाँ हमेशा स्वागत है, क्योंकि असली दुनिया यही है।" अमरजीत वह बहस हारकर लौट आए, लेकिन उन्हें अच्छी तरह मालूम पड़ गया था कि असली दुनिया कैसी होनी चाहिए।

फंडा यह है कि क्या आपने कभी असली दुनिया देखी है—यह उन लोगों की दुनिया है, जो दूसरे लोगों के लिए जीते हैं।

□

बच्चों की ऊर्जा को सही दिशा दीजिए और फिर उनमें बदलाव देखिए

स्टोरी-1 : वह कबाड़ीवाला नामक ओ.बी.सी. वर्ग से था। रोज की भाषा में कुछ जगह पर उन्हें 'टोंगावाला' और 'गधेड़ीवाला' भी कहते थे। स्कूल में हर कोई उसे इसी नाम से बुलाता और उसे अपमानजनक लगता। लगातार के व्यंग्य-बाणों से हताश वह एक दिन अपने दादाजी की गोद में बैठकर खूब रोया, जिन्होंने उसे बताया कि उनका परिवार कथाकथन करनेवाले तबके से है, जो घोड़े या गधे द्वारा खींची जानेवाली गाड़ी पर सवार होकर दिल्ली भर में घूमकर अलग-अलग इलाकों की कहानियाँ सुनाते थे, जो उन्होंने अपनी जिंदगी में देश के विभिन्न हिस्सों में घूमकर जानी थीं। यह विस्तृत विवरण अपनी जाति के बारे में उसकी धारणा बदलने के काफी था।

बाद में वह रंगमंच कला का प्रशिक्षण लेने राष्ट्रीय बाल भवन गया, जहाँ उसे बताया गया कि उसका हिंदी में बोलने का लहजा और उच्चारण खराब है। उसने राष्ट्रीय भाषा में महारथ हासिल करने के लिए कड़ी मेहनत की। फिर वह नेशनल स्कूल ऑफ ड्रामा पहुँचा, जहाँ उसे एक फिल्म में सहायक निर्देशक के बतौर काम करने का मौका मिला। थिएटर ने उसे उस जगह पहुँचाया, जिसके बारे में उसने सोचा भी नहीं था, लेकिन उसने तो कुछ और ही सोच रखा था। वह वही मौका अन्यों को भी देना चाहता था, जो उसे मिला था, ताकि पीढ़ी-दर-पीढ़ी चलनेवाला चक्र तोड़ा जा सके।

इस तरह टैलेंट (टीम एंड एसोसिएशन इन लर्निंग एजुकेशन एंड नेचुरल थिएटर) का जन्म दिल्ली के शाहजहाँनाबाद स्थित एक छोटे-से कमरे में हुआ, जहाँ निश्चित समय पर कई बार बच्चे अभ्यास करते या किसी नाटक पर पूरी शिद्दत से चर्चा करते देखे जा सकते हैं, जो वे रंगमंच पर प्रस्तुत करनेवाले होते हैं। इरशाद आलम से मिलिए, जिन्होंने वंचित बच्चों को अपनी प्रतिभा निखारने और रंगमंच कला के जरिये शिक्षित करने के लिए टैलेंट की स्थापना की। उनका उद्देश्य बेचैनी से भरे इन अति सक्रिय बच्चों की ऊर्जा को सही दिशा देना है। ये रिक्शावाले, राजगीर, सुतार और ऐसे

ही रोज की आमदनी पर निर्भर लोगों के बच्चे हैं।

टैलेंट थिएटर वर्कशॉप से निकले बच्चे नियमित रूप से नाटक पेश करते हैं और कुछ ने तो 'पोगो' जैसे चैनलों पर भी प्रस्तुति दी है। ऐसे प्रयासों से आलम ने कई किशोर जेबकतरों व शरारतियों को सुधारने में कामयाबी पाई है। ऑटो ड्राइवर व ड्रग एडिक्ट के पुत्र अल नवास को सांस्कृतिक कोटे पर किरोड़ीमल कॉलेज में प्रवेश पाने में कामयाबी मिली है। आज टैलेंट नई दिल्ली नगर पालिका के 36 स्कूलों में थिएटर क्लासेज चलाता है और उन्हें प्रोत्साहन देता है, जिनकी प्रतिभा अन्यथा पहचानी नहीं जाती।

स्टोरी-2 : वह अपने मुँह में सोने का चम्मच लेकर पैदा हुआ था और उसे जिंदगी की सारी सुविधाएँ उपलब्ध थीं, लेकिन वह यह देखकर बहुत बेचैन हो जाता कि उसकी गली में अनाथ बच्चे आकर ड्रम बजाते और लोगों का ध्यान आकर्षित करके पहनने के लिए कपड़े माँगते। इसका उस पर गहरा असर हुआ और वह गरीब बच्चों को मुफ्त में पढ़ाने लगा। उसने पाक कला में अध्ययन-प्रशिक्षण जारी रखा और शेफ बन गया, लेकिन शेफ की कैप पहनने की बजाय वह भोजन देने वाली आंगनवाड़ियों के लिए काम करने लगा। वह लोगों से गेहूँ-चावल माँगता और उनके लिए भोजन बनाता, जिन्हें दिन भर में शायद एक कप चाय भी नहीं मिलती।

वर्ष 2006 में वी.के. महादेव प्रसाद ने आखिरकार केरल के कोझीकोड में वंचित तबकों की लड़कियों के लिए 'सुकृतम गर्ल्स होम' की स्थापना की, ताकि वे गरीबी से जर्जर जिंदगी के दुश्चक्र को तोड़ सकें, जो उनके अल्प शिक्षित पालक नहीं तोड़ सके। अपना घर गिरवी रखकर उन्होंने पैसे जुटाए और गर्ल्स होम के लिए जमीन खरीदी तथा उन छात्राओं की जिंदगी बदलने का निश्चय किया, जिनके बारे में उन्हें भरोसा था कि यदि उन्हें सही शिक्षा और उचित मार्गदर्शन दिया जाए तो वे समाज में विशाल परिवर्तन लाएँगे।

फंडा यह है कि यदि आप बच्चों की ऊर्जा को सही दिशा देने में उनकी मदद करेंगे, तो वे ऐसे चमत्कार कर सकते हैं, जो किसी को भी हैरत में डाल दें।

बच्चों को स्टाइलिश बनाना है तो उन्हें साहित्य से जोड़ें

मैं हाल ही में मुंबई में हुए लिटरेचर फेस्टिवल में गया था, जिसमें रामचंद्र गुहा और देवदत्त पटनायक से लेकर हिंदी सिने जगत् के करण जौहर तक रचनात्मक जगत् के कई दिग्गजों ने सोच-विचार के लिए बहुत-सी सामग्री दी। तीन दिवसीय साहित्य उत्सव का सबसे अच्छा कार्यक्रम था, गुलजार का सरल हिंदी में रवींद्रनाथ टैगोर की कविताओं का सस्वर पाठ। इसे श्रेया घोषाल और संगीत निर्देशक शांतनु ने गाया भी है। संयोग से शांतनु ने तो इन कविताओं को संगीत भी दिया है।

बांद्रा के महबूब स्टूडियो में यह उत्सव साल-दर-साल होता रहा है। इस बार एक खास बात मेरे ध्यान में यह आई कि हिंदी भाषा और साहित्य से लगाव रखनेवाले कुछ ही बच्चे थे, जो वहाँ बैठकर काव्य-पाठ और गीत सुन रहे थे, जबकि उन्हीं के उम्र के सैंकड़ों बच्चे खुले सभाग्रह में वहाँ आनेवाले गणमान्य लोगों के स्टाइल स्टैटमेंट पर यानी खुद को प्रस्तुत करने की शैली पर मुग्ध हुए जा रहे थे। सीधे शब्दों में कहें तो काव्य व गीतों का लुत्फ उठाने की बजाय मेहमानों का बाहरी ग्लैमर देखने में व्यस्त थे।

मैंने जब कम उम्र के इन श्रोताओं के विरोधाभास को ध्यान में लाकर कहा कि काश, कोई सिर्फ बच्चों के लिए लिटरेचर फेस्टिवल आयोजित करता, ताकि हमें बेहतर भावी पीढ़ी मिलती तो मेरे मित्र ने तत्काल कहा कि कर्नाटक के धारवाड़ निवासी डॉ. आनंद पाटिल बरसों से यह कर रहे हैं। जाहिर है, पाटिल ने बच्चों में साहित्य के लिए रुझान पैदा करने के लिए 24 साल पहले यह अभियान शुरू किया था। ऑल इंडिया रेडियो में केंद्र निदेशक के पद से पिछले साल रिटायर होने के बाद वे अपना पूरा वक्त बच्चों के साहित्य को दे रहे हैं और उनका साहित्योत्सव हर साल कर्नाटक के किसी क्षेत्र में होता है, जिसमें ढेर सारी गतिविधियाँ आयोजित की जाती हैं। निर्धारित तिथि के एक माह पहले पाटिल बहुत सारी किताबें बच्चों में बाँटते हैं।

इकसठ वर्षीय पाटिल का किताबें चुनने का तरीका बहुत सरल व प्रभावशाली है। वे साहित्यिक मूल्य रखनेवाली किसी भी भाषा की किताबों को छाँट लेते हैं, उन्हें खरीदते हैं और उन्हें उस भाषा के स्कूली बच्चों में बाँट देते हैं। मामला यहीं खत्म नहीं होता। वे बार-बार उन बच्चों से मिलकर उनकी राय माँगते हैं, किताब की व्याख्या करने को कहते हैं और इस तरह किताब की उनकी समझ पर निगाह रखते हैं। ज्यादातर बच्चे हाईस्कूल के होते हैं। इस प्रक्रिया में वे विशेष रुचि रखनेवाले बच्चों की पहचान कर लेते हैं तथा उन्हें और किताबें व मदद मुहैया कराते हैं। फेस्टिवल में उन्हीं पुस्तकों पर चर्चा आयोजित होती है और कई बार उनमें उन किताबों के लेखक भी मौजूद होते हैं। कहानी कहने का 'कथाकथन' नामक कार्यक्रम आयोजित होता है, जिसमें चुने हुए छात्र अपनी पसंद की कहानी स्थानीय भाषा में दिलचस्प तरीके से सुनाते हैं और फिर उन पर चर्चा होती है।

बड़े लिटरेचर फेस्टिवल में गुलजार साहब के कार्यक्रम की तरह, वे भी रंगमंच के छात्र कलाकारों के कार्यक्रम आयोजित करते हैं, जो काव्य पाठ करते हैं। बच्चों से संबंधित गतिविधियों में पेंटिंग स्पर्द्धा भी शामिल होती है। वर्ष 2014 में बाल संगीत पुरस्कार से सम्मानित डॉ. पाटिल दिखने और व्यवहार में बहुत सरल हैं, लेकिन बच्चों का लिटरेचर फेस्टिवल संचालित करनेवाले बच्चे जरूर अपनी बौद्धिकता से स्टाइल स्टेटमेंट की छाप छोड़ते हैं। जिस तरह वे गंभीर विचार-विमर्श में खुद को प्रस्तुत करते हैं, खासतौर पर वे किताब और लेखक के मन की व्याख्या करते हैं, वे हमारे युग के कई बुद्धिजीवियों को भी चकित कर देते हैं। 24 किताबों के लेखक और कई अन्य किताबों पर काम कर रहे पाटिल को बच्चों के फिक्शन का चैंपियन माना जाता है।

फंडा यह है कि यदि आप चाहते हैं कि आपके बच्चे अपने व्यक्तित्व की छाप छोड़ें तो उन्हें दुनिया भर के साहित्य से किसी-न-किसी रूप में परिचित कराइए। इस तरह के पठन-पाठन से उन्हें अपना दृष्टिकोण विकसित करने में मदद मिलेगी और वे खुद के लिए स्टाइल ब्लू प्रिंट बना सकेंगे।

□

दान को जिंदगी भर का शाश्वत उत्सव बनाइए

इस साल 14 अक्तूबर को मैं केरल के कोच्चि की हवाई पट्टी पर उतरूँगा, हफ्ते भर की सड़क यात्रा के लिए। पहुँचने के तुरंत बाद मैं स्थानीय रेस्तराँ 'पाप्पडवडा,' जिसे स्थानीय केरली व्यंजनों अप्पम से लेकर वेज-नॉन वेज करी और बेशक 'पाप्पडवडा' में महारथ हासिल है। यह नाम स्थानीय व्यंजन से निकला है, जो पापड़ को चावल के वॉटर में डुबाने के बाद उसे फ्राई करके तैयार किया जाता है। मैं आपको बताता हूँ कि मैंने लंच के लिए यह रेस्तराँ क्यों चुना? यह कहानी आपने सुनी होगी कि जर्मनी में लोगों ने कुछ भारतीय पर्यटकों को रेस्तराँ में जरूरत से ज्यादा ऑर्डर देने के बाद उसे यूँ ही बर्बाद होने के लिए छोड़ते देखा तो वे उनके पास गए और विनम्रता से, लेकिन दृढ़ता से उन्हें भोजन बर्बाद करने के खिलाफ चेतावनी दी। उन्होंने कहा, "पैसा चाहे आपका हो, लेकिन संसाधन हमारे देश के हैं।"

अब यही डायलॉग आप इस देश के किसी भी हिस्से में मारकर देखिए! यदि आपके साथ झूमा-झटकी नहीं हुई तो आप खुद को खुशकिस्मत मान सकते हैं, लेकिन यह बात तो तय है कि आपको चाहे गालियाँ सुनने को न मिलें, एक डायलॉग तो आपको सुनने को मिलेगा ही, "चलो, अपना काम करो। यह मेरा पैसा है और मैं इसका जो चाहे करूँ, आपको मतलब?" अपने देश के जिम्मेदार और गैर-जिम्मेदार नागरिकों के बीच इस तरह का अप्रिय संवाद टालने के लिए 'पाप्पडवडा' रेस्तराँ की मालकिन मीनू पॉलिन ने अपने रेस्तराँ के बाहर 'नानमा मारम' की स्थापना की है, जिसका मतलब है 'अच्छाई का पेड़।' आप पूछेंगे कि यह है क्या? धीरज रखिए, बताता हूँ।

मीनू को यह विचार तब आया, जब उन्होंने एक बेघर महिला को उनके रेस्तराँ के ट्रैश बिन से बचा खाना उठाते देखा। 'ननमा मारम' दरअसल 420 लीटर का फ्रीज है, जो रेस्तराँ के बाहर सड़क के किनारे किसी छोटे पेड़ की तरह दिखता है। बैंकर

से रेस्तराँ ओनर बनी मीनू सिर्फ अपने ग्राहकों को ही नहीं, कई अन्य लोगों को भी भोजन कराना चाहती थीं। इसलिए उन्होंने अच्छाई का पेड़ लगाने का निश्चय किया, जो चौबीसों घंटे काम करता है, जिसे बिजली रेस्तराँ से मिलती है। इसका भोजन खराब नहीं होता और य रोज 50 लोगों को भोजन मुहैया कराता है। फ्रिज मार्च 2016 को खोला गया और शुरू में इसमें रेस्तराँ का बचा भोजन रखा जाता था, लेकिन अब यह कम्युनिटी फ्रिज बन गया है और बहुत-से स्थानीय लोगों को भी फ्रिज में भोजन रखने की अनुमति है। अब कोई भी भोजन दान कर सकता है और ले भी सकता है। चूँकि फ्रिज दिन भर खुला रहता है, इसलिए कोई भी कभी भी आकर बचा भोजन उसमें रख सकता है। साफ-सुथरी पैकेजिंग और भोजन बासी न होने के अलावा एक ही शर्त है कि वहाँ रखे मार्कर से पैक पर तारीख डाल दें, ताकि 420 लीटर के आइस कबर्ड, (हाँ, फ्रिज को वहाँ यही कहा जा रहा है), में भोजन की गुणवत्ता सुनिश्चित की जा सके। इस सरल से आइडिये के पीछे विचार यही है कि भोजन बर्बाद होने की बजाय जरूरतमंदों को मिल सके। यही वजह है कि मैंने अपनी यात्रा के पहले लंच के लिए इस रेस्तराँ का चुनाव किया।

अब हम जॉय ऑफ गिविंग वीक के मध्य में पहुँच चुके हैं। इसे 'दान उत्सव' भी कहते हैं। ऐसे अनोखे विचार से कोई भी हफ्ते भर के अच्छे विचार को साल भर के जश्न में तब्दील कर सकता है। दयालुता की ऐसी पहली पेशकश वर्ष 2014 में सऊदी अरब के शहर हैल में किसी व्यक्ति ने की थी। वह अपना नाम जाहिर नहीं करना चाहता था। उसने अपने घर के बाहर फ्रिज रखा और पड़ोसियों से उसमें जरूरतमंदों के लिए भोजन रखने का अनुरोध किया।

फंडा यह है कि कई ऐसी चीजें हैं, जो तब तक जिंदा रहेंगी, जब तक मानव जाति मौजूद है और 'दान उत्सव' को उनमें से एक होना चाहिए।

□

व्यक्ति, समाज व सामान सभी को रिब्रैंडिंग जरूरी

यह कोई बड़ा रहस्य नहीं है कि इस देश में, हर शहर में एक ऐसा पड़ोसी है, जो उसे बदनुमा छवि देता है। इन क्षेत्रों में गरीबी, रोजगार के बेहद कम अवसरों की वजह से स्थानीय लोग शॉर्टकट अपनाने लगते हैं या वे ब्रैंडेड चीजों के डुप्लीकेट बनाने लगते हैं। यहाँ छोटे-बड़े अपराधों का इतिहास होता है। इस वजह से अगर शहर में कहीं भी कोई अपराध होता है तो पुलिस सीधे सबसे पहले इन्हीं इलाकों में पहुँचती है। कभी-कभी इन इलाकों में बदलाव होता है, लेकिन कुछ कभी भी नहीं बदलते, जबकि यहाँ वर्किंग क्लास भी रहता है। मुंबई में धारावी कभी ऐसी ही जगह थी, लेकिन समय के साथ इसने अपनी पुरानी तसवीर बदली और अब यहाँ कई स्मॉल स्केल इंटरप्राइजेस हैं, जो स्थानीय रहवासियों ने ही शुरू किए हैं। इनसे यहाँ के युवाओं को रोजगार के अवसर मिल रहे हैं। वर्ष 1960-95 के स्मगलिंग के दौर में बदनाम पहचान पानेवाले कुछ ही शहरों के उपनगरों और क्षेत्रों ने अपनी छवि को बदला है, किंतु मुंबई का ही एक उपनगर मुंब्रा, जिसकी छवि खराब थी, आज भी उसी स्थिति में है। हो सकता है, इसके पीछे लापरवाह स्थानीय शासन सहित अन्य कारण रहे हों।

मुंबई में जैसे मुंब्रा है, चेन्नई में व्यासरपदी है। यहाँ शराब और तंबाकू युवाओं के कॅरियर के दुश्मन हैं। यहाँ हमेशा एक लॉबी होती है, जो इन बुराइयों के लिए काम करती है। सिंगल पेरेंट भी एक मुद्दा है, जो इन नाजुक बच्चों को चाइल्ड लेबर और असामाजिक गतिविधियों की ओर ले जाता है। बाल विवाह समस्या को और बढ़ा देता है। आपस में गहराई से जुड़े अपने दलित समुदाय के प्रति चिंतित व्यासरपदी के दो भाइयों—आयकर विभाग में अधिकारी एम. उमापति और उनके भाई थंगाराज ने 19 साल पहले बदलाव की कोशिश शुरू की थी। स्लम के बच्चों को फुटबॉल सिखाने के लिए इन्होंने सामुदायिक संगठन शुरू किया—'द स्लम चिल्ड्रन्स स्पोर्ट्स टेलेंट एज्युकेशन डेवेलपमेंट सोयाइटी (एस.सी.एस.टी.ई.डी.एस.)। फुटबॉल को इसलिए

चुना गया, क्योंकि यह खिलाड़ी को ऐसी ताकत देता है कि वो जीवन की हर परेशानी का सामना करने में सक्षम बनता है और गोल पर फोकस करने के लिए बाध्य करता है। यह गुण व्यक्तिगत तरक्की और विकास के लिए जरूरी है। वर्ष 1997 में इसकी शुरुआत हुई और धीरे-धीरे इन्होंने उन युवाओं से संपर्क करना शुरू किया, जिनका जीवन शराब या सिगरेट में बर्बाद हो रहा था। उपनगर में आत्महत्याओं के अधिकांश मामले आर्थिक कमजोरी के कारण सामने आते थे।

इनका लक्ष्य तो शिक्षा ही था, लेकिन पहली कोशिश थी कि हर बच्चा पसीना बहाए और थके, ताकि उनमें बुराई की तरफ जाने की ऊर्जा न बचे। व्यासरपदी के रहवासली, जो कई संकटों के बावजूद जीना चाहते थे, धीरे-धीरे खेल के जरिए सफलता देखने लगे। बच्चों ने जिला, राज्य और राष्ट्रीय फुटबॉल प्रतिस्पर्धाओं में हिस्सा लिया। भारत की ओर से अंतरराष्ट्रीय स्पर्धाओं में भी भाग लेने का मौका मिला। सिर्फ पुरुषों को ही इससे फायदा नहीं हुआ, कई लड़कियाँ भी खेल का हिस्सा बनीं। लड़कियों के लिए खेल में आने की प्रेरणा बनीं जे. शक्तिवेली, जिन्होंने तमाम परेशानियों के बावजूद कुछ साल पहले भारत का प्रतिनिधित्व अंतरराष्ट्रीय स्तर पर किया और आज वे मद्रास हाईकोर्ट में बतौर ब्रिमिनल लॉयर प्रैक्टिस कर रही हैं। एक और युवा न सिर्फ तमिलनाडु का प्रतिनिधित्व कर चुका है, बल्कि प्रीमियर फुटबॉल लीग में फुटबॉल लीजेंड रोनाल्डो के साथ खेल चुका है। यहाँ 1,000 से ज्यादा छात्र अपनी स्कूलिंग पूरी कर चुके है और स्पोर्ट्स कोटे के माध्यम से डिग्री भी हासिल कर चुके हैं। इन 19 वर्षों में पूरा व्यासरपदी फिर से अपनी ब्रैंडिंग तो नहीं कर पाया है, लेकिन कुछ हिस्सों में इसका असर हुआ है। सबसे महत्त्वपूर्ण बात यह है कि कई युवाओं का जीवन अब सही राह पर है।

फंडा यह है कि रीब्रैंडिंग अंतहीन काम है और व्यक्ति से लेकर समाज तक पर लागू होता है, लेकिन किसी को तो इसके लिए पहल करनी होगी। यही महत्त्वपूर्ण बात है।

सफलता का हमेशा कोई-न-कोई नुस्खा होता है

चेन्नई का तीन दिन का मेरा टूर सफलता के नुस्खे पर क्रैश कोर्स के साथ पूरा हुआ। हाल ही में हम सभी ने द्रव्य ढोलकिया की कहानी सुनी, जिनके 6,000 करोड़ रुपए की संपत्ति के मालिक पिता ने सफलता का महत्त्व समझाने के लिए उन्हें छोटे-मोटे काम करके अनुभव लेने का कहा था।

किंतु वर्ष 1968 में 16 साल के किशोर रहे ये सज्जन पहले ही यह अनुभव ले चुके हैं। तब वे अपने अंकल के मेडिकल स्टोर पर 60 रुपए महीने के वेतन पर काम मद्रास (अब चेन्नई) आए थे। काफी कमाई भोजन पर खर्च हो जाती थी। काम था—दुकान में साफ-सफाई करना, लेकिन उन्होंने समझदारी दिखाकर फॉर्मेसी का डिप्लोमा कोर्स ज्वॉइन कर लिया। इसके बाद समृद्ध परिवार ने उन्हें 60 हजार रुपए का लोन कैमिस्ट शॉप खोलने के लिए दिया। अगले 30 महीनों तक उन्होंने दुकान का पूरा काम अकेले ही किया। तब रोजाना 250 रुपए का बिजनेस होने लगा। जब बिक्री 700 रुपए पहुँच गई तो उन्होंने पहला कर्मचारी रखा। इसके बाद फिर कभी मुड़कर नहीं देखा। हालाँकि उन्हें पैर जमाने में 14 साल लगे। उन्होंने छह महीने में दूसरी केमिस्ट शॉप खोली और इसके बाद हर दो साल में वे दुकान खोलते रहे और दुकानों की संख्या 51 तक पहुँच गई। 19 होलसेल दुकानें भी उन्होंने खोलीं, जो पूरे चेन्नई के 3,500 कैमिस्टों को सेवाएँ देती हैं। 500 कर्मचारियोंवाली यह कंपनी अब जल्द ही स्टोर्स की संख्या 100 करने की प्लानिंग कर रही है।

मिलिए ई. ज्ञानम से, जिनकी मुत्थु फॉर्मेसी के काम करने का तरीका अलग ही है। प्रिस्क्रिप्शन और इलाज की बड़ी उम्मीद लेकर आनेवाले किसी पेशेंट को 'आउट ऑफ स्टॉक' कहना उन्हें पसंद नहीं है। इसलिए उनके पास 46 हजार फॉमूलों का स्टॉक है। दोनों महत्त्वपूर्ण पोजिशन एम.डी. और एच.आर. डाइरेक्टर की पोजीशन पर उन्होंने अपनी बेटी को नियुक्त किया है और सबसे महत्त्वपूर्ण बात यह कि उन्होंने

इनोवेशन का ध्यान दिया है। शुरुआती दिनों में उन्होंने दुकान से गरीब मरीजों के लिए ब्लड डोनेशन कैंप भी चलाया। बाद में वर्ष 1990 में होम डिलिवरी शुरू की, जब इस बारे में मेडिकल बिरादरी में किसी ने कुछ भी सुना नहीं था। अब तो वे मेडिकल शॉप में डॉक्टर भी रखने लगे हैं। उनके 51 आउटलेट्स में से दस पर जनरल फिजिशियन की डिस्पेंसरी है। ये सुविधा जरूरतमंदों की समस्या का ही स्थान पर समाधान करने के लिए है। इतनी बड़ी सफलता के साथ मुत्थु फॉर्मेसी का चैरिटेबल ट्रस्ट है, जो अभावग्रस्त बच्चों की शिक्षा में मदद करता है। इसके अलावा मुत्थु हॉस्पिटल जरूरतमंदों के पास खुद पहुँचता है। ज्ञानम के लिए 16 से 65 साल की इस उम्र तक पहुँचने में कुछ सिद्धांत रहे। उन्होंने प्रतिबंधित दवाएँ कभी नहीं बेचीं और किसी की सेहत के साथ कभी खिलवाड़ नहीं किया। उन्होंने पुख्ता इंतजाम किया कि उनके आउटलेट्स से कभी भी डॉक्टर द्वारा लिखी गई दवा के अलावा कोई वैकल्पिक दवा लेने का सुझाव नहीं दिया जाए, न ही किसी पेशेंट को अपनी जरूरत के लिए किसी अन्य दुकान पर जाने की जरूरत पड़े। इन चीजों ने उन्हें पॉपुलर बनाया और भरोसे के कारण उनके नियमित ग्राहक बढ़ते गए। माउथ पब्लिसिटी ने उनके ब्रैंड का मूल्य बढ़ाया। उन्हें अंग्रेजी भाषा का ज्ञान नहीं था। प्रिस्क्रिप्श्न पढ़ने के लिए अंग्रेजी का ज्ञान जरूरी है। उन्होंने देखकर, सुनकर और बिना डर के उन शब्दों को दोहराकर जरूरी व्यावहारिक अंग्रेजी सीख ली। इस दृढ़ता से ज्ञानम ने 300 स्क्वेयर फीट से 45 साल पहले शुरुआत करके एक-एक ईंट जोड़ी और आज मेडिकल प्रोफेशन का इतना बड़ा साम्राज्य एक शहर में स्थापित किया।

फंडा यह है कि सफलता का शानदार नुस्खा कैसे लिखते हैं, यह जानना जरूरी है। यह आपको जीवन की अनोखी यात्रा पर ले जाएगा।

□

समाज की मदद करने के लिए पुरानी कहानी को नया मोड़ देकर लिखें

जब मैंने बेंगलुरू की इनवेंचर एकेडमी के 11वीं के छात्र 16 वर्षीय विक्रम अरुण के वेंचर के बारे में सुना तो मुझे वह कहानी याद आई, जो हम में से ज्यादातर ने शायद सुनी हो। कहानी कुछ ऐसी है : हर दिन एक मजदूर के बेटे को कंस्ट्रक्शन साइट पर अन्य बच्चों की कमीज पकड़कर 'ट्रेन-ट्रेन' खेलते देखा जाता था। हर बच्चा बारी-बारी से पहली बोगी से लेकर इंजन तक की जगह अदल-बदलकर लेता रहता था, लेकिन यह बच्चा हमेशा गार्ड बनता और झंडी के रूप में हरा या लाल कपड़ा हाथ में ले लेता और ट्रेन को चलने का इशारा देता या लाल कपड़ा दिखाकर रोक देता। वह बच्चा स्थायी रूप से गार्ड बनकर खुश था।

जब किसी ने जाकर इस खुली छाती और बहती नाकवाले बच्चे से पूछा कि वह 'ट्रेन-ट्रेन' के खेल में अपनी जगह क्यों नहीं बदलता, तो बड़ी-सी मुसकान के साथ उसने तपाक से जवाब दिया, "अरे, मेरे पास कमीज ही नहीं है तो कोई बच्चा मुझे पीछे से पकड़ ही नहीं सकता, इसलिए कपड़े के लाल व हरे टुकड़े के साथ मैं गार्ड की भूमिका निभाता हूँ।" बच्चे की यह बात सुनकर उस व्यक्ति की आँखें नम हो गईं और उसने तपती धूप में निकाला पसीना पोंछने के बहाने अपने आँसू छिपा लिए और वह इस बच्चे को 'गुरु दक्षिणा' देने के लिए कमीज खरीदने चला गया, क्योंकि शिक्षक बने बच्चे ने उसे सीख दी कि जो भी आपके पास है, उसके साथ खुश कैसे रहा जाए?

बेशक, यह पुराने दिनों की कहानी है। विक्रम जैसे बच्चे इस कहानी को आगे ले गए और इसका दूसरा अध्याय लिखा। प्रतिदिन अपनी स्कूल बस से स्कूल जाते समय विक्रम सरकारी स्कूल के बच्चों को नंगे पैर जाते देखता और सोचता कि इतनी तेज धूप में वे नंगे पैर कैसे चलते हैं और वह भी पूरे रास्ते हँसते-मुसकराते व मजाक करते हुए। एक दिन वह गली से कुछ लाने के लिए जल्दी में बिना पैरों में कुछ पहने

निकल गया। तब उसे एहसास हुआ कि दोपहर की चिलचिलाती धूप में नंगे पैर चलना कितना कठिन है। इंटरनेट से उसे मालूम पड़ा कि कैसे मुंबई स्थित 'सोल फाउंडेशन' पुराने, त्याग दिए गए जूते पहनने लायक बनाकर जरूरतमंदों को देता है। देश की सड़कों पर नंगे पैर कोई न चले, इस उद्देश्य से यह मिशन दो साल से चल रहा है।

अब विक्रम गरीब बच्चों में जूते बाँटने के लिए पैसा इकट्ठा करने के आयोजन करता है। उन्होंने केट्टो ऑनलाइन वेंचर के जरिये फाउंडेशन के लिए पैसा जुटाना शुरू किया। लोग इस काम में उसकी मदद के लिए आगे आ रहे हैं और उसने 40 हजार रुपए इकट्ठे करके फाउंडेशन को भेज भी दिए हैं। त्याग दिए गए जूतों की एक जोड़ी को मरम्मत कर पहनने लायक बनाने में 200 रुपए खर्च आता है। विक्रम को पूरा भरोसा है कि उसका अभी शुरू किया गया पोर्टल अधिक लोगों को इस मिशन से जोड़ेगा, क्योंकि ज्यादातर भारतीयों में गहराई में जरूरतमंदों की मदद करने की भावना तो होती ही है। बिजनेस और फाइनेंस में कॅरियर बनाने की इच्छा रखनेवाला विक्रम सामाजिक कार्यों में भी वक्त देना चाहता है। जूतों के अलावा वह सरकारी स्कूल के बच्चों को पढ़ाकर उन्हें कॉन्वेंट और प्राइवेट स्कूल के बच्चों के स्तर तक लाना चाहता है।

फंडा यह है कि आपको सामाजिक उपक्रमों के लिए नई विधियाँ निर्मित करते रहने की जरूरत नहीं है। पुरानी कहानी से प्रेरणा लेकर इसे नए जमाने के मुताबिक ढालने की जरूरत है, ताकि मौजूदा आवश्यकता की पूर्ति की जा सके।

साक्षरता में हर चीज की नियति बदलने की ताकत होती है

वर्ष 1992 में जलगाँव के भगवान् शिवदास माली नवी मुंबई के पास स्थित गुमनाम से गाँव कोप्रा में अपने चाचा से मिलने गए। वह गाँव सिर्फ 50 परिवार के 200 लोगों का था। पास के थाने से जुड़े चाचा ने बातचीत में बताया कि कैसे गाँव में शिक्षा की व्यवस्था न होने से अगली पीढ़ी असामाजिक तत्त्वों में बदल रही है, जबकि ज्यादातर पुरुष ईंट के भट्टों में काम करते हैं। इस बातचीत ने माली को 100 रुपए माह की मामूली राशि पर 'सुधागढ़ एजुकेशन सोसायटी (एस.ई.एस.)' में काम करने के लिए प्रेरित किया। सोसायटी ने हाल ही में एक स्कूल का रजिस्ट्रेशन कराया था। उसने यह स्कूल चलाने का काम माली पर छोड़ दिया। गाँव के सरपंच व माली हर घर में गए, लोगों को अपने 16-17 आयु के बच्चों को मुफ्त में पढ़ने के लिए एक मंदिर में भेजने को मनाया। गाँव में जिला परिषद् का एक स्कूल था, जो पाँचवीं तक कक्षाएँ चलाता था। पहले प्रयास में 14 छात्र जुटे, जो अगले साल 21 हो गए। धीरे-धीरे संख्या बढ़ी और एक साथ लगनेवाली कक्षा को आठवीं से दसवीं तक तीन कक्षाओं में बाँट दिया। माली की कठोर मेहनत और इसके नतीजे की सुगंध धीरे-धीरे फैलने लगी।

बॉलीवुड के अभिनेता मुकरी ने स्कूल की इमारत बनाने के लिए अपना प्लॉट दे दिया। स्थानीय विकास संस्था 'सिडको' ने दो कमरे बनाने में मदद की। वर्ष 1995 में छात्रों की संख्या 80 तक पहुँच गई। बढ़ते स्कूल के लिए पैसा जुटाने के उद्देश्य से माली और विद्यार्थी घर-घर गए और दान में ईंटों व सीमेंट की माँग की। पढ़ाई का वक्त तय कर लिया गया और बाकी समय निर्माण में लगाकर छात्रों ने पाँच कमरे बना लिए। कुछ परोपकारियों ने छात्रों की पढ़ने की इच्छा देखकर दान में फर्नीचर दिया। धीरे-धीरे नई इमारत आकार लेने लगी। आज ग्राउंड फ्लोर के अलावा वहाँ तीन मंजिला इमारत है, जिसमें 15 कमरे हैं, एक कमरा विज्ञान व एक कंप्यूटर लैब के लिए। एक अच्छी भरी-पूरी लाइब्रेरी और कुल मिलाकर 560 छात्र, जिनमें से 400 तो मराठी और 160 अंग्रेजी माध्यम में पढ़ रहे हैं।

वर्ष 1995 के पहले बैच में औसत अंक प्रतिशत 35 फीसदी से कुछ ही ज्यादा था, जबकि वर्ष 2016 में यह 94 फीसदी तक पहुँच गया, जिनमें ज्यादातर लड़कियों ने बहुत ऊँचे अंक हासिल किए। वहाँ से पास छात्र सरपंच, काउंसलर और इंजीनियर जैसे पदों पर काम कर रहे हैं। आज दो छात्राएँ एम.बी.बी.एस. कर रही हैं, जबकि एक ड्राइवर पिता और कामचलाऊ टी स्टॉल चलानेवाली माँ की बेटी 19 वर्षीया संध्या धनंजय धोंगडे ने न सिर्फ वर्ष 2013 में 95.45 फीसदी अंक हासिल किए, बल्कि वर्तमान में सिविल इंजीनियरिंग की इस छात्रा ने बहुत ऊँचे लक्ष्य रखे हैं। वह वी.जे.टी.आई., मुंबई से मास्टर्स करना चाहती है और फिर सिविल सर्विस की परीक्षा देगी। हर साल तरक्की करते चले जाने के साथ स्कूल को 'सिडको' ने 5,000 पौधे लगाकर उन्हें बड़ा करने की हरित पहल के लिए पुरस्कृत किया है।

व्यक्तिगत स्तर पर माली ने मराठी में तीन किताबें लिखी हैं और उनमें से एक विशुद्ध रूप से इसी पर है कि कमजोर स्कूलों का प्रबंध कैसे किया जाए? 'प्रेरणा' किताब में उन्होंने दुनिया भर के 365 लोगों की उपलब्धियों का विवरण दिया है, ताकि वे अपने छात्रों को प्रेरित कर सकें। तीसरी किताब प्रेरणा देनेवाले निबंधों का संग्रह है। सामाजिक स्तर पर खुशी और सफलता से ग्रामीणों के चेहरों पर मुसकान आई है, जबकि पर्यावरण के स्तर पर वे भविष्य के लिए हरियाली बढ़ा रहे हैं। भौतिक उन्नति के स्तर पर छात्रों को कई मेडल मिले हैं। गाँव के छोटे-से तालाब में अभ्यास करके तैराकी स्पर्द्धाओं में नाम कमाना उल्लेखनीय है। इस साल के रजत जयंती समारोह में मिले दान से बिल्डिंग का ऑफिस, जिम, दो लैब व गरीब छात्रों की पढ़ाई के लिए और अधिक कमरे बनाए जाएँगे।

फंडा यह है कि साक्षरता की दिशा में एक व्यक्ति का प्रयास व्यक्तियों की ही नहीं, बल्कि समय के साथ पूरे गाँव की नियति बदल सकता है।

□

सेवानिवृत्ति सिर्फ नौकरी से, मगर जिंदगी से नहीं

उसके माता-पिता फूल बेचते हैं, जिससे थोड़ी-सी ही कमाई हो पाती है। सातवीं के बाद उनके पास इतने पैसे नहीं थे कि बेटी को आगे पढ़ा सकें, लेकिन आज वर्ष 2015 में बेटी मोनिका भावसार अहमदाबाद कॉलेज में इलेक्ट्रॉनिक्स और कम्युनिकेशन ब्रांच में इंजीनियरिंग कर रही है। सिलसिलेवार उसे सब मिलता गया। स्कूल के बाद कॉलेज व लैपटॉप जैसी सुविधाओं तब सबकुछ। इसके अलावा ग्रेजुएशन के लिए किताबें और पढ़ाई की दूसरी चीजें भी। सागर खत्री इंजीनियरिंग के टैक्सटाइल टेक्नोलॉजी कोर्स के अंतिम वर्ष में हैं।

कुछ साल पहले उनके पास भी हाई स्कूल की पढ़ाई के पैसे नहीं थे। जयदीप पटेल एच.एस.सी. कर रहे थे और नहीं जानते थे कि आगे कौन-सा विषय लेना चाहिए। लंबे काउंसलिंग सेशन के बाद उन्होंने बी.एस.सी. की पढ़ाई शुरू की। वे गणित के लेक्चरर बनना चाहते थे। आज वे अपना सपना पूरा करने के सफर में आधा रास्ता तय कर चुके हैं। मीतल पटेल ने बी.सी.ए. किया है और वे अब अपने परिवार को आर्थिक रूप से मदद कर रही हैं, जबकि कुछ साल पहले तक उनका परिवार उन्हें पढ़ाने की स्थिति में नहीं था। ऐसे कई लोग हैं। कुछ ने कॉमर्स में ग्रेजुएशन किया है। सी.ए. किया है। कुछ इंजीनियरिंग कर रहे हैं और कई अन्य अपनी पसंद के दूसरे कोर्स कर रहे हैं। इन सभी में एक चीज समान है। इनकी मदद, काउंसलिंग और प्रेरणा बनी है एक ही संस्था—'दादा-दादी नी विद्या परब'। 'परब' का गुजराती में मतलब होता है, वह स्थान जहाँ किसी भी गुजरनेवाले को मुफ्त पानी पिलाया जाता है, विशेष रूप से गर्मी के मौसम में।

वर्ष 2004 में रिटायरमेंट के बाद उस दंपत्ती के पास करने के लिए कुछ नहीं था। उन्होंने सोचा कि जो भी कुछ ज्ञान जीवन में हासिल किया है, व्यर्थ नहीं जाना चाहिए। उन्होंने अपना ज्ञान उन लोगों तक पहुँचाने का फैसला किया, जो अच्छी शिक्षा से वंचित

हैं और जिनके पास इसके लिए चुकाने के लिए पैसा भी नहीं है। दंपत्ती ने एक 'परब' शुरू किया। पानी की प्यास बुझाने के लिए नहीं, बल्कि उन बच्चों की शिक्षा की प्यास बुझाने के लिए, जिनके पास यह प्यास बुझाने का कोई जरिया नहीं था। दीपक और मंजीरी बुच ने इसका नाम रखा 'दादा-दादी नी विद्या परब'। दो छात्रों के साथ शुरू हुआ काम माउथ पब्लिसिटी के जरिये जंगल की आग की तरह फैला। आज के दौर की भाषा में कहें तो वॉट्स एप से भी तेज। और पहले ही साल में उनसे 100 से भी ज्यादा लोगों ने मदद ली। फिलहाल वे 180 जरूरतमंद छात्रों की मदद कर रहे हैं।

मंजरी बुच प्राइमरी स्कूल के छात्रों की गणित और अंग्रेजी की पढ़ाई में मदद करती हैं, जबकि दीपक बुच सीनियर छात्रों की मदद करते हैं। किताबी ज्ञान के अलावा वे उनकी सांस्कृतिक जरूरतों, पविार के सदस्यों के साथ उनके व्यवहार और समाज में उनकी भागीदारी पर भी नजर रखते हैं। संस्था उनके घर से ही काम करती है। संस्था सिर्फ उन्हीं बच्चों का चयन करती है, जो पढ़ाई तो करना चाहते हैं, लेकिन आगे बढ़ने के लिए उन्हें किसी तरह की मदद की जरूरत है। पहला नियम यह है कि वे गरीब हों, जो कोचिंग का खर्च वहन नहीं कर सकते हों। दंपत्ती का लक्ष्य छात्रों में आत्मविश्वास पैदा करना है और अच्छा नागरिक बनने के लिए समग्र रूप से उनके व्यक्तित्व का विकास करना है। कई छात्रों की वे उच्च शिक्षा में आर्थिक मदद कर रहे हैं। इस काम के लिए उन्हें कई लोगों से सहायता मिली है और अधिकांश मदद उनके परिवार के सदस्यों से आती है। बुच दंपत्ती सेवानिवृत्त हो गए थे। वे शांति से रिटायर्ड लाइफ जी सकते थे। उनकी जरूरतें कम थीं और पर्याप्त बचत भी थी, लेकिन उन्होंने इसके उलट अपना जीवन गरीबों को शिक्षा के जरिये ऊपर उठाने में लगाने का फैसला किया।

फंडा यह है कि किसी को नौकरी से रिटायर किया जा सकता है, लेकिन जीवन से रिटायर न होने का फैसला इनसान का खुद का होता है।

□

आप अपने स्तर पर ही खत्म कर सकते हैं समस्याएँ

स्टोरी-1 : सुंदरवन स्थित कमलापुर के किसान परिवार में उनका जन्म हुआ। जब पढ़ाई के लिए गाँव छोड़ा तो लोगों की त्योरियाँ चढ़ गईं। हालाँकि माता-पिता का सहयोग था, लेकिन पड़ोसियों और रिश्तेदारों ने सवाल किया कि लड़की को बोर्डिंग स्कूल भेजने की क्या जरूरत है, लेकिन ये बातें उसे रोक नहीं सकीं। एक दिन बच्ची को घर में ही नजदीकी रिश्तेदार से यौन उत्पीड़न का सामना करना पड़ा। जब उसने पालकों को बताया तो उन्होंने उसे चुप रहने को कहा, क्योंकि इससे परिवार की बदनामी होती। उसे कहा गया कि उत्पीड़न का सामना करनेवाले को अवॉइड करे। एक दिन सुतापा पात्रा ने तय किया कि बहुत हो गया। उसने पढ़ाई के साथ वेन-लीडो की ट्रेनिंग भी शुरू की, ताकि फिर कभी उसके साथ ऐसा न हो। यह आत्मरक्षा का अभ्यास है, जो विशेष रूप से महिलाओं के लिए डिजाइन किया गया है। इसमें बचाव के शारीरिक दाँव-पेचों के साथ हमलावर को दिमागी रूप से कमजोर करना भी सिखाया जाता है। मार्शल आर्ट के अन्य तरीकों से अलग वेन-लीडो सिर्फ तीन सेशन में सीखा जा सकता है। आज वो 'अमादेर प्रेरणा' नाम की संस्था सागर आइलैंड में चलाती हैं, जो महिलाओं के खिलाफ हिंसा रोकने के लिए काम करती है। ट्रेनर्स सर्टिफिकेट मिलने के बाद उन्होंने मार्शल आर्ट की यह तकनीक अन्य लड़कियों के साथ साझा करना शुरू की। इस तरह जो यात्रा खुद की रक्षा करने से शुरू हुई थी, वह दूसरों की मदद करने तक बढ़ गई। यह साहसी महिला अब तक 600 लड़कियों और युवा महिलाओं को आत्मरक्षा की ट्रेनिंग दे चुकी है। इसमें स्कूल की लड़कियों से लेकर घरेलू महिलाएँ तक हैं। कई को सुतापा की क्लासेस से फायदा हुआ है। सुतापा को हाल ही में कुटचाइना की कृतिका फेलोशिप से पाँच अन्य महिलाओं के साथ सम्मानित किया गया है।

स्टोरी-2 : बेनेडिक्ट जेबाकुमार बेंगलुरू में सिस्टम इंजीनियर हैं और अपने घर में उन्होंने कीलों की बोरियाँ जमा कर रखी हैं। यह उनका शौक नहीं है। पिछले

दो साल से वे रोज ऑफिस जाने के आठ किलोमीटर रास्ते से कीलें एकत्र करते हैं, जो पंक्चर माफिया फेंकता है। वे चाहते हैं कि किसी को भी उस मशक्कत से न गुजरना पड़े, जिससे उन्हें पंक्चर बनवाते हुए गुजरना पड़ता है। पिछले दो सालों में पंक्चर माफिया की कार्यप्रणाली में फर्क नहीं आया है, लेकिन उनके पास इस दौरान 50 किलो कीलें जमा हो गई हैं। वे इसे तब तक फेंकना नहीं चाहते, जब तक कि इस समस्या का कोई स्थायी हल न हो जाए। उन्हें लगता है कि माफिया द्वारा बिखेरी गई कीलों को एकत्र करने से उन्हें नई कीलें खरीदने पर मजबूर होना पड़ता होगा और यही उनके लिए सजा है। वे मानते हैं कि एक दिन पूरे बेंगलुरू के न सही, जिस रोड से वे रोज आते-जाते हैं, वह पूरी तरह कीलों से मुक्त हो जाए। उन्होंने कीलों को एकत्र करने की जगह, समय और आकार के दस्तावेज तैयार किए हैं, ताकि यह पता किया जा सके कि माफिया के काम करने का तरीका क्या है? उनकी जाँच के आधार पर कुछ लोगों को गिरफ्तार किया गया था तो इसमें कुछ कमी आ गई थी, लेकिन इनके रिहा होने के बाद यह फिर शुरू हो गया। ये लोग अधिकांश मोची कील बिखेरते हैं, जो टू व्हीलर और फोर व्हीलर के टायरों को आसानी से पंक्चर कर देती है। जेबाकुमार के दो वर्षों के दस्तावेजों के अनुसार शुक्रवार शाम को ज्यादा कीलें मिलती हैं, क्योंकि कल माफिया चाहता है कि लोगों के वीक एंड पर दो दिन के लिए ऑफरोड होने से पहले अधिक-से-अधिक कैश हासिल किया जा सके। पहले वे अपने हाथों से सड़क से कीलें उठाते थे, लेकिन बाद में संख्या बढ़ी तो उन्होंने चुंबक का इस्तेमाल शुरू कर दिया।

□

जीतने के लिए ऐसे प्रोजेक्ट बनाइए, जो लोगों को फायदा पहुँचाएँ

स्टोरी-1 : क्या कभी किसी परी कथा की तरह चंद्रमा पर कुछ उगाने के बारे में सोचा है ? लेकिन जमशेदपुर के कक्षा 11 के छात्र और 17 साल के प्रशांत रंगनाथन हमारे इन विचारों को चुनौती दे रहे हैं। एक अंतरराष्ट्रीय प्रतियोगिता हो रही है, 'लेब2मून या लेब 2.01', यह गूगल लूनर एक्स-प्राइज (जी.एल.एक्स.पी.) कॉम्पिटिशन है। यह गूगल और एक्सप्राइज का संयुक्त प्रयास है। एक्सप्राइज नॉन-प्रॉफिट संगठन है, जो सार्वजनिक स्पर्द्धाएँ गढ़ता और आयोजित करता है। उद्देश्य है, लोगों के लिए फायदेमंद तकनीक के विकास को बढ़ावा देना। जी.एल.एक्स.पी. चैलेंज में निजी वित्तपोषित स्पेस फ्लाइट टीमों को बुलाया गया है, जो पहला प्राइवेट फंडेड रोबोटि स्पेस क्राफ्ट चंद्रमा पर उतारे। यह वहाँ से हाई डेफिनेशन वीडियो और इमेज भेजेगा। भारत की ओर से जी.एल.एक्स.पी. में एक ही टीम का चयन हुआ है—टीम इंडस। यह बेंगलुरू की एक्सिओम रिसर्च लैब की टीम है। लैब प्राइवेट फंडेड स्पेस क्राफ्ट बना रही है, जो चंद्रमा पर वर्ष 2017 में उतारा जा सकता है।

चूँकि इसमें देशों को लेकर कोई रिस्ट्रिक्शन नहीं है, इसलिए टीम इंडस ने एंट्री माँगी है। चैलेंज के पहले चरण में टीम इंडस ने प्रतिभागियों से कहा है कि वे अपने कॉन्सेप्ट नोट और वीडियो भेजें। ज्यूरी में इसरो के पूर्व चेयरमैन के. कस्तूरीरंगन, सी.एन.ई.एस. (द फ्रेंच स्पेस एजेंसी) के पूर्व अध्यक्ष ऐलन बेनसुसान, ई.एस.ए. (यूरोपियन स्पेस एजेंसी) के पूर्व अध्यक्ष और येल में थ्योरेटिकल एस्ट्रोफिजिसिस्ट प्रियंवदा नटराजन शामिल हैं। इसके अलावा प्रोजेक्ट के ट्रस्टी बोर्ड में फिल्म निर्माता जैम्स केमरन, गूगल के सह-संस्थापक लेरी पेज, हफिंग्टन पोस्ट के सह-संस्थापक एरिआना हफिंग्टन और आंत्रप्रेन्योर रतन टाटा हैं। स्कूल छात्र होने के अलावा प्रशांत वैज्ञानिक के रूप में भी पहचान बना चुके हैं। आयरन ऑक्साइड कैसे पौधों में क्लोरोफिल और प्रकाश संश्लेषण की प्रक्रिया को तेज कर सकता है, इससे संबंधित अपने प्रयोगों के

आधार पर वे काफी सराहना पा चुके हैं। उनका यह प्रोजेक्ट 3,000 प्रविष्टियों में से चुना गया था। प्रोजेक्ट इस विषय पर है कि कैसे फेरो फ्लूड चंद्रमा पर गेहूँ के अंकुरण की प्रक्रिया को तेज कर सकता है? फरवरी में प्रशांत लेब2मून की ज्यूरी से बेंगलुरू में मिलेंगे। ज्यूरी चंद्रमा पर भेजने के लिए सर्वश्रेष्ठ प्रोजेक्ट चुनेगी।

स्टोरी-2 : प्राकृतिक आपदाओं और दुर्घटनाओं की स्थिति में सबसे पहले कम्युनिकेशन नेटवर्क प्रभावित होता है। हमारे देश में एक अरब से ज्यादा मोबाइल फोन इस्तेमाल होते हैं। ऐसे में आपदा की स्थिति में कम-से-कम ये चालू रहें, यह प्राथमिकता होनी चाहिए। इस संदर्भ में आई.आई.टी., मद्रास की टीम एक लो-कॉस्ट कम्युनिकेशन सिस्टम विकसित कर रही है। इससे बचावकर्मी स्थानीय स्तर पर स्थापित कम्युनिकेशन सेंटर से राष्ट्रीय आपदा प्रबंधन एजेंसी (एन.डी.एम.ए.), दिल्ली से आसानी से संपर्क स्थापित कर सकेंगे। योजना यह भी है कि स्थानीय नागरिकों को भी इस सिस्टम के दायरे में लाया जाए, ताकि वे प्राथमिक मैसेज़ भेज सकें, जैसे—मैं सुरक्षित हूँ या वे गुमशुदा के बारे में बेसिक सूचनाएँ, जैसे नाम, उम्र, जेंडर आदि भेज सकें। पूरा सिस्टम बेसिक मोबाइल फोन मॉडल पर आधारित होगा, क्योंकि हमारे देश में अधिकतर लोगों के पास स्मार्टफोन नहीं है। इस प्रणाली का नाम है—डीसानेट। यह सिस्टम में वॉइस, टेक्स्ट और वीडियो कम्युनिकेशन जैसी मूलभूत सेवाएँ बचावकर्मियों, लोकल मास्टर ऑपरेशन सेंटर और एन.डी.एम.ए. के बीच उपलब्ध कराएगा।

वर्तमान में जो लोग बचाव अभियानों में काम करते हैं, वे वॉकी-टॉकी का उपयोग करते हैं, जो महँगा माध्यम है, क्योंकि आपदा में मोबाइल नेटवर्क कम ही काम करते हैं। आई.आई.टी. का इलेक्ट्रिकल इंजीनियरिंग डिपार्टमेंट इसे इस तरह डिजाइन कर रहा है कि पूरे सिस्टम को ट्रक से आपदा स्थल पर ले जाया जा सके। साथ ही, रस्सी से बँधे एक गुब्बारे या ड्रोन की मदद से कम्युनिकेशन सिस्टम एजेंसी और टीम के लिए स्थापित किया जा सके। फिलहाल इस प्रोजेक्ट को सभी वर्गों से काफी सराहना मिल रही है।

फंडा यह है कि ध्यान खींचने और जीत के लिए ऐसे प्रोजेक्ट कीजिए, जो लोगों के लिए लाभदायक हों।

किसी चीज को नया स्वरूप देना भी आपका उद्देश्य बन सकता है

किसी प्रमुख शहर की किसी भी कोचिंग क्लास की तरह यह कोचिंग क्लास भी मुफ्त में कुछ भी नहीं पढ़ाती। किसी अन्य कोचिंग क्लास की तरह वे भी छात्रों को उनके विषय में मदद करते हैं, मॉक टेस्ट आयोजित करते हैं और बेहतर अंक लाने के टिप्स देते हैं। फिर भी, यह पूरी तरह से अलग कोचिंग क्लास है।

यह इसलिए अलग नहीं है कि शहर से 200 किलोमीटर दूर गरीब गाँवों के बीच स्थित है और छात्रों को यू.पी.एस.सी., बैंकिंग, पी.एस.सी., एन.ई.ई.टी. और अन्य परीक्षाएँ दे रहे छात्रों को कोचिंग देती है, जहाँ कोचिंग क्लास संचालक ऊँची फीस के अभाव में जाने से इनकार कर देते हैं। छात्रों की संख्या भी एक कारण होता है। यह इसलिए भी भिन्न नहीं है कि यह अपनी कक्षाएँ एक एकड़ जमीन पर फूस की छतवाले मिट्टी से बने ढाँचे में चलाते हैं, जहाँ महानगर से पाँच घंटे की ड्राइव के बाद पहुँचा जा सकता है।

यह अलग इसलिए है, क्योंकि इस कोचिंग क्लास में छात्र या छात्रा जिस तरह चाहे वैसे भुगतान कर सकता/सकती हैं। यहाँ भुगतान तीन तरह से किया जा सकता है—किसी भी अन्य कोचिंग क्लास की तरह नकद में या ऑर्गेनिक फॉर्म पर रोज दो घंटे काम करके अथवा पास के गाँव में जाकर छोटी कक्षा के छात्रों को पढ़ाकर! फीस के इस रूप को वे 'गुरुदक्षिणा' कहते हैं। अप्रैल 2017 में ए. गुणशेखरन ने यह कोचिंग क्लास यह सुनिश्चित करने के लिए शुरू की थी कि शिक्षा बोझ नहीं बनना चाहिए। 'साबरमती गुरुकुलम' नामक उनकी कोचिंग क्लास ने तय किया कि फीस चुकाने का उनका कोई तयशुदा स्वरूप नहीं होगा।

ऐसा इसलिए, क्योंकि चेन्नई में आई.ए.एस. कोचिंग क्लास चलानेवाले गुणशेखरन को एहसास हुआ कि बढ़ती बेरोजगारी ने सरकारी नौकरियों के लिए न सिर्फ शहरों में, बल्कि गाँव के युवाओं में अधिक माँग पैदा की है। गाँव के गरीब परिवारों के लिए

कई राज्य व राष्ट्रीय स्तर की परीक्षाओं के लिए अपने बच्चों को कोचिंग दिलाना एक बोझ बन गया है, क्योंकि एक परीक्षा पर ही परिवार को एक से सवा लाख रुपए तक लग जाते। इसकी शुरुआत वर्ष 2002 में हुई, जब गुणखेरन इंजीनियरिंग पढ़ रहे थे और उन्होंने एक वृद्धाश्रम बनाने के लिए अपने मित्रों की मदद की। उन्होंने हॉस्टल के हर छात्र से 10 रुपए लेकर 15 हजार रुपए इकट्ठा किए। इसके बाद वे वहाँ के पूर्व छात्रों के पास डोनेशन का अनुरोध लेकर पहुँचे। इस तरह कुल 50 हजार रुपए इकट्ठे हुए, जो उनकी अपेक्षा से ज्यादा थे। जितना पैसा उन्होंने इकट्ठा किया, उससे वृद्धाश्रम के मालिक ने इरोड के बाहरी हिस्से में जमीन खरीद ली। फिर टीम ने एक और इंजीनियरिंग कॉलेज से सहयोग लिया और एक चैरिटी शो के जरिये एक लाख रुपए एकत्र किए, ताकि उस जमीन पर इमारत खड़ी की जा सके।

वर्ष 2003 में गुणशेखरन और उनकी टीम ने एक स्टूडेंट्स वेलफेयर फाउंडेशन स्थापित किया, जिसका ध्येय वाक्य था, 'छात्रों के लिए, छात्रों को और छात्रों द्वारा।' ग्रेजुएशन के बाद गुणशेखरन और करीब 100 पूर्व छात्रों ने और अधिक छात्रों की मदद करने के उद्देश्य से वर्ष 2004 में 'स्माइल वेलफेयर फाउंडेशन' स्थापित किया। अब इस फाउंडेशन के तहत छात्रों का संगठन पाँच प्रोजेक्ट चला रहा है, जिनमें से 'साबरमती गुरुकुलम' एक है। साबरमती गुरुकुलम ने बच्चों से ऑर्गेनिक खेती करवाकर ब्रेन ड्रेन, घटती खेती और बेरोजगारी जैसे मुद्दों पर भी अपनी तरह से ध्यान दिया है।

फंडा यह है कि स्थापित मानक और पुरानी मान्यताओं को नया स्वरूप देना भी सफलता का एक रूप है।

□

सफलता के लिए एकजुट हो जाएँ, पहल करें या कुछ नया करें

पहल करें : उसके जैसे पाँच साल के अन्य बच्चे अपने खिलौनों से खेल रहे होते, लेकिन वह श्रीनगर की निखालिस सुंदरता—डल झील—की सफाई करने में लगी है। श्रीनगर के लिंटन हॉल पब्लिक स्कूल में के.जी. की छात्रा जन्नत ने अपने पिता की मदद से सफाई अभियान शुरू किया है और वह हर किसी से डल झील में कचरा फेंकने की बजाय डस्ट बिन का इस्तेमाल करने की गुजारिश कर रही है। सामाजिक उद्देश्य के उसके काम ने प्रधानमंत्री नरेंद्र मोदी तक का ध्यान खींचा है, जिन्होंने ट्विटर पर कमेंट किया, 'इस छोटी-सी लड़की के बारे में सुनकर आपकी सुबह और भी बेहतर हो जाएगी! स्वच्छता के लिए उसमें बहुत बड़ा जुनून है।' डेढ़ सौ साल पहले 6.4 किलोमीटर लंबी और 4 किलोमीटर चौड़ी 25.5 वर्ग किलोमीटर में फैली यह झील अब 24 फीसदी सिकुड़ गई है। इस विख्यात पर्यटन स्थल में पानी का खुला क्षेत्र, हाउसबोट एरिया, रिहायशी इलाकेवाले निर्माण स्थल शामिल हैं। 1,000 हाउसबोट में 7,500 लोग रहते हैं, जो घरेलू कचरा झील में डालते हैं। जब भी संभव हो, यह छोटी-सी लड़की शिकारे पर सवार होकर पिता तारिक अहमद पटलू के साथ मिलकर झील में से पानी व शराब की खाली बोतलें और पॉलिथीन का कचरा निकालती है, जिसने झील के पानी को दूषित कर रखा है। वह शिकारे पर कचरा इकट्ठा करती है और फिर उसे जमीन पर ठिकाने लगाती है।

एकजुट होकर काम करें : बीजों या उर्वरक को थोक में खरीदने, ट्रैक्टर या जुताई के साधन हासिल करने, सारे सदस्यों द्वारा मिलकर गोदाम का इस्तेमाल करने, उपज को सीधे बाजार में ले जाकर परिवहन का अधिकतम संभव उपयोग करने और बाजार में दोगुनी कीमत प्राप्त करने से पहले अलग-थलग काम करनेवाले किसान अब राज्य सरकार द्वारा शुरू किए गए सिस्टम के तहत एकजुट हुए हैं, जिसे किसान हित-समूह कहते हैं। इस साल सामूहिक खेती की योजना के तहत 1,600 किसान एकजुट हुए हैं,

जो योजना के तहत सर्वाधिक हैं, जबकि तमिलनाडु के अन्य जिले अब भी धीमी गति से इसकी ओर बढ़ रहे हैं। बागवानी विभाग द्वारा अमल में लाई जानेवाली योजना पर नीलगिरि कलेक्टर निगाह रखते हैं। नीलगिरि की अर्थव्यवस्था कृषि और पर्यटन पर बहुत निर्भर है। ज्यादातार किसान चाय की खेती करते हैं, जबकि 30 फीसदी सब्जियाँ उगाते हैं। विशेषज्ञों का कहना है कि इस योजना से पहाड़ियों में उगनेवाली सब्जियों जैसे गाजर, बीट, पत्ता गोभी और आलू की पैदावार बढ़ जाएगी, क्योंकि समूह का हर किसान हर मौसम में एक फसल ले सकेगा। इस सिस्टम को चलाने के लिए सरकार सीड फंड के जरिये मदद कर रही है, ताकि बाद में वह हर किसान के स्तर पर माइक्रो मैनेजमेंट करने से बाहर आ सके। फिलहाल तो इस योजना में बहुत संभावनाएँ दिखाई दे रही हैं, क्योंकि यह उत्पादन लागत कम करने और अधिक मुनाफा हासिल करने में मदद कर रही है।

नई चीजें करें : वे अपनी 1,200 वर्ग फीट छत पर 50 किलो चावल सालाना उगाते हैं, जो वे स्वयं इस्तेमाल करते हैं। यह वे पिछले पाँच साल से कर रहे हैं। कृष्णप्प गोड़ा पद्दम्बैल के टेरेस गार्डन पर 200 ग्रो बैग्स में लहलहाती धान की फसल आकर्षण का केंद्र हो गई है। वे मंगुलुरू में 'गवर्नमेंट कॉलेज ऑफ टीचर एजुकेशन' में काम करते हैं। धान की फसल का 120 दिवसीय चक्र अप्रैल-मई में शुरू होता है और वे सिर्फ एक ही फसल देते हैं। उसके बाद वे 10 किलो मूली, 8 किलो हल्दी, यम, अमरूद और गन्ना भी उगाते हैं। वे न्यूनतम पानी इस्तेमाल करते हैं और बहुत सावधानी से मिट्टी, रेत और गोबर के मिश्रणवाले अपने बैग्स का रख-रखाव करते हैं। इसी प्रकार वे नारियल के खोल से भूसा निकालकर उसमें मिट्टी भर देते हैं और उन्हें घर में लटका देते हैं। इस प्रकार किचन में लगनेवाली सारी सामग्री वे रासायनिक उर्वरक और कृषि के दौरान पैदा होनेवाले रोगों से मुक्त रखते हैं।

फंडा यह है कि सफलता प्राप्त करने के लिए या तो हमें कोई पहल करनी होगी या कुछ नया करना होगा, जिसे पहले किसी न किया हो अथवा कम-से-कम साथ मिलकर सिस्टम की खामियों से लड़ना होगा।

देना सीख लो तो अपने आप मिलने भी लगेगा

देश भर में कई बिजनेस मैन को अपने ग्राहक को जानने और उचित इंसेंटिव के साथ उनसे जुड़ने में दिक्कत होती है, जबकि ग्राहकों को लुभाने और सफलता दर्ज करने के लिए इंसेंटिव अनिवार्य है। दो लोगों के उदाहरण पेश हैं, जो इसे सही तरीके से करने में कामयाब हुए।

स्टोरी-1 : वह सिर्फ 19 वर्ष का है और उसकी संस्था का नाम है 'खून।' यह कोई रामसे बंधुओं की हॉरर फिल्म नहीं है। आँकड़ों की बात करें तो चेतन एम. गौड़ा ने वह हासिल किया है, जिसके लिए ज्यादातर स्टार्टअप कुछ भी करने को तैयार हो जाएँगे। उसने अब तक 50 हजार लोगों की जिंदगियाँ बचाई हैं। बेंगलुरू में मैकेनिकल इंजीनियरिंग का पहले वर्ष का यह छात्र हमेशा से जिंदगी में कुछ सार्थक करना चाहता था। कक्षा 10वीं में पहुँचने के पहले ही वह अनाथों के कल्याण के लिए काम करनेवाले एन.जी.ओ. के साथ काम करने लगा। पता नहीं किस वजह से, पर संकट की घड़ी में वह अपने मित्रों और पड़ोसियों को खून की व्यवस्था करने में बहुत कठिनाइयों का सामना करते देखता, जबकि शहर में रक्त संग्रह के बहुत सारे सेंटर हैं। उसी दौरान उसके एक शिक्षक खून के अभाव में चल बसे। उनसे उसे बहुत लगाव था। इस त्रासदी ने उसे 'खून' की स्थापना करने के लिए प्रेरित किया। यह संस्था रक्तदान करनेवाले लोगों को जोड़ती है और अत्यधिक गंभीर या जरूरतमंद रोगियों के लिए खून इकट्ठा करती है। खून इकट्ठा करने के लिए लगाया गया उसका शिविर बुरी तरह फ्लॉप रहा। प्रचार की उसकी सारी कोशिशों के बावजूद उसे सिर्फ 28 डोनर मिले। उसे एहसास हुआ कि उसने रक्तदान के इच्छुक लोगों को कुछ नहीं दिया, इसलिए वे आगे नहीं आए। रक्त-संग्रह के उसके अगले कैंप में गीत-संगीत, नृत्य के साथ प्रेम के बहुत सारे संकेत व प्रतीकों से माहौल जिंदादिली से भरपूर बना दिया था। इस कैंप में 238 युवाओं ने हिस्सा लिया। चेतन को एहसास हो गया कि उसने गुर सीख लिया है। उसके

बाद होनेवाले हर रक्तदान शिविर में वह यह सुनिश्चित करता कि कुछ ऐसा हो कि युवा वहाँ आते रहे। उसने कई रक्तदान शिविर आयोजित किए, जिनकी मुख्य थीम में कंसर्ट से लेकर स्टैंड अप कॉमेडी और मनोरंजन पर फोकस था। अब उसके काम का विस्तार होने लगा। एक शहर से उसने शुरुआत की थी और अब वह पूरे राज्य में जाने लगा था। इस फरवरी में 'खून' संस्था दिल्ली, चेन्नई, हैदराबाद, पुडुचेरी और मुंबई में थी। 11 हजार डोनर्स के डेटाबेस के साथ संस्था का नाम असम के गुवाहाटी और राजस्थान के शहरों तक पहुँचा। 'खून' का तेजी से विस्तार होने लगा और गुवाहाटी व असम के अन्य हिस्सों से 500 से ज्यादा लोग डोनर हो गए। स्थानीय लोगों से निकटता स्थापित करने के लिए चेतन ने असमी भाषा सीखनी शुरू की। जो सदस्य उसके साथ काम करते हैं, वे बहुत सारा रिसर्च वर्क करते हैं। वे नए प्रोजेक्ट लेकर आते हैं और स्थानीय समस्याओं से निपटने के नए समाधान सुझाते हैं। वे 'Blood-y Citizen' नामक मैंग्जीन भी निकालते हैं, जिसमें देशभर के लोग योगदान देते हैं। चेतन कहता है कि उसकी अगली योजना तो और भी बड़ी है और तब तक 'खून' संस्था यह सुनिश्चित कर देगी कि हर जरूरतमंद रोगी के लिए हमेशा चून उपलब्ध रहे।

स्टोरी-2 : कई शहर कचरे को छाँटने और उसे ठिकाने लगाने के लिए संघर्ष कर रहे हैं, लेकिन बेंगलुरू की छोटी-सी कॉलोनी नंदिनी ले-आउट ने कचरा प्रबंधन का रहस्य जान लिया। जहाँ से कचरा निकलता है, वहीं पर वेस्ट मैनेजमेंट को प्रोत्साहित करने के लिए यहाँ का एसोसिएशन घर में पैदा होनेवाले विभिन्न प्रकार के सूखे कचरे के लिए भुगतान करता है। साल भर पहले शुरू की गई यह पहल ठीक चल रही है और आज हर रहवासी को उस कचरे के लिए पैसा मिलता है, जो वे पहले फेंक दिया करते थे। अखबार के 8 रुपए, प्लास्टिक 14 रुपए, कार्ड बोर्ड 5 रुपए किलो और हर किताब के 5 रुपए दिए जाते हैं। इस वॉर्ड में 20 हजार मकान हैं और 90 हजार लोग रहते हैं, जो हर दिन 12 टन कचरा पैदा करते हैं। हर दिन हाउसकीपिंग स्टाफ सुबह की साफ-सफाई करने के बाद करीब 11:00 बजे घरों में जाता है। कॉलोनी में सिर्फ गीला कचरा होता है, जिसे स्थानीय नगर निगम एकत्रित करती है।

फंडा यह है कि यदि आप अपने ग्राहकों को कोई वैल्यू देना शुरू करें तो कोई अवधारणा अथवा प्रोडक्ट बेचना बहुत आसान हो जाता है।

□

उद्देश्य आपको दूसरों से अलग और विशेष बनाता है

स्टोरी-1 : हरतोला उत्तराखंड के नैनीताल जिले में रामगढ़ तहसील का सुंदर-सा गाँव है। आठ हजार फीट की ऊँचाई पर स्थित यह हरा-भरा स्थान है। राज्य की राजधानी देहरादून से यह 206 किलोमीटर की दूरी पर है। यहाँ से दिखाई देनेवाला त्रिशूल ग्लेशियर इस हिमालयी स्थान का मुख्य आकर्षण है। 600 लोगों का यह छोटा-सा गाँव 'ग्रीन' मैसेज भी दे रहा है, जिस पर बाहर के लोगों को ध्यान देना चाहिए। पर्यावरण के प्रति चिंतित हरतोला गाँव के रामगढ़-मुक्तेश्वर रोड के लोगों ने एक पहल की है 'ऑर्गेनिक हरतोला'। इसका मतलब है, अपने आस-पास के क्षेत्र को हर तरह के ऐसे कचरे से मुक्त करना, जो स्वाभाविक रूप से सड़ नहीं सकता हो।

इसमें प्लास्टिक और पॉलीबैग्स के खिलाफ तेज और नियमित अभियान चलाना शामिल है। देवदार और ओक के पेड़ लगाने का काम भी इसका हिस्सा है। रोहित शर्मा के नेचुरल वेलफेयर फाउंडेशन ने यह पहल उत्तराखंड के वन विभाग के साथ मिलकर की है। स्थानीय लोग यहाँ की प्राकृतिक सुंदरता और हरियाली को बचा रहे हैं, क्योंकि पड़ोस में स्थिति नैनीताल और रानीखेत जैसे सेंटर्स कंस्ट्रक्शन के मामले में सेचुरेशन पॉइंट तक पहुँच चुके हैं। यहाँ बननेवाली कटलरी और सुपारी उत्तरी भारत में बहुत पसंद की जाती है। वजह है, साफ-सफाई और वास्तव में इनका 'ग्रीन' होना। यहाँ फालतू बच गए फलों से बने ग्रीन सोप का उपयोग हो रहा है। नियमित अंतराल पर पहाड़ी क्षेत्रों में प्लास्टिक की चीजें जमा की जाती हैं।

स्टोरी-2 : राजशेखर पांडुरंगन और विद्यालक्ष्मी की हाल ही में शादी हुई है। अन्य जोड़ों की तरह उन्होंने भी हनीमून के लिए किसी पहाड़ी क्षेत्र में जाने का फैसला किया था, लेकिन एक हैरिटेज एक्सपर्ट से बातचीत के बाद उन्होंने आइडिया बदल दिया। उन्होंने चेन्नई से तिरुनेलवल्ली तक की 2,500 किलोमीटर की यात्रा कार से करने और इस बीच के मंदिर देखने का फैसला किया। एक इलेक्ट्रिक स्टोव और ट्रेकिंग के

लिए कुछ जरूरी सामान उन्होंने लिया। राजशेखर ने अपनी एस.यू.वी. खुद ही चलाने का फैसला किया और 58 मंदिर देखने के लिए लॉन्ग हनीमून ट्रिप पर निकल पड़े। राजशेखर और उनकी आर्किटेक्ट पत्नी के लिए यह आम तीर्थयात्रा नहीं थी। उनकी यात्रा का उद्देश्य लोगों में दक्षिणी तमिलनाडु में यूँ ही छोड़ दिए गए और उपेक्षित मंदिरों के प्रति जागरूकता लाना था। उन्होंने पाया कि 5वीं और 6ठी सदी के इन मंदिरों में बने भित्ति-चित्र बर्बाद होते जा रहे हैं। हालाँकि, भारतीय पुरातत्व सर्वेक्षण (ए.एस.आई.) इन मंदिरों की देख-रेख करता है। यह यात्रा मुश्किल थी, क्योंकि कपल हर मंदिर में कुछ अलग की तलाश में था। इस यात्रा ने उनका हैरिटेज के प्रति नजरिया और विचार बदल दिया। वे अपनी पूरी यात्रा का एक दस्तावेज तैयार कर रहे हैं, ताकि ए.एस.आई. इस दिशा में कुछ कर सके।

स्टोरी-3 : मदुरै से 15 किलोमीटर दूर स्थित अछमपट्टी तमिलनाडु के अन्य शहरों की तुलना में सुपर-क्लीन लुक में है। गाँववालों के संयुक्त प्रयास से 2 अक्तूबर, 2015 को इसे खुले में शौच से मुक्त स्थान का दर्जा मिला है। यह 'स्वच्छ भारत अभियान' में ग्रामीण विकास का प्रमुख गाँव है। यह मुश्किल टास्क था, क्योंकि अधिकांश लोगों को खुले में शौच की आदत थी। आज 373 घरों में से 369 में टॉयलेट हैं और अन्य परिवार सार्वजनिक सुविधाओं का इस्तेमाल कर रहे हैं। गाँव के रोल मॉडल हैं, 90 साल के.सी. अलगू अंबालम और उनकी पत्नी अंगामल। बच्चों ने इन्हें छोड़ दिया है और ये बकरी पाल कर और कुछ सौ रुपए की पेंशन के सहारे गुजारा कर रहे हैं। इनके रोल मॉडल प्रयासों के कारण ही आज मदुरै और आस-पास के 200 गाँव खुले में शौच से मुक्त हो गए हैं।

फंडा यह है कि व्यक्ति हो या समाज, अगर किसी अच्छे उद्देश्य से कोई काम किया जाता है तो यह आपको अन्य लोगों के बीच विशेष बना देता है।

कान व आँख की साक्षरता बदलाव स्वीकारना सहज बना देती है

हाल ही में मैं नासिक के मेन रोड पर मित्र का इंतजार कर रहा था। चूँकि वह स्कूल जाने का वक्त था तो बच्चे अपनी माँ के साथ मेन रोड से लगे बाय-लेन से निकलकर स्कूल वैन, रिक्शा या बस के इंतजार में इकट्ठा हो रहे थे। वह लड़की 8वीं या 9वीं कक्षा की रही होगी, जिसने अपने माँ का समूह छोड़ा और लड़कियों के समूह में जाकर बातें करने लगी। अचानक उसकी माँ ने आवाज लगाई और उसे याद दिलाया कि उसे उसकी 'चीज' खरीदनी है। लड़की हाल में खुली दुकान के दरवाजे पर पहुँची, घूमकर वापस माँ के पास लौटी और कहा, "मैं नहीं खरीद सकती।" फिर माँ उसके साथ दुकान पर पहुँची और काउंटर पर बैठे व्यक्ति से सैनिटरी पैड देने को कहा, उसे अखबार में लपेटकर स्कूल बैग में किताबों के नीचे रख दिया और उसे इंतजार करती मिनी वैन में सवार होने में मदद की। इस दुकान पर आमतौर पर महिला होती हैं और चूँकि उस दिन काउंटर पर आदमी बैठा तो लड़की को सैनिटरी पैड माँगने में दुविधा महसूस हुई। ईश्वर का शुक्र है कि उसकी माँ वैसा महसूस नहीं करती थी।

तीन साल पहले मध्य प्रदेश के झाबुआ जिला मुख्यालय से दो किलोमीटर दूर अंबा खोद्रा गाँव स्थित जमुना स्वयं सहायता समूह के परिसर के बाहर जब महिलाएँ गुजर रही थीं तो उन्होंने साड़ी के पल्लू से अपनी नाक ढँक रखी थी। इसकी वजह उस यूनिट पर लगा बोर्ड था—सैनिटरी पैड उत्पादन केंद्र। आज यह यूनिट सी.ई.ओ., एल.एम. भेलवाल के नेतृत्ववाली 127 ऐसी यूनिट्स का हिस्सा है, जो राष्ट्रीय ग्रामीण आजीविका मिशन (एन.आर.एल.एम.) की मदद से प्रतिदिन 1,000 किफायती सैनिटरी नैपकिन का उत्पादन करती हैं और कोई भी अब वहाँ से गुजरते वक्त नाक को नहीं ढँकता।

यूनिट लीडर 38 वर्षीय हेमलता भाभोर ने कभी सैनिटरी पैड का नाम नहीं सुना था, जब तक कि दो साल पहले वे यूनिट में नहीं आईं। अब वे मानती हैं कि आस-पास

के 15 हजार आबादीवाले कम-से-कम 10 गाँवों में लोगों को 'सैनिटरी पैड' शब्द का इस्तेमाल करने में और इस प्रोडक्ट से कोई आपत्ति नहीं है। पिछले दो वर्षों में न सिर्फ एन.आर.एल.एम. की मदद से सदस्यों को 20 रुपए और बाहर के लोगों को 25 रुपए में आठ पैड बेचने से बल्कि लगातार शिक्षा और इस शब्द के महिला समूहों में इस्तेमाल करने से माहवारी के दौरान साफ-सफाई की पद्धतियाँ प्रचलन में लाने में मदद मिली है। इस पैकेट की उत्पाद लागत 13 से 14 रुपए पड़ती है और शेष राशि सदस्यों द्वारा बाँट ली जाती है।

सदियों तक ग्रामीण महिलाएँ अपनी जिंदगी को जोखिम में डालती रही हैं, सिर्फ इसलिए कि वे 'सैनिटरी नैपकिन' जैसे अथवा 'झाबुआ यूनिट' पर लिखे शब्दों से असहज महसूस करती रहीं। याद है, रैक्सोना द्वारा वर्ष 1990 के दशक में 'रोल ऑन' नाम का एक प्रोडक्ट बाजार में लाया गया था, जिसका इस्तेमाल बगल में किया जाता था? आखिरकार इस प्रोडक्ट का उत्पादन बंद करना पड़ा, क्योंकि पुरुष तक तब बगल (आर्मपिट) जैसे शब्दों का इस्तेमाल करने से झिझकते थे। यह हिचक तब तक रही, जब तक हाल के वर्षों में अभिनेत्री अनुष्का शर्मा ने एक व्हाइटनिंग प्रोडक्ट को टेलीविजन स्क्रीन पर अपनी आर्मपिट दिखाकर प्रचारित करना शुरू नहीं किया।

मुझे नहीं पता कि मूवी 'पैडमैन' कितनी अच्छी या बुरी है, लेकिन निश्चित ही यह ऐसे विषय में आँखों व कानों की साक्षरता बढ़ाएगी, जो ज्यादातर ग्रामीण भारत में वर्जित समझा जाता है।

फंडा यह है कि कोई भी बदलाव लाने के लिए कानों व आँखों की साक्षरता का इस्तेमाल करें, ताकि यूजर के लिए उचित वातावरण निर्मित किया जा सके।

□

अच्छे लोग चुप नहीं रहते जो करना उचित है, कर डालते हैं

मंगलवार को एक मित्र के साथ मैं देर शाम पैदल सैर पर निकला था। उन 10 मिनटों में उज्जैन के नाना खेड़ा बस स्टैंड के पास आर.टी.ओ. जानेवाले मार्ग पर किसी को इस बात की फिक्र नहीं थी कि रुके और मदद करे उन सैंकड़ों छोटी जिंदगियों की, जो जीवन की लड़ाई हारती जा रही हैं। ये जिंदगियाँ मध्य प्रदेश सरकार के 3,500 करोड़ रुपए के आधारभूत संरचना के सौंदर्यीकरण प्रोजेक्ट का हिस्सा भी हैं। जबकि हाल ही में उज्जैन में लाखों तीर्थयात्री कुंभ मेले में आए थे। मैं बात कर रहा हूँ छोटे-बड़े उन पौधों की, जो तेज गर्मी सह नहीं पा रहे हैं। 250 से ज्यादा कारें और सैंकड़ों पैदल चलनेवाले इन पौधों को नोटिस किए बिना गुजर गए, जबकि रोड डिवाइडर और सड़क के किनारे लगे वे पौधे मुर्झाते और सूखते जा रहे हैं। अगर आप वहाँ रुकें और उनकी बातें सुनें, उनकी खामोश चीखें सुनें तो पाएँगे कि वे कह रहे हैं—'प्लीज, कुछ दिनों के लिए हमारी मदद कीजिए। एक बार बारिश होने पर हम सभी अपने पैरों पर खड़े हो जाएँगे। ईश्वर की कृपा से हम मजबूत हो जाएँगे। हम सभी आनेवाले कई वर्षों तक आपको छाया देंगे, लेकिन आज प्लीज हमें कुछ लीटर पानी दे दो, क्योंकि हम इस गरमी को और नहीं सह सकते।'

हम इस शहर में यात्री थे और स्थानीय प्रशासन के रवैये पर नाराजगी जता रहे थे कि वह पौधों की देख-रेख के प्रति कितना लापरवाह है। मध्य प्रदेश में बारिश इस महीने के अंत तक आने की संभावना है। इस बीच हमने अचानक देखा कि तीन लोग रोड डिवाइडर के हर पौधे को जड़ के आस-पास खोदकर प्लास्टिक के केन से पानी दे रहे हैं। ये लोग केन अपने स्कूटर पर रखकर लाए थे और पौधों पर पानी का स्प्रे कर रहे थे। उन्होंने पाया कि इन पौधों के आस-पास गड्ढे नहीं किए गए थे और इन्हें समतल जमीन पर ही लगा दिया गया था। दोनों तरफ ढलान भी है, इसलिए पानी यहाँ टिकता नहीं है। ये लोग गड्ढे कर रहे थे, ताकि कम-से-कम दो-तीन दिन तो

पानी वहाँ टिक सके। पता चला कि ये काम पिछले कुछ सालों से कर रहे हैं, ताकि उनका शहर हरा-भरा बन सके। रात के भोजन के बाद दो-तीन घंटे ये लोग पौधों को अलग-अलग स्थानों पर नियमित रूप से पानी देते हैं, विशेष रूप से भीषण गरमी के दिनों में। यह अपने शहर को इन लोगों का योगदान है। ये अच्छा काम प्लास्टिक मोल्डिंग मशीन फैक्ट्री के मालिक अखिलेश जैन, एल.एल.बी. के छात्र अजय बिथोरे और थिएटर कलाकार व कंप्यूटर एप्लिकेशंस में पोस्ट ग्रेजुएशन कर रहे अंकित जोशी मिलकर कर रहे हैं। एक व्यक्ति पौधों में पानी दे रहा था, जबकि दो अपने स्कूटरों पर घर से केन में पानी भरकर ला रहे थे। इनका मानना है कि अगर स्थानीय प्रशासन असफल रहता है तो पौधों को पानी देना उनकी भी जिम्मेदारी है।

मुझे अचानक 'रामायण' की याद आई। भगवान् राम को जटायु से पता चला था कि किसने सीता का अपहरण किया है। जटायु ने रावण से संघर्ष किया था और लहूलुहान हो गए थे। जटायु ने ही यह बताया था कि रावण किस दिशा में गया है। जटायु पवित्र आत्मा थे। वह यह मानकर चुप नहीं रह गए कि वे राम और रावण के बीच का मामला है। इसी तरह 'महाभारत' में दुर्योधन और दुःशासन अकेले ही द्रौपदी के अपमान के लिए जिम्मेदार नहीं थे। इसके लिए भीष्म पितामह, आचार्य द्रोणाचार्य और राजा धृतराष्ट्र जैसे अच्छे लोग भी जिम्मेदार थे, जो वहाँ मौजूद थे, लेकिन उन्होंने कुछ कहा नहीं और न दोनों को रोका।

फंडा यह है कि अगर आप स्वयं को अपने शहर, देश का अच्छा नागरिक कहते हैं तो खामोश मत रहिए। आपको अच्छे कामों के लिए आवाज उठानी होगी। तब आपको यह हक मिलेगा कि आप खुद को 'अच्छा इनसान' होने का तमगा दे सकें।

□

चिरस्थायी जीवन के लिए जंगलों को अपनाएँ

वर्ष 2003 की बात है। चार लोगों के परिवार ने खुद से सवाल किया। क्या एक परिवार के तौर पर हम इस दुनिया के लिए चिरस्थायी जीवन, टिकाऊ जीवन का उदाहरण पेश कर सकते हैं, जिसमें किसी प्रतियोगी परीक्षा की चिंता न हो, नौकरी की तलाश में शहर-शहर भटकना न हो, भविष्य के लिए पूँजी जमा करने की चिंता न हो और ऐसी अन्य गतिविधियों की कोई जगह न हो, जो इस भौतिक जगत् में हमें करनी पड़ती हैं ? वे एक यात्रा पर निकल पड़े और आखिर 19 दिसंबर, 2003 को उन्हें अपने सवाल का जवाब मिल गया। अपनी बात को साबित करने के लिए उन्होंने 10 साल तक लगातार कड़ी मेहनत की। आखिरकार एक अंतरराष्ट्रीय संगठन ने उनके काम को पहचाना।

अच्छी बात यह है कि उनके तरीके कोई भी अपनी जमीन पर इस्तेमाल कर सकता है। उनका लक्ष्य था, ज्यादा-से-ज्यादा लोगों को स्थायी जीवन, पारिस्थितिक परिवर्तन के जरिये खाद्य सुरक्षा, बंजर भूमि सुधार और शाकाहार के बारे में बताएँ। अविराम रोजिन और उनकी पत्नी योरित ने बेटियों, ओशेर और शालेव के साथ सुविधाजनक जिंदगी छोड़ी और एक बंजर जमीन को जंगल से पाटने में 10 साल लगा दिए। उन्होंने अपने प्रयोग के लिए तमिलनाडु के ऑरोविले को चुना और करीब 70 एकड़ भूमि को हरा बनाने के लिए काम किया, जहाँ कोई किसान काम नहीं करना चाहता था। इस इकोलॉजिकल प्रोजेक्ट का मुख्य लक्ष्य था—पानी बचाने और जल स्तर बढ़ाने में स्थानीय ग्रामीण लोगों की मदद करना। इस तरह धीरे-धीरे यह जगह गाँववालों के लिए फसल उगाने लायक बनती गई और लोगों को पास के शहरों की कच्ची बस्तियों की ओर पलायन करने की जरूरत नहीं रही। उनका लक्ष्य था कि लोग परिस्थिति के प्रति जिम्मेदार और टिकाऊ जीवन की ओर बढ़ें, इस बारे में अपनी विचार बनाएँ और उन्हें व्यक्त करें। परिवार तमिलनाडु के उस क्षेत्र के गाँवों में गया और वहाँ के बच्चों

और युवाओं को प्रोजेक्ट में शामिल होने के लिए प्रोत्साहित और प्रेरित किया। कोई भी यह मानने को तैयार नहीं था कि कई सदियों पहले वहाँ शानदार, प्राचीन तटीय जंगल था, जो कभी उत्तरी तमिलनाडु से लेकर दक्षिण में कन्याकुमारी तक फैला था। यह जंगल इन लोगों के जन्म लेने के कई दशकों पहले नष्ट हो गया था। उन्होंने इन लोगों को इस बात के लिए प्रेरित किया कि इस जंगल को फिर से बनाया जाए, ताकि किसी को भी रोजगार के लिए बाहर न जाना पड़े। उन्होंने इस विचार का प्रचार किया कि अगर हम प्रकृति को कुछ देते हैं तो वह कई गुना ब्याज के साथ हमें लौटा देती है और आखिर में यह उनके लिए रोमांचक व परिवर्तनशील जीवन का अनुभव बना। उनकी मेहनत रंग लाई और लोगों में यह विचार जड़ जमाने लगा। उनका फोकस अपनी ऊर्जा और संसाधन का इस्तेमाल एक ट्रॉपिकल ड्राय एवरग्रीन फॉरेस्ट (टी. डी.ई.एफ.) बनाने पर है और इसका नाम है—'साधना फॉरेस्ट'। कम ही समय में 'साधना फॉरेस्ट' चहल-पहल भरे इकोफ्रेंडली स्थान में बदल गया, जहाँ फूस के घर हैं, विंड पंप और सोलर पॉवर से जलनेवाली एल.ई.डी. लाइट है, कंपोस्ट टॉयलेट और ऊर्जा से भरपूर स्टोववाली शाकाहारी रसोई हैं। करीब 18,000 देशज पेड़ इस 70 एकड़ भूमि पर लगाए जा चुके हैं, जिसका अधिकांश भाग बंजर था। आज पूरी दुनिया में आए 150 से ज्यादा स्वयंसेवक यहाँ रहते हैं और यहाँ पेड़ लगाने, बाँध बनाने और सरल इकोलॉजिकल जीवन की दिशा में हाथ बँटाते हैं।

2010 में इसे डेनमार्क की कोपनहेगन यूनिवर्सिटी से 'ह्यूमैनटेरिअन वॉटर एंड फूड अवॉर्ड' में तीसरा स्थान प्राप्त हुआ था। यह अवॉर्ड भारत और हैती में 'साधना फॉरेस्ट' की ओर से किए गए परिस्थितिकी और मानवीयता के लिए किए गए कामों पर मिला है?

फंडा यह है कि प्रकृति की देखभाल और सभी तरह के विनाश से इसकी रक्षा की कोशिश कीजिए और आप आश्चर्यजनक रूप से पाएँगे कि यह मानव जाति को चिरस्थायी बनाने की जरूरतों को पूरा करती है। 'साधना फॉरेस्ट' से अच्छा उदाहरण और क्या हो सकता है।

□

नए तरीकों से वंचित तबकों में स्थायी खुशियाँ लाना संभव

स्टोरी-1 : महाराष्ट्र के मराठवाड़ा क्षेत्र में बीड जिले की अंबेजोगाई तहसील में लगातार तीन साल से पड़ रहे सूखे के कारण वर्ष 2015 के एक ही साल में 1,000 किसानों ने आत्महत्या कर ली। तहसील के सारसा, मलेवाडी, पट्टीवडगाँव, रक्षकवाड़ी, चिंचखंडी, चोटेवाड़ी और धसवाड़ी जैसे सात गाँवों में ज्यादा आबादी नहीं है, लेकिन उसमें ऐसे युवाओं की बड़ी तादाद है, जिनकी अपेक्षाएँ बहुत ऊँची हैं।

एक ऐसी जगह पर जहाँ भू-स्वामियों को अपनी बुनियादी जरूरतें पूरी करने में संघर्ष करना पड़ रहा हो, वहाँ तमाशा नर्तक जैसी भूमिहीन जनजातियों व उनके परिवारों की क्या हालत होगी, इसे आसानी से समझा जा सकता है। एक से दूसरे स्थान भटकने की बंजारा जीवन-शैली के कारण परंपरागत रूप से नर्तकों के इन परिवारों के बच्चों को मुश्किल से ही शिक्षा नसीब होती है। आस-पास के गाँवों में इस तरह के मनोरंजन के लिए पैसा न होने के कारण इनके बच्चों की निजी स्तर पर शिक्षा का तो सवाल ही नहीं उठता और वे बेचारे बाल-श्रम, दुराचार और कुछ मामलों में बाल विवाह के शिकार हो जाते हैं। बच्चियों के साथ ऐसा होने की आशंका ज्यादा होती है।

इस खतरे का एहसास होने के बाद अंबेजोगाई सरकारी मेडिकल कॉलेज व अस्पताल के महिला डॉक्टरों के समूह ने सारसा गाँव के दस बच्चों को गोद लेकर उन्हें पूरी शिक्षा दिलाने का बीड़ा उठाया है। इस महासंक्रांति पर इन डॉक्टरों ने एक और बिल्कुल अनूठी बात कर दी। जरूरतमंदों को किताबों और शिक्षा की अन्य आधारभूत सामग्री मुहैया कराने के अलावा इन महिला डॉक्टरों ने इन लोगों के बच्चों को संपूर्ण विकास और प्रतिभा विकास के विभिन्न मंचों तक ले जाने का संकल्प लिया है। इन बच्चों को, और खासतौर पर प्रवासी श्रमिकों के बच्चों को गुणवत्तापूर्ण शिक्षा देने के लिए दृढ़प्रतिज्ञ डॉक्टरों ने ऐसे तरीके खोजे हैं, जिससे इन दूरवर्ती गाँवों के हाशिये पर पड़े वर्गों का सशक्तीकरण हो सके। उन्हें लगता है कि उन्हें सक्षम बनाने से लंबे समय

में एक ऐसी पीढ़ी तैयार होगी, जिसके युवकों में अपनी जिंदगी को खुद आगे ले जाने आत्मविश्वास होगा।

स्टोरी-2 : चौंतीस वर्ष के वर्ष 2009 की बैच के डैंटल सर्जन से नौकरशाह बने प्रशांत नरनावरे ने महाराष्ट्र के ही उस्मानाबाद की लगाम अपने हाथ में लेने के बाद से हजारों किसानों के लिए क्लस्टर मार्केटिंग का विचार लाने के लिए एक वेबसाइट निर्मित की। मार्केटिंग की रणनीति के अभाव में इन किसानों को अपनी कृषि उपज के वाजिब दाम नहीं मिल पाते। इसके बाद तो मुंबई हाईकोर्ट ने भी राज्य को प्रभावित करनेवाले सूखे से निपटने और किसानों की आत्महत्याएँ रोकने के लिए उठाए गए और उठाए जानेवाले कदमों पर नरनावरे ने प्रेजेंटेशन को देखा। इसका सीधा परिणाम यह हुआ कि हाईकोर्ट ने 17 जिलों के कलेक्टरों को किसानों की आत्महत्याएँ रोकने के लिए उठाए गए कदमों पर रिपोर्ट पेश करने को कहा है।

नरनावरे ने कृषि उपज के वितरण की समस्या पर गौर करते हुए पाया कि इसका कारण कृषि केंद्रों की एकाधिकारवादी कार्यप्रणाली है। उन्होंने इस एकाधिकार को तोड़ने के लिए उस्मानाबाद में कृषि मॉल का निर्माण किया। यहाँ तक कि बीज और उर्वरकों के वितरण का काम भी किसानों को ही सौंप दिया, जबकि केंद्र से मिलनेवाली आर्थिक मदद शेड और पॉली हाउस बनाने पर खर्च की गई। इससे कृषि उपज कई गुना बढ़ गई और इस प्रकार कृषि प्रणाली के अंतिम व्यक्ति—किसान को आमदनी होने लगी।

कमजोर मानसून और कभी-कभी आर्थिक सहारा न होने से इस जिले पर ही नहीं, बल्कि पूरे राज्य पर किसी तलवार की तरह मंडरा रहे खेती के संकट से निपटने के लिए एक तरीके के रूप में उनके काम पर कई लोगों की नजर पड़ी है। नरनावरे ने किसानों के 14,600 समूह और 39 निजी फर्म बनाईं और कृषि उपज को बढ़ावा देने के लिए वेबसाइट निर्मित की। इस वेबसाइट का उपयोग किसानों की शिकायतें दूर करने के लिए भी किया जाता है।

फंडा यह है कि जरूरतमंदों के मदद देने के अलावा यदि हम ऐसे कदम उठा सकें, जो लोगों की जिंदगी में सुख बोने का स्थायी प्रबंध कर सकें तो यह सभी के सामूहिक विकास की दिशा में एक सार्थक प्रयास होगा।

□

प्रजा का एक सदस्य भी कर सकता है राजा जैसा काम

चालीस वर्षीय वाई. रमेश ने कानून की पढ़ाई छोड़ दी और परिवार को सहारा देने के लिए टीपू सुल्तान के राज्य श्रीरंगपट्टनम और आस-पास के क्षेत्रों में मिनरल वॉटर सप्लाई का काम शुरू कर दिया। चूँकि यह जगह मैसूर के निकट कर्नाटक की करीघट्टा पहाड़ियों में मौजूद वेंकटरमणास्वामी मंदिर के लिए प्रसिद्ध है, वे नियमित रूप से इस मंदिर में आते। पूरी पहाड़ी पर बहुत थोड़ी हरियाली देखकर वे हमेशा बेचैन हो जाते। धीरे-धीरे उनके ध्यान में आया कि वहाँ कई वृक्ष गरमी के खिलाफ संघर्ष कर रहे हैं। दूसरों की तरह मूकदर्शक न बनकर उन्होंने कुछ करने की ठानी और प्रत्येक जीवित पेड़-पौधे के आस-पास छोटी-सी मिट्टी की पाल बना दी और उन्हें पानी देने लगे। यह काफी बड़ा काम था और शीघ्र ही उन्हें एहसास हो गया कि पहाड़ी के इतने फैले हुए विस्तार में पानी लाकर डालना उनके अकेले के बस की बात नहीं है। किसी ने उन्हें बताया कि इन पेड़ों को बचाने के लिए ठिपक सिंचन (ड्रिप इर्रिगेशन) सबसे अच्छा तरीका है, लेकिन उनकी सीमित आय में ऐसा संभव नहीं था, किंतु उन्होंने हफ्ते भर अपनी कड़ी मेहनत जारी रखी और सोचते रहे कि किसी तरह काम को आसान बनाया जाए। एक दिन जब वे पानी की खराब कैन्स को ठिकाने लगा रहे थे, तो उन्हें विचार सूझा कि क्यों न इन कैन्स का उपयोग ठिपक सिंचन की जगह किया जाए, क्योंकि ये उनके पास बड़ी संख्या में थीं। इसमें सिर्फ प्लास्टिक की कैन्स को पेड़ों के साथ बाँधने पर खर्च होनेवाला था। उन्होंने सुस्पष्ट योजना बना ली। यह विचार आते ही वे तुरंत काम में लग गए। उन्होंने बेकार कैन्स के नीचे के हिस्से को काटा और उन्हें उल्टा लटकाकर ढक्कन में छोटा-सा छेद कर दिया, जिनसे पानी की बूँदें सीधे जड़ों पर गिरतीं। कुछ दिनों में ही साफ हो गया कि योजना काम कर रही है। हरियाली फैलने लगी थी। सूखी जमीन का भूरापन हरियाली में तब्दील होने लगा। एक बार भर देने से कैन्स का पानी तीन दिन चलता। इससे उनका काम आसान हो गया।

उन्होंने कई और पेड़ों को अपनी योजना के दायरे में लिया, ताकि वे अदल-बदलकर उनमें पानी भर सकें। फैलती हरियाली से वे संतुष्ट नहीं थे, क्योंकि हरियाली व पानी की उपलब्धता के कारण आस-पास के पक्षी वहाँ आने लगे थे, लेकिन उन्हें कैन से पानी पीने में बहुत कठिनाई होती। वे कैन के किनारे पर बैठकर झुककर पानी पीने का प्रयास करते। जलस्तर नीचे हो तो संघर्ष और बढ़ जाता। छोटे पक्षियों के लिए तो पानी पीना नामुमकिन हो जाता। जन्म से ही प्रॉब्लम-सौल्वर रमेश एक और मौलिक आइडिया ले आए।

उन्होंने हर कैन के भीतर मोटी छड़ी रख दी। अब न सिर्फ पक्षियों की पकड़ अच्छी होती, बल्कि जलस्तर कितना भी नीचे हो, वहाँ तक पहुँचना उनके लिए संभव था। अब उन्हें यह काम करने में मजा आने लगा। हर दिन वे समीप बह रही लोकपावनी नदी से 30 से ज्यादा कैन्स भरकर लाते। वे दोनों हाथों में एक-एक कैन लेते और प्लास्टिक की उन कैन पर भरते, जिन्हें वे भारतीय ड्रिप सिस्टम कहते। वे पैदल या अपने ऑटो पर लादकर कैन्स को पहाड़ी की चोटी तक ले जाते। कुछ समय में उन्हें एहसास हुआ कि कुछ और पौधे उगाने के लिए पर्याप्त पानी है, खासतौर पर वे पौधे, जो किसी विशाल वृक्ष के नीचे उग रहे हैं। फिर उन्होंने ऐसे कुछ पेड़ों के नीचे आयुर्वेदिक जड़ी-बूटियाँ लगाना शुरू कर दिया। आज आप करीघट्टा पहाड़ियों पर जाएँ और वहाँ भरपूर हरियाली नजर आए तो यह पिछले पाँच वर्ष के दौरान रमेश की मेहनत का नतीजा है। उनका सपना इन पहाड़ियों पर अगले तीन सालों में घना जंगल बनाने का है।

फंडा यह है कि एक व्यक्ति भी वह काम कर सकता है, जो कोई राजा अपने राज्य में कर सकता है। आपके भीतर सिर्फ इच्छा और बुनियादी बुद्धिमत्ता होनी चाहिए।

□

भाग्य बहादुर का साथ देता है

उस उम्र में जब उसे स्कूल में होना चाहिए था, वह परिवार की मदद के लिए काम कर रहा था और वह भी चाय बेचने का काम। चाय के हर कप की बिक्री के साथ उसके बचपन का हश्र बिना शिक्षा के होता दिखता। पाँचवीं तक पढ़ने के बाद उसे पढ़ाई छोड़नी पड़ी। हर सुबह हाथ में चाय के कप लेकर किशोर उम्र का भूपिंदर सिंह अमृतसर के निकट के अपने गाँव फत्तुभिला में हर निर्माण स्थल के चक्कर काटता, ताकि उसे ग्राहक मिल सकें, जो उसकी चाय पीना चाहें।

भूपिंदर की ही तरह सलामन सैयद भी मुंबई के हाजी अली ट्रैफिक सिग्नल पर हरी बत्ती होने का इंतजार कर रहे काम में बैठे लोगों में अपनी सेकंड हैंड किताबों के ग्राहक खोजता था। उसकी माँ कचरा बीनने का काम करतीं, जबकि पिता छोटे-मोटे काम करते। फुटपाथ पर जन्मे सैयद को परिवार के लिए पढ़ाई छोड़नी पड़ी। इस परिवार में माता-पिता के अलावा बहन, उसके तीन बच्चे, पति और दादी थी।

पंजाब में भूपिंदर ने चाय बेचने को ही लगभग अपनी तकदीर मान लिया था, जबकि उसमें पढ़ने की गहरी इच्छा थी। उसकी किस्मत तब बदली, जब फत्तुभिला के सत्य भारती आदर्श सीनियर सेकंडरी स्कूल के शिक्षकों का एक समूह तब उससे मिलने आया, जब उन्हें पता चला कि वह पाँचवीं तक पढ़ा है। उन्होंने वादा किया वे उसे मुफ्त में यूनिफॉर्म, किताबें और दोपहर का भोजन मुहैया कराएँगे। उन्होंने भूपिंदर के पिता को राजी किया कि वे उसे स्कूल में जाने दें। कड़ी मेहनत करके उसने अच्छा प्रदर्शन किया। उसने विज्ञान विषय में गहरी रुचि दिखाई और अपने प्रोजेक्ट के लिए सराहना पाई। जब कक्षा 9वीं था तो उसके सामने फिर पढ़ाई जारी रखने या स्कूल छोड़कर परिवार की आर्थिक सहायता के लिए काम करने की दुविधा पैदा हो गई। एक तरफ परिवार था, जो उससे कमाई करने की गुहार लगा रहा था और दूसरी तरफ उसके शिक्षक पढ़ाई जारी रखने पर जोर दे रहे थे। आखिरकार शिक्षकों के साथ उसकी नियति की भी जीत हुई। मुंबई में सैयद किताबें बेचते हुए ग्राहकों से उसकी बेची हुई किताब के शब्द पूछता। उसके पिता ने उसे अक्षरज्ञान कराया था, जिससे उसे किताबों

को बेचने में मदद मिलती। सड़कों पर पल रहे बच्चों का सर्वे कर रहे गैर-सरकारी संगठन (एन.जी.ओ.) 'आकांक्षा फाउंडेशन' 14 वर्षीय सैयद की अंग्रेजी बोलने की काबिलियत से प्रभावित हुआ। जल्दी ही सैयद को इस एन.जी.ओ. में शामिल होकर पढ़ने के लिए मनाया गया। वर्ष 2011 में 10वीं की परीक्षा देने के पहले प्रयास में वह नाकाम रहा। अगले साल वह फिर परीक्षा में बैठा और पास हो गया। एन.जी.ओ. की आर्थिक मदद से कक्षा 11वीं में उसने 91 फीसदी अंक हासिल किए और 12वीं बोर्ड में उसे 89 फीसदी अंक हासिल हुए। फिर वह समाजशास्त्र में ग्रेजुएशन करने लगा और साथ में 'मैजिक टूअर्स' के लिए टूर गाइड का काम करने लगा। स्कूल की शिक्षा पूरी करने के बाद अब भूपिंदर उत्तर प्रदेश फतेहगढ़ स्थित 'सिख लाइट इंफ्रेंट्री रेजिमेंटर सेंटर' में जनरल ड्यूटी सोल्जर की ट्रेनिंग ले रहा है। जून में शुरू हुई ट्रेनिंग अप्रैल 2018 में पूरी हो जाएगी। अब वह अपना ग्रेजुएशन पूरी करना चाहता है। उसका लक्ष्य है, सेना में कमीशन प्राप्त अफसर बनना। इंफेंट्री में भर्ती होने के बाद भूपिंदर हरी वर्दी पहनकर अपने गाँव गया। उसके परिवार और पूरे गाँव को उस पर गर्व हुआ।

पिछले साल सैयद को 'कम्युनिटी कॉलेज इनिशिएटिव' के तहत एक कोर्स का पता चला, जिसके तहत वह अमेरिका के टेक्सास राज्य के 'ह्यूस्टन कम्युनिटी कॉलेज' में 10 माह बिजनेस स्टडीज की पढ़ाई कर सकता था। उसने आवेदन किया और उसे प्रवेश मिल गया और वह अभी अमेरिका में है। 'हैंडलूम पिक्चर कंपनी' के संस्थापक निदेशक राम सुब्रह्मण्यम ने उस पर तीन मिनट का वीडियो बनाया कि कैसे ट्रैफिक सिग्नल पर पुरानी किताबें बेचनेवाला लड़की उन्हीं किताबों की पढ़ाई करने अमेरिका पहुँचा। पिछले शनिवार को यह वीडियो वायरल हो गया। वे लोग, जो कड़ी मेहनत करने को तैयार हैं और उनमें सारी कठिनाइयों को मात देनेवाली जिद है, उन्हें आखिरकार सफलता मिलती ही है।

फंडा यह है कि मजबूत इच्छा-शक्ति से प्रेरित बहादुर दिलों को गरीबी कभी अपने ध्येय से विचलित नहीं कर सकती।

□

खुशहाल देश समस्या देखता है तो समाधान खोजता है

स्टोरी-1 : महाराष्ट्र में आलंदी से पंढरपुर पदयात्रा पर विठोबा के दर्शन करने की 800 साल पुरानी परंपरा है। साल-दर-साल दर्शन करनेवालों की संख्या बढ़ती जाती है और पिछले साल यह आँकड़ा आठ लाख तक पहुँच गया। आषाढ़ी एकादशी के दिन खत्म होनेवाली 21 दिन की तुकाराम सहित कई संतों की पादुकाओं की पालकियाँ निकलती हैं। इस साल पवित्र तुलसी माला पहने पदयात्री विठोबा की महिमा का गान तो करेंगे ही, साथ ही, 248 किलोमीटर के रास्ते में 'सीड बॉल्स' भी बिखेरते चलेंगे। लोगों को पर्यावरण कार्यकर्ताओं के माध्यम से ये बीज मुफ्त मिलेंगे। 'सोयायटी ऑफ साइंस, एनवायरमेंट एंड पीपुल्स' ने पर्यावरण रक्षा का नया तरीका अपनाया है। उद्देश्य है, हरियाली की चादर को बढ़ाना और पदयात्रा के दौरान पुणे से गुजरनेवालों के माध्यम से देसी पेड़ों को फैलाना।

ग्रुप ने लोगों से अपील की है कि वे देशी पेड़ों के बीज कार्यकर्ताओं तक पहुँचाएँ, ताकि इनसे 'सीड बॉल्स' तैयार की जा सकें। बॉल बनाने में मिट्टी, गाय के गोबर और गोमूत्र का इस्तेमाल होगा। बॉल्स वारी यात्रा में इस साल शामिल होनेवाले पदयात्रियों को दी जाएँगी, जिन्हें वारकरी कहा जाता है। उनसे कहा जाएगा कि इसे आलंदी से पंढरपुर तक यात्रा मार्ग पर फैलाते जाएँ। यह क्षेत्र इन दिनों वन कटाई के दौर से गुजर रहा है। मानसून के दौरान जब सीड बॉल्स को पर्याप्त पानी मिल जाएगा तो इनके अंदर के बीज अंकुरित होने लगेंगे। मिट्टी और गाय के गोबर के अंदर दबे बीज पक्षी, कीड़ों और कीट-पतंगों का भोजन बनने से बचे रहेंगे। इस तरह इसका अधिकतम परिणाम मिल सकता है। ये बॉल्स ट्रेकिंग करनेवालों और प्रकृति प्रेमियों को भी दिए जाएँगे, ताकि इन्हें हाई-वे के किनारे, बंजर, बेकार पड़ी जमीन आदि तक भी पहुँचाया जा सके। नीम, पीपल, गुलमोहर, बादाम, जामुन, बबूल आदि पेड़ वे प्रजातियाँ हैं, जो इस क्षेत्र में हाई-वे के किनारे आसानी से पनप सकती हैं। पदयात्रियों

को बीज देने का एक कारण यह भी है कि लोगों के ये समूह हर साल यात्रा पर जाते हैं और रास्ते में कम हो रही छाँव की समस्या को समझते हैं। वे हरियाली की चादर को लेकर संवेदनशील हैं।

स्टोरी-2 : आज सुबह इस अखबार के पाठक आनंद मोहन जिंदल ने हमें पत्र लिखा, जिसमें इस बात का उल्लेख है कि कैसे देश भर के कई मुख्य डाकघरों में डाक सेवक बनने के इच्छुक लोगों से 100 रुपए सिर्फ नकद के रूप में ही लिए जा रहे हैं और कैसे लोग मौसम की विषम परिस्थितियों में भी लंबी कतारों में लगे हैं। वे परोक्ष रूप से डिजिटल बनने में डाकघरों की असफलता की ओर इशारा कर रहे हैं। इस शिकायत ने मेरा ध्यान चिन्मय कवि और केंद्रीय मंत्री नितिन गडकरी की मुलाकात की ओर दिलाया। 30 साल के चिन्मय पुणे में 'मिसल पाव ईटरी' के मालिक हैं। मुलाकात में उन्होंने मंत्री को पुणे जैसे शहरों में ट्रैफिक क्राइम के संबंध में कुछ सुझाव दिए। चिन्मय ने जान-बूझकर ट्रैफिक सिग्नल तोड़ा, यह देखने के लिए कि सी.सी.टी.वी. कैमरा काम कर भी रहा है या नहीं। आर.टी.ओ. से उन्हें जुर्माने का पत्र मिला, जिसमें ट्रैफिक नियम तोड़ने का चित्र भी था, लेकिन उन्होंने यह जुर्माना कई महीनों तक नहीं चुकाया और किसी ने उनसे संपर्क भी नहीं किया। उन्होंने एक कारगर योजना मंत्री को बताई कि लाइव फीड्स देखने का काम आउट सोर्स कर युवाओं को सौंपा जा सकता है। वे पिक्चर्स और जुर्माने का ब्योरा आर.टी.ओ. को भेजेंगे। बाद में इसका फॉलो-अप और कलेक्शन आउट सोर्स कंपनी के साथ मिलकर साझेदारी में किया जाएगा। हाल ही में गडकरी के ऑफिस ने चिन्मय से संपर्क किया है और इस विचार को 'स्मार्ट सिटी प्रोजेक्ट' में आजमाने का भी विचार है।

फंडा यह है कि आपको कोई समस्या नजर आए तो समाधान के बारे में सोचिए और इसे साझा कीजिए। यह हमें परेशान देश से खुशहाल देश बनाएगा।

□

कौन कहता है कि रचनात्मक लोग आंत्रप्रेन्योर नहीं हो सकते

कई झोंपड़ियोंवाली उस धूलभरी सड़क पर आप खड़े होंगे तो आपको यह नजारा दिखाई देगा : प्लास्टिक की मणियों, सिलाई-कढ़ाई के सजावटी नमूनों और विभिन्न रंग के फैब्रिक से घिरी 42 वर्षीय माँ की आँखें एक शॉल पर केंद्रित हैं और उनकी गाँठदार, लेकिन कुशल उँगलियाँ चटख रंगों के धागों का इस्तेमाल कर फूलोंवाले मिनिएचर डिजाइन रच रही हैं। उनके कान अपनी बच्ची की ओर लगे हैं, जो किसी दूसरे बच्चे से बात कर रही है, जिसमें कुछ टूटी-फूटी अंग्रेजी है।

वे तो केवल अंतिम शब्द 'बाय' समझ पाईं, जिसका उनके लिए मतलब था कि उनकी बेटी भीतर आकर खाना खाएगी। बेटी के घर में आते ही गौरवान्वित माँ 7वीं कक्षा में पढ़नेवाली बच्ची के सिर को सहलाती है और उससे कहती है कि वह जल्दी से हाथ धो ले, ताकि उसे खाना खिलाने के बाद वह अपना काम जारी रख सके। यह सिर्फ एक छोटी कुटिया का दृश्य नहीं है, बल्कि उस क्षेत्र की सैंकड़ों कुटियाओं में यही नजारा है। कुछ वर्षों पहले तक उनमें से ज्यादातर खेतिहर मजदूर थे, लेकिन आज वे दस्तकार हैं, जो 5,000 से 15,000 रुपए तक कमाते हैं, जो इस बात पर निर्भर है कि वे एक माह में कितना उत्पादन कर लेते हैं।

यदि आप किसी वातानुकूलित बोर्ड रूम में बैठे हैं तो आपको यह दिखेगा : वहाँ कोई सूट-बूटवाला व्यक्ति पॉवर प्वाइंट प्रेजेंटेशन दे रहा है। भारत विश्व बाजार में दस्तकारी की चीजें उपलब्ध करानेवाले महत्त्वपूर्ण सप्लायरों में से एक है। यह उद्योग ग्रामीण और अर्ध शहरी क्षेत्रों में 60 लाख से अधिक दस्तकारों को रोजगार दे रहा है और धातु, लकड़ी पर उकेरी कलाकृतियों, हैंड प्रिंटेड कपड़े, चमड़े, लाख, संगमरमर आदि से खास मास्टरपीस निर्मित करके देश के लिए अच्छी-खासी विदेशी मुद्रा भी उपलब्ध करा रहा है। देश भर के 40 विभिन्न क्षेत्रों में व्यापक रेंज में शिल्प तैयार किए जाते हैं, हालाँकि यह क्षेत्र मोटे तौर पर बँटा हुआ व असंगठित है और शिक्षा, कम पूँजी तथा नई टेक्नोलॉजी से अधिक परिचय न होने की खामियों से पीड़ित भी।

इन दोनों दृश्यों को जोड़नेवाली हैं, राजस्थान के जयपुर स्थित 'इंडियन इंस्टिट्यूट ऑफ क्राफ्ट्स एंड डिजाइन' की एक ग्रेजुएट, जिसने बाद में गुजरात, कर्नाटक, केरल और राजस्थान के क्राफ्ट क्लस्टर्स में काम करके अनुभव अर्जित किया है। वे हमेशा से कलाकार की भूमिका में रचनात्मक पहल के जरिये दस्तकारों की समस्याएँ सुलझाने से भी अधिक कुछ करना चाहती थीं।

इस तरह 'पुनर्नवा' साकार हुआ, जिसका संस्कृत में अर्थ है 'खुद को हर क्षण नया करनेवाला'। कॉलम की शुरुआत में आपने जिस दृश्य के बारे में पढ़ा, वह ओडिशा के सुंदरगढ़ जिले के जाबा पानपोश गाँव का है, जहाँ कई गरीबों को नया जन्म लेने जैसा अनुभव मिला है, क्योंकि वहाँ खेती के व्यवसाय के साथ-साथ रोजी-रोटी कमाने का समानांतर विकल्प निर्मित हुआ है।

इन लोगों के उत्पादों को जाबा पानपोश गाँव से कनाडा व दुबई तक पहुँचा रही हैं—सुब्रता पांडे, जिन्होंने शाश्वत मोहंती के साथ मिलकर 'पुनर्नवा क्राफ्ट्स' की सह-स्थापना की। 65 ग्रामीण महिलाओं को कढ़ाई की ट्रेनिंग देने से शुरुआत करने के बाद वे वर्ष 2017 तक सरकार तथा गैर-सरकारी संगठनों के सहयोग से आस-पास स्थित राउरकेला के गाँवों के 800 दस्तकारों को टेक्सटाइल व नॉन-टेक्सटाइल दस्तकारी में प्रशिक्षण कर चुके हैं।

प्रयोगशीलता सुब्रता की रचनात्मकता का मंत्र है। उनकी महिला दस्तकार लगातार जूट और सियाली जैसे प्राकृतिक फाइबर को कपड़े की बुनाई में शामिल करने की संभावनाओं की लगातार तलाशती रहती है। हथकरघे से बने कपड़े को बढ़ावा देने के लिए वे क्रोशिया और सूई की दस्तकारी को भी माध्यम के रूप में इस्तेमाल करती हैं, जिन्हें 'पुनर्नवा' के ब्रैंड से बेचा जाता है। वर्तमान में उनकी टीम ऑर्गेनिक मैटेरियल का इस्तेमाल करके एक इलास्टिक मुक्त लिंगरी लाइन पर काम कर रही है।

29 वर्षीय डिजाइनर को लघु, छोटे और मध्यम उद्योग मंत्रालय के डिजाइन क्लीनिक, स्टेट इंस्टिट्यूट फॉर डेवेलपमेंट ऑफ आर्ट्स एंड क्राफ्ट और डेवेलपमेंट कमिश्नर, हैंडीक्राफ्ट्स, ओडिशा में सलाहकार के रूप में पैनल में लिया गया है, जहाँ वर्कशाप में उत्पादन के दौरान व्यर्थ निकले कपड़े, के हर इंच को फैशन एसेसरीज में रिसाइकल किया जाता है।

फंडा यह है कि सुब्रता पांडे जैसी महिला ने इस आम धारणा को खारिज किया है कि कला के छात्रों को शायद ही कभी व्यवसाय-वाणिज्य की समझ होती है।

□

समाज में फर्क पैदा करना गंभीर काम है

कई अच्छे कॉर्पोरेट्स, अच्छे नागरिकों की तरह उन्होंने भी अपने वेतन का एक हिस्सा मुंबई के 'टाटा मेमोरियल हॉस्पिटल' में कैंसर पीड़ित बच्चों के लिए दान में देना शुरू किया, किंतु अन्य दानदाताओं से वे भिन्न थीं। वे हम-आप जैसी दानदाता नहीं थीं, जो चेक देकर भूल जाते हैं। वे यह जानना चाहती थीं कि दान में दिए उनके पैसे का कैसे उपयोग होता है।

कुछ साल पहले जब वे मातृत्व अवकाश पर थीं तो उन्होंने अस्पताल में जाकर यह देखने का निश्चय किया कि उनके पैसे का कैसे उपयोग किया जाता है। अस्पताल का चक्कर लगाते हुए उन्हें एक बच्चे के सिर्फ पैर दिखाई दिए, जिन्हें देखकर उन्हें अपनी नवजात बेटी के पैर याद आए। भावुकता के वशीभूत होकर वे उस बच्चे तक पहुँचीं और उन्होंने पहली बार देखा कि इतना छोटा बच्चा कीमोथैरेपी ले रहा था। उन्होंने संकल्प लिया कि वे इन बच्चों के लिए कुछ और भी करेंगी। उन्होंने अस्पताल की सामाजिक कार्यकर्ता से पूछा कि वे और क्या कर सकती हैं। जवाब सुनकर वे अवाक् रह गईं। उस महिला स्वयंसेवी ने कहा, ''इलाज के लिए तो कई लोग दान देते हैं, लेकिन उस पोषक भोजन के लिए दान नहीं देते, जो इस थैरेपी के प्रभावों को झेलने के लिए बहुत जरूरी है।''

उन्होंने तत्काल दान का अपना पैसा भोजन के लिए भेजना शुरू कर दिया और जब भी जरूरत होती, स्वयंसेवी उन्हें संदेश भेज देती। जल्दी ही जरूरत उनकी व्यक्तिगत क्षमता से बहुत ज्यादा हो गई। उसके बाद उन्होंने अपने मित्रों, परिचितों से कहना शुरू किया। उन्हें यकीन दिलाया कि बर्थ-डे और एनिवर्सरी पार्टियों पर खर्च करने की बजाय यहाँ दान देना ज्यादा जरूरी है। उसी वक्त उन्हें एहसास हुआ कि उनके लिए अकेले इस नई समस्या से निपटना संभव नहीं है। इस तरह वर्ष 2011 में उन्होंने 'द कडल्स फाउंडेशन' शुरू किया और मुंबई के विभिन्न वितरकों के माध्यम

से कैंसरग्रस्त बच्चों के लिए न्यूट्रिशनल सप्लीमेंट हासिल करना शुरू किया। फाउंडेशन के बढ़ने के साथ इसने न्यूट्रिशन से जुड़े हर मुद्दे पर ध्यान देना शुरू कर दिया। डॉक्टर उन्हें बताते रहते कि उन्हें किस चीज की जरूरत है। मिलिए पुर्नोता दत्ता, आई.एस.बी. हैदराबाद से एम.बी.ए. तथा ऑनलाइन मार्केटिंग की एक्सपर्ट से।

किसी भी अन्य प्रोजेक्ट की तरह 'कडल्स फाउंडेशन' रेंगता रहा, गिरा, जख्मी हुआ और फिर धीरे-धीरे चलना सीख गया और फिर तीन साल में तो आत्मविश्वासपूर्वक दौड़ने लगा। आज उनके पास अपने 24 न्यूट्रिशनिस्ट हैं। यह वर्ष 2016 में नौ शहरों के 17 अस्पतालों के 18 हजार बच्चों को अपनी सेवाएँ दे रहा था। मुंबई के ही पाँच अस्पतालों में 700 बच्चों को यह सेवाएँ दे रहा है। जब बच्चा चलता हुआ इलाज के लिए आता है तो वे कुपोषण के स्तर और कैंसर के प्रकार का आकलन कर लेती हैं। फिर डाइट प्लान बनाती हैं, जो सप्लीमेंटेशन का मिला-जुला स्वरूप होता है।

दवाइयों के अलावा अन्य जरूरतों की लागत देखते हुए निम्न आयवर्ग के लोग आमतौर पर इलाज को अचानक बंद कर देते हैं। यहीं पर 'कडल्स' का प्रवेश होता है। वह चुने हुए परिवारों को राशन की बास्केट देता है और यह सुनिश्चित करता है कि कम-से-कम बच्चे का सही वजन बना रहे। इसका इलाज बंद करने की दर पर सीधा प्रभाव पड़ा है, जो 20 फीसदी से घटकर 3 फीसदी से भी नीचे आ गया है। फाउंडेशन लगातार अपने सदस्य न्यूट्रिशनिस्ट्स को एम्पेथी (समानुभूति) में व्यापक प्रशिक्षण देता रहता है। टाटा मेमोरियल के शिशु कैंसर रोग विशेषज्ञ डॉ. बृजेश अरोरा भी न्यूट्रिशन के जुनूनी हैं और वे फाउंडेशन के गाइड और मेंटर हैं। उनके प्रयास रोज करीब बच्चों के पूरे क्लास रूप को बचा लेते हैं। कडल्स ने 'पेड्रियाटिक आंकोलॉजी न्यूट्रिशन' का कोर्स भी तैयार किया है, जिसे एस.एन.डी.टी. यूनिवर्सिटी ने हाल ही में पढ़ाना शुरू किया है। अब अगला कदम वर्ष 2018 तक देश भर में इलाज ले रहे 80 प्रतिशत बच्चों तक मदद पहुँचाने का है। उसके बाद रक्त संबंधी रोगों और एड्स के लिए काम करने का है। पुर्नोता कुछ साल पहले अस्पताल में एक बच्चे का पोषण करती थीं और अब अस्पताल के हर बच्चे को पोषक भोजन देने का प्लान बना रही हैं।

फंडा यह है कि समाज में फर्क पैदा करने का यह मतलब नहीं कि सिर्फ दान दे दिया जाए। यदि आप गौर से देखें तो यह बहुत गंभीर मामला है।

□

शहरी जीवन-शैली के बुरे असर से बच्चों को बचाएँ

राहुल दस साल का है। सुबह 8:30 बजे स्कूल पहुँचने के लिए वह सुबह जल्दी 7:00 बजे उठ जाता है। स्कूल पहुँचने में 30 मिनट का समय लगता है। आधुनिक कॉन्वेंट स्कूल के अधिकांश बच्चों को ऐसा ही करना पड़ता है। बिस्तर से उठने और ब्रश करने के बाद वह तुरंत किताब उठा लेता है। माता-पिता को अकसर उसे परिवार के गेट-टुगेदर में शामिल होने के लिए मनाना पड़ता है या घूमने के लिए कमरे से बाहर आने, खरीदी करने मॉल साथ चलने के लिए कहना पड़ता है। वह हमेशा पढ़ाई में लगा रहता है। उसका लक्ष्य वर्ष 2017 में होनेवाली स्कूल की स्टेट एग्जाम में शीर्ष दस छात्रों में आना है। (अनुरोध पर नाम बदल दिया गया है)। कौन माँ-बाप अपने ऐसे बच्चे से प्रसन्न नहीं होंगे? पढ़ाई-लिखाई में वह होशियार है और अपने परिवार, समाज, स्कूल और साथियों का गौरव है। वह पहली कक्षा से ही पहले नंबर पर आता रहा है और क्लास का हैड, स्कूल का हैड बॉय, टॉप स्कोरर रहा और इसके अलावा कई प्रतियोगिताओं में उसे एक दर्जन से ज्यादा ट्रॉफियाँ मिली हैं। इसमें स्पैलिंग की, बोर्नवीटा क्वीज कॉन्टेस्ट जैसी प्रतिष्ठित स्पर्द्धाएँ भी शामिल हैं।

लेकिन एक बुरी खबर है। फिटनेस के मापदंडों पर उसकी शारीरिक क्षमता छह आँकी गई है। मापदंडों में तेज दौड़, सहनशीलता, लचीलापन, लोअर और अपर बॉडी स्ट्रेंथ, एब्डॉमिनल स्ट्रेंथ और बॉडी मास इंडेक्स (बी.एम.आई.) शामिल है। वह ऐसा अकेला बच्चा नहीं है। देश में हर पाँच में से दो बच्चों का बी.एम.आई. दुरुस्त नहीं है। देश के हर पाँच में से एक बच्चे की सहनशीलता का स्तर ठीक नहीं है। हर चार में एक बच्चे में पर्याप्त लचीलापन नहीं है। देश के बच्चों का अपर बॉडी स्ट्रेंथ तो थोड़ा ठीक है, लेकिन अंतरराष्ट्रीय स्तर की तुलना में ओअर बॉडी स्ट्रेंथ कमजोर है। 'एज्यूस्पोर्ट' नाम की संस्था द्वारा छह साल तक किए गए सर्वे के नतीजे माता-पिता को अपने बच्चे के हैल्थ रिपोर्ट कार्ड के बारे में सोचने पर मजबूर कर देंगे। यह सर्वे

देश के 87 शहरों में 7 से 17 साल की उम्र के 1.48 लाख छात्रों पर किया गया है। जाहिर है, शारीरिक विकास की बजाय मानसिक व बौद्धिक विकास पर अधिक जोर है। यह संतुलित विकास नहीं है।

खास बात यह है कि सर्वे के मुताबिक, हालाँकि माता-पिता बच्चों की रोजाना की कसरत के प्रति पूरी तरह सतर्क हैं, लेकिन फिर भी अगली पीढ़ी का हैल्थ कार्ड रिपोर्ट चिंता का कारण है। खेलने के लिए मैदानों की कमी, पढ़ाई का बहुत ज्यादा दबाव और हर शहर में खेल के मैदानों की बुरी हालत जैसे मसले बच्चों के हैल्थ रिपोर्ट कार्ड पर असर दिखाने लगे हैं। मैदानों में और खुले में जानेवाले खेलों की कमी के कारण शहरी बच्चों में बॉडी मास इंडेक्स और सहनशीलता का स्तर निम्न होता जा रहा है। स्कूलों में समग्र रूप से स्पोर्ट्स और शारीरिक शिक्षा की कमी इस समस्या को और जटिल बना रही है। सर्वे कहता है कि चूँकि बच्चे अब दौड़-भाग के खेल कम खेलते हैं, इसलिए भी उनका बॉडी मास इंडेक्स नीचे आता जा रहा है। माता-पिता, खासकर वे जिन्होंने कुछ समय विदेशों में बिताया है, वे शारीरिक फिटनेस के मामले को गंभीरता से लेते हैं। वे इसे समझते हैं और पैसा खर्च करने के लिए तैयार हैं, लेकिन वे क्लबों की ओर देखते हैं, जहाँ उनके बच्चों को पर्याप्त सुविधाएँ मिल सकें।

भारतीय स्कूलों में खेल के लिए जो वक्त तय होता है, उसमें कुछ ही ऐसे होते हैं जो खेलते हैं। बाकी सिर्फ दर्शक होते हैं। जो मजबूत होते हैं, वे खुशकिस्मत होते हैं और उन्हें खेलने का मौका मिलता है। अगर बच्चा किसी विषय में कमजोर होता है तो हम उसे पढ़ने से रोक नहीं देते हैं, लेकिन जब यही बात खेल पर आती है तो यह नियम लागू करने में हम नाकाम रहते हैं और इसका सीधा असर कमजोर स्वास्थ्य के रूप में सामने आता है।

फंडा यह है कि अगली पीढ़ी को समग्र रूप से मजबूत बनाने के लिए स्कूल, माता-पिता और नीति निर्माताओं को पूरी शिक्षा प्रणाली में शारीरिक शिक्षा को भी शामिल करना होगा। संतुलित विकास से ही हम सक्षम नई पीढ़ी का निर्माण कर सकते हैं।

□

सामाजिक कार्य व्यर्थ नहीं जाते, ये बदलाव लाते हैं

स्टोरी-1 : जब कहीं 110 छात्र जमा हों तो निश्चित ही बहुत शोर-शराबा होगा, मस्ती होगी, लेकिन जब मुंबई के दादर स्थित के.एम.डी. कॉलेज के 110 छात्र एक खास मकसद से एक जगह जमा हुए तो लोग रो पड़े। पनवेल ताल्लुका के उमरोली का कोई भी ग्रामीण यह नहीं चाहता था कि वे लौटकर जाएँ, लेकिन उन्हें तो जाना ही थी, क्योंकि ये एक खास उद्देश्य से यहाँ आए थे और वह पूरा हो गया था, लेकिन गाँववालों के लिए कॉलेज के युवाओं का उनसे दूर जाना दुःखद एहसास था। कॉलेज के छात्रों और ग्रामीणों के बीच गहरे संबंध जो बन गए थे।

यह मजबूत संबंध सिर्फ सात दिन में बना था। युवाओं ने कुछ देना सीखा था। हाँ, इन युवाओं ने 168 घंटों में गाँव की पूरी शक्ल ही बदल दी थी। ये लोग एन.एस.एस. (नेशनल सर्विसेस स्कीम) की टीम के तौर पर यहाँ आए थे। इन्होंने पानी की बर्बादी रोकने के लिए नदी की धारा पर दो बाँध बनाए थे। मिट्टी और रेत से भरी बोरियों से ये बाँध बनाए गए थे। पानी की धारा को इनसे अच्छे से रोककर सील कर दिया गया था। इससे आस-पास के इलाके में जमीन में पानी का स्तर भी बढ़ेगा। पशुओं और फसलों के लिए पर्याप्त पानी देने में यह मददगार साबित होगा। इसी ग्रुप के कुछ छात्रों ने 'स्वच्छ भारत अभियान' चलाकर सड़कों को साफ किया था और स्कूल और पंचायत की दीवार पर कलाकृतियाँ बना दी थीं। छात्रों का समर्पण देखकर गाँव के कई लोग भी उनके इस अभियान में शामिल हो गए और प्रोजेक्ट पूरे करने में मदद की। छात्रों के लिए यह अच्छी जिंदगी जीने का प्रैक्टिकल भी तो था।

स्टोरी-2 : आरती फानडे कक्षा 8 की छात्रा है और स्कूल जाते हुए या माता-पिता के साथ बाजार जाते हुए सड़क पर काफी चौकस रहती है। जब भी उसे सड़क पर कोई बेकार चीज पड़ी दिखती है तो उसे लगता है कि इसे वह क्या रूप दे सकती है। उसका रचनात्मक दिमाग तेजी से कई कल्पनाएँ करने लगता। फिर वह तय करती कि

उसे स्क्रैप उठाना है या नहीं। यह चम्मच हो सकता है या टूटा हुआ मग या फिर टूटे हुए इलेक्ट्रिक वायर या ऐसी ही कोई और चीज। आरती कुछ देर के लिए ठहर जाती। फिर एक बार विचार करती कि वह उस बेकार चीज का क्या करेगी। आरती सरकारी स्कूल के उन छात्रों में शामिल है, जिन्हें इयररिंग्स, नेकलेस, ब्रेसलेट और कुछ अन्य चीजें वेस्ट से बनाना सिखाया जा रहा है। फिक्की और स्थानीय गैर-सरकारी संस्था (एन.जी.ओ.) 'सलाम बॉम्बे' के सहयोग से कोलाबा के सरकारी स्कूल के 25 छात्र 17 दिसंबर को पहली बार अपने बनाए प्रोडक्ट की प्रदर्शनी-सेल लगाने जा रहे हैं। ये सारे प्रोडक्ट्स 14 साल से कम उम्र के बच्चों ने बनाए हैं। स्कूल और एन.जी.ओ. द्वारा अतिरिक्त सामान पर खर्च की गई राशि काटने के बाद इस सेल से होनेवाली कमाई बच्चों को दी जाएगी।

स्कूल के प्रिंसिपल अंबरसिंह मगर का पूरा भरोसा है कि जो भी बच्चे वोकेशनल ट्रेनिंग में शामिल हो रहे हैं, वे अपनी पढ़ाई पर बराबर ध्यान देने में सक्षम हैं, क्योंकि इन सभी के पास निकट भविष्य के लिए एक लक्ष्य है। उनका कहना है कि अधिकतर बच्चे कच्ची बस्ती में रहते हैं और आमतौर पर अपना समय टेलीविजन में बिताते हैं। टेलीविजन पर भी पूरी तरह पेरेंट्स की मर्जी चलती है। मतलब ये बच्चे वे कार्यक्रम देखते हैं, जो बच्चों के लिए ठीक नहीं होते। ट्रेनिंग के जरिये इनका दिमाग अधिक प्रोडक्टिव कामों में लगेगा और वे अपना समय बर्बाद नहीं करेंगे।

फंडा यह है कि बच्चे जब ऐसे काम करते हैं तो उनका ध्यान जीवन स्तर सुधारने पर जाता है। वे सामाजिक रूप से जागरूक इनसान बनते हैं।

☐

दीपावली के दीपक जलाए रखने के लिए तेल आवश्यक नहीं

जब आप दीपावली जैसे त्योहारों के सीजन में बाजार में जाएँ तो वहाँ भिखारियों की याचना से नहीं बच सकते। जब वे याचना करते हैं तो कुछ सेकंड के लिए आप विचलित हो जाते हैं, क्योंकि आपके सामने ऐसा कोई होता है, जो भोजन पाने के लिए संघर्षरत है और आप ऐसी जगह हैं, जहाँ पर आप पैसों को एक तरह से जलाने के लिए ही खर्च कर रहे हैं। मेरा इशारा पटाखों की तरफ है। यह हमें भीतर तक झकझोर देता है।

इसमें दुकानदार चिढ़ जाते हैं, जिन्हें त्योहारों के पूरे सीजन में अच्छे बिजनेस की उम्मीद रहती है। यह टाली जा सकनेवाली दुविधा है, जिससे हम में से प्रत्येक गुजरता है, फिर चाहे हम इस देश के किसी भी हिस्से में खरीददार हों या दुकानदार। शायद ही किसी ने इस समस्या का समाधान खोजा हो, लेकिन पुणे के सदाशिव पेठ के शनिपार क्षेत्र में एक दशक से ज्यादा समय से मौसमी व्यवसाय करनेवाले स्थानीय स्ट्रीट वेंडर सुरेंद्र गडवे ने इसका उचित समाधान खोजा है। वे पिछले छह दिनों से अपने क्षेत्र में यह समाधान आजमा रहे हैं। इसे खरीददारों व दुकानदारों ने ही नहीं, भिखारियों तक ने सराहा है।

शनिपार न सिर्फ रोज की सब्जियों के लिए जाना जाता है, बल्कि यह सीजन की सारी चीजों के मिलने की मुख्य जगह है। हर दुकानदार अपनी दुकान पर ज्यादा-से-ज्यादा ग्राहक खींचने के लिए लगा रहता है। हालाँकि, यह बाजार 20 से ज्यादा भिखारियों का भी गढ़ है, जिनकी संख्या सप्ताहांत में 30 तक पहुँच जाती है। वे न सिर्फ चारों तरफ गंदगी फैलाते हैं, बल्कि पैसे माँग-माँगकर वहाँ आनेवाले हर व्यक्ति को परेशान कर देते हैं। धमकाने का उन पर कभी कोई असर नहीं होता। भिखारियों से संरक्षण के लिए न तो कोई कानून है और न पुलिस कोई मदद करती है, किंतु गडवे की तरकीब ने पिछले एक हफ्ते में पूरे क्षेत्र का माहौल ही बदल दिया है।

चूँकि वे तो थोड़े समय के फेरीवाले हैं, इसलिए उन्हें बिजनेसमैन तो नहीं कहा जा सकता। सीजन के हिसाब से वे और उनका परिवार प्रोडक्ट बदलते रहते हैं। मसलन,

दीपावली के दौरान वे मिट्टी के दीपकों को पेंट करके बेचते हैं। जब त्योहार के दिन नजदीक होते हैं तो ग्राहकों की संख्या कई गुना बढ़ जाती है और पेंटिंग पर ध्यान केंद्रित रखने के साथ ग्राहकों से निपटना आसान नहीं होता। इसका माँग पर भी काफी असर पड़ता है। इस साल मिट्टी के दीपकों की माँग तुलनात्मक रूप से ज्यादा है, क्योंकि इस बाजार में चीनी उत्पादों पर प्रतिबंध का बड़ा शोर है।

एक हफ्ते पहले गडवे ने एक भिखारी से चिढ़कर पूछा कि क्या वह उनके साथ दीपकों की पेंटिंग का काम कर सकता है, क्योंकि काम बहुत ज्यादा है। आश्चर्य की बात यह रही कि उस भिखारी ने सहमति में सिर हिला दिया। चूँकि थोड़े समय के लिए काम करनेवालों को खोजना कठिन होता है, उन्होंने बेकार बैठे अन्य भिखारियों से भी यही करने के लिए कहा। एक भिखारी को गडवे की मदद करते देख, उनमें से ज्यादातर अस्थायी श्रमबल का हिस्सा बनने को तैयार हो गए। इस पुनर्वास जैसी पहल से उन्हें जरूरी मजदूर मिल गए और सड़कों से हटकर भिखारी उत्पादक कार्य में लग गए। फिर आस-पास के दुकानदार भी भीख माँगनेवालों से पिंड छुड़ाकर खुश हैं।

आज हर भिखारी रोज 150 रुपए कमा रहा है और बहुत-सा पैसा बचा भी रहा है, क्योंकि उन्हें शराबखोरी पर पैसा खर्च करने का वक्त ही नहीं मिलता, जो आमतौर पर उनकी नियमित आदत रही है। दीपावली के पहले पड़नेवाले अंतिम शनिवार व रविवार को गडवे बहुत व्यस्त हैं, क्योंकि उन्हें बहुत अधिक बिजनेस मिल रहा है। भीख माँगकर गुजारा करना किसे अच्छा लगता है? खुद मेहनत से कमाए पैसे की रौनक उन लोगों के चेहरे भी दीपक की तरह रोशन कर रही है। कमाई के अलावा उन्हें शराबखोरी जैसी अपनी बुरी आदत के नुकसान का भी एहसास हो रहा है, क्योंकि अब तक शराबखोरी तो जिंदगी का एक रूटीन था। भीख माँगी और पैसे शाम को शराब में बहा दिए, लेकिन अब बचत करके पैसे जोड़ने का विचार भी उनके मन में आ रहा है। भिखारियों को न सिर्फ रोजगार मिला, बल्कि उनमें सुधार की दृष्टि पैदा हुई है।

मदर टेरेसा ने एक बार कहा था कि दीपक को जलता रखने के लिए हमें उसमें तेल डालते रहना पड़ता है यानी अच्छा काम करना और नेकनीयत लगातार इस तरह के काम से आगे बढ़ाने की जरूरत होती है और गडवे ने एक नया सिद्धांत गढ़ा है कि अच्छे बिजनेस के लिए तेल डालने की नहीं, थोड़ा परोपकार का उत्साह डालने की जरूरत है।

फंडा यह है कि दीपावली के दीपक को जलता रखने के लिए तेल डालने के अलावा भी कई तरीके हैं, जिससे न सिर्फ दीपक, बल्कि हमारी उम्मीदें भी रोशन होती हैं।

□

जागरूकता किसी भी स्तर पर क्रांति ला सकती है

मैं यह नहीं जानता कि हम में से कितने लोग यह तथ्य जानते हैं कि भारत में करोड़पतियों की संख्या दो लाख से अधिक हो गई है और संयुक्त राष्ट्र और भारत सरकार के संयुक्त सर्वे में पिछले साल यह बात सामने आई थी कि भारत में पाँच साल से कम उम्र के एक-तिहाई बच्चे अभी भी अंडरवेट की श्रेणी में आते हैं। करीब 40 प्रतिशत शारीरिक रूप से अविकसित रह जाते हैं। हम में से कुछ लोग संभवत: इससे संबंधित यह तथ्य नहीं जानते कि हैल्थ और स्थानीय फूड बच्चों की मौत और शिक्षा को प्रभावित करता है। साथ ही, पोषक तत्त्वों की कमी के कारण बच्चों के दिमाग में ज्ञानसंबंधी और संवेदी तंत्र कम विकसित रह जाने का खतरा भी रहता है, लेकिन ओडिशा की राजधानी भुवनेश्वर से 512 किलोमीटर दूर एक गाँव खालपादर की छोटी आदिवासी आबादी, जिसमें अधिकांश महिलाएँ और बच्चे हैं, अचानक इस तथ्य से वाकिफ हुए। उन्होंने पाया कि इसका समाधान स्थानीय फूड, जैसे—बाजरा, पत्तेदार साग, हरी सब्जियाँ और अंकुरों में है, न कि सफेद चावल और सोया में। वे इस बात को समझ गए कि जो भोजन शहरों में डाइनिंग टेबल्स पर होता है, वे उनके लिए ठीक नहीं है, क्योंकि हमारी और उनकी लाइफ स्टाइल में बहुत फर्क है।

कई सालों पहले आदिवासियों का सुबह का नाश्ता बाजरे की खिचड़ी हुआ करता था। दोपहर के भोजन में वे हमेशा जंगली प्याज या हरी सब्जी जैसे गोंदरी साग लेते थे। इसे वे जंगल से लेकर आते थे। इसके अलावा उनके खाने में कभी-कभी मशरूम, मीट और मछली भी होती थी, जिसमें बाजरे को मिलाकर कई वैरायटी बनती थीं। दोपहर के नाश्ते में सिंका हुआ अनाज और आम, इमली और कई तरह की जड़ें होती थीं। रात के खाने में चावल और दालें कम होती थीं, जबकि रात के भोजन में स्थानीय सब्जियाँ और राजमा-चावल होते, लेकिन समय के साथ उनकी भोजन की प्लेट में भी शहर के भोजन के अनुसार बदलाव आ गया। यही कारण है कि ये लोग

संगठित हुए और वन्य अधिकारियों को जंगलों से हटा दिया, जिन्होंने यूकेलिप्टिस और सागौन के पौधे लगाए थे। लोगों ने सारे पौधों को नष्ट कर दिया और अपने आस-पास के जंगल में फिर से परंपरागत फसलें लगाईं, जैसे—खजूर, आम, इमली, कटहल, मोआ, जामकोली आदि। कई सालों में उन्होंने देखा था कि वन विभाग द्वारा लगाए गए पेड़ों ने आस-पास के जीवन को खत्म कर दिया है। कोई जमीकंद, कोई सूरन, कोई मशरूम और कोई फल पैदा नहीं हो रहा था और इससे भूमि का भी नुकसान हो रहा था। उन्होंने देखा कि इससे धीरे-धीरे उनकी थाली में भोजन घटता जा रहा है। उनका स्वास्थ्य इससे बिगड़ता जा रहा है। महिलाएँ एकत्र हुईं और विचार किया कि नई वन पॉलिसी के कारण उनके स्वास्थ्य की मूलभूत जरूरतें भी पूरी नहीं हो पा रही हैं।

इस साल 6,000 लोगों ने 15 परंपरागत पेड़ों के पौधे लगाए, ताकि आस-पास के 35 गाँवों के इस ब्लॉक में जंगल फिर से विकसित हो सकें और उनके परिवारों और बच्चों को आनेवाले महीनों में हैल्दी फूड मिल सके। देखा जाए तो ग्लोबल स्तर पर अमीर और पढ़े-लिखे लोग भी इस बात से इत्तेफाक रखते हैं। उदाहरण के तौर पर, गरीबों के लिए भोजन में न्यूट्रीशन शामिल करने के लिए काम कर रही संस्था 'फूड लेडर' को लीजिए। वर्ष 2010 में कैली मैकजेनेट ने भारत की यात्रा के दौरान गरीब बच्चों में यही समस्या देखी और महसूस किया कि वे आसानी से उनकी जिंदगी बदल सकती हैं, क्योंकि वे ऑस्ट्रेलिया में स्वदेशी समुदाय का जीवन सुधारने के लिए काम कर चुकी थीं। उनका संपर्क एक स्थानीय आंत्रप्रेन्योर एलेक्स शिआद से हुआ और इन्होंने मिलकर 'फूड लेडर' लॉन्च किया। यह संस्था कमर्शियल हाइड्रोफोनिक तकनीक (इस तकनीक में पौधे उगाने के लिए पानी में मिनरल न्यूट्रिएंट्स मिलाए जाते हैं) के जरिए ग्रीन हाउस सिस्टम बनाने का प्रयास कर रही है, जो संबंधित समुदाय के अनुसार हो। ये काम वे भारत में चुनिंदा क्षेत्रों सहित कई विकसित देशों में भी कर रही हैं।

फंडा यह है कि जगरूकता किसी भी तरह की क्रांति ला सकती है, चाहे आर्थिक हैसियत या शैक्षणिक योग्यता किसी भी स्तर की क्यों न हो।

□

संकट का तात्कालिक समाधान कभी न करें

कुछ महीनों पहले महाराष्ट्र के सोलापुर की अक्कलकोट तहसील के बावकारवाड़ी गाँव में किराना दुकान चलानेवाले 40 साल के बाबासाहब माने के साथ एक नई समस्या हो गई। उनके तीनों बेटे अकसर बीमार रहने लगे, जबकि पहले ऐसा नहीं होता था। वे जो भी खाते, उल्टी कर देते और रात के समय तेज बुखार आ जाता। माने सहित गाँव के कई लोग एक स्थानीय डॉक्टर के.जी. उठाणे के पास पहुँचने लगे, लेकिन डिस्पेंसरी के सामने 20 से ज्यादा परिवारों के करीब-करीब सभी सदस्य कतार में खड़े थे। ऐसा तो गाँव में बरसों में देखा नहीं गया था। बावकारवाड़ी अक्कलकोट उप-जिला मुख्यालय से 15 किलोमीटर की दूरी पर है और सोलापुर जिला मुख्यालय से यह 55 किलोमीटर दूर है। पास में चपलगाँव नाम का गाँव है। दोनों गाँवों का भू-भाग मिलाकर 500 हैक्टेयर से ज्यादा नहीं है। दोनों गाँवों में 200 से ज्यादा घर नहीं हैं और आबादी 700 से 800 के बीच होगी।

पानी के लिए सभी लोग गाँव के कुओं पर निर्भर हैं। कुओं की संख्या भी कम नहीं है। नजदीक के ही कुरमुर बाँध के कारण कुछ साल पहले तक यहाँ पानी की कोई कमी थी भी नहीं, लेकिन लगातार तीन साल से मानसून खराब रहने के कारण छह महीने पहले यहाँ के कूप पूरी तरह सूख गए। फिर लोगों के लिए बाँध का पानी लाया गया, लेकिन माने जैसे परिवारों के लिए यह कटु अनुभव साबित हुआ। ये लोग पहले की तुलना में ज्यादा बीमार रहने लगे। जल स्तर घटने से स्थानीय लोगों को गंदा, दलदली पानी पीने पर मजबूर होना पड़ा। इसका सीधा असर यह हुआ कि टाइफाइड, उल्टी, पेचिश और हैजे के मामलों में जबरदस्त वृद्धि हुई। इन बीमारियों का ज्यादा असर बच्चों या गर्भवती महिलाओं पर हुआ।

बाँध का गंदा पानी इस्तेमाल करने से हो रही बीमारियों का पता चलने के बाद गाँववालों के सामने और भी बड़ी समस्या आ गई। वे यह भी जानते थे कि उनके पास

बाँध के पानी को स्वच्छ करने के संसाधन नहीं थे, इसलिए उन्होंने पानी को स्वच्छ बनाने की कोशिशें शुरू कीं। उन्होंने अपना खुद का वॉटर ए.टी.एम. बनाया और लगाया। इस कॉन्सेप्ट को उन्होंने गुजरात, मध्य प्रदेश, पंजाब और महाराष्ट्र के ही कुछ स्थानों पर देखकर कॉपी किया। इसकी लागत है 12 लाख रुपए। उन्होंने तीन महीने के भीतर यह प्रोजेक्ट पूरा कर इसे अमल में ला दिया। वॉटर फिल्टर ए.टी.एम. हर घंटे 5,000 लीटर पानी स्वच्छ कर सकता है।

अब सीधे मई 2016 में आ जाते हैं। गाँव का एक व्यक्ति स्कूल के दोनों ओर 20 लीटर की दो खाली केन लटकाता है और 5 लाख रुपए की लागत से बने वॉटर ए.टी.एम. पर पानी लेने जाता है। वह अपना ए.टी.एम. कार्ड इलेक्ट्रॉनिक रीडर के सामने प्रेस करता है, बैलेंस सामने आता है। ग्रामणी के चेहरे पर मुसकान आ जाती है। वह 18 लीटर के लिए बटन दबाता है। मशीन उसके खाते से 6 रुपए काट लेती है और इस तरह दो मिनट में वह पीने का पानी लेकर चला जाता है। चार लोगों के परिवार के लिए 18 से 20 लीटर पानी की केन पीने और खाना बनाने के लिए पर्याप्त होती है। कुछ रिक्शा रोज यहाँ आते हैं और चपलगाँव की ट्रिप लगाते हैं। ये लोग ट्रैवल खर्च जोड़कर पानी की केन वहाँ बेच देते हैं। गाँववालों ने अपनी क्षमता के अनुसार 12 लाख रुपए के इस पूरे प्रोजेक्ट में योगदान दिया है। इसमें 7 लाख रुपए का फिल्ट्रेशन प्लांट है, जिसमें दो पॉलीगैस प्रेशर सिलेंडर और कूलिंग टैंक आदि शामिल हैं। गाँववालों की सक्रियता से उठाए गए इस कदम के कारण उनका दवाओं और इलाज का खर्च बच गया, जो उन्हें गंदे पानी से हो रही बीमारियों पर करना पड़ रहा था।

फंडा यह है कि कभी भी अस्थायी हल की ओर मत जाइए। बेहतर है कि तुरंत सक्रियता दिखाई जाए और ऐसा कदम उठाएँ, जो भविष्य में होनेवाली समस्याओं को स्थायी रूप से हल कर दे। ऐसा ही इन दो गाँवों में भी हुआ, जहाँ शिक्षित लोगों का प्रतिशत कई बड़े शहरों और कस्बों से काफी कम है।

□

भारत-इंडिया के फर्क में बिजनेस संभावना

वह सिर्फ चार साल की है। कर्नाटक की राजधानी बेंगलुरू से 130 किलोमीटर दूर अपने गाँव में रहती है। उनके गाँव के अधिकांश लोगों ने राजधानी नहीं देखी है, जबकि कई तो दादा-दादी बन चुके हैं। उन्हें इसकी कोई जरूरत नहीं पड़ी, क्योंकि गाँव आत्मनिर्भर है और कई पीढ़ियों ने ज्यादा यात्रा किए बिना ही पूरी उम्र निकाल दी। विकास के दौर में पिछले दशक में छोटे व्यापारियों ने कई दुकानों के माध्यम से यहाँ सुविधाएँ पहुँचाईं। गाँव में अच्छी सड़कें हैं। मोबाइल जैसे आधुनिक संचार साधनों के अच्छे स्टोर हैं। इलेक्ट्रॉनिक उपकरणों की दुकानें मशरूम की तरह उग आई हैं। गाँववाले फैशल स्टोर भी अपना रहे हैं, इसलिए भी 3,000 परिवारोंवाले इस गाँव के लोगों को बाहर की यात्रा करने की बहुत कम जरूरत पड़ती है। बोलचाल में वे सिर्फ कन्नड़ बोलते हैं। इसी मामले में किसान की वह चार साल की बच्ची अन्य से अलग है। वह अपना परिचय निखालिस अंग्रेजी में देती है। उसे अंग्रेजी की कुछ बहुत ही अच्छी कविताएँ याद हैं और लगभग सारी बातें अंग्रेजी में समझ लेती है।

वह अकेली नहीं है, उसके 12 दोस्त भी ऐसे ही हैं। अगर आप गाँव में जाएँगे तो आसानी से अन्य बच्चों के बीच इन 13 को पहचान लेंगे। उसी की उम्र के ये सभी बच्चे हिप्पोकैम्पस लर्निंग स्कूल (एच.एल.सी.) के छात्र हैं, जो उनके गाँव में प्री-स्कूल की सुविधा सालाना मात्र 2,000 रुपए में उपलब्ध कराती है। एच.एल.सी. ने कर्नाटक के गाँवों में ऐसे 17 स्कूल वर्ष 2011 में खोले थे। अब तेजी से तरक्की करते हुए पूरे राज्य में फैलने के अलावा महाराष्ट्र में भी इसकी शाखाएँ हैं। एच.एल.सी. यह बात अच्छी तरह समझता है कि बच्चों में अच्छी आदतें डालने, नई भाषाएँ सिखाने, दिमागी और बौद्धिक विकास के लिए प्री-स्कूल एजुकेशन कितनी महत्त्वपूर्ण है। आज इस स्कूल की शाखाएँ कोल्हापुर, सांगली और नागपुर के आस-पास कई स्थानों पर हैं। यहाँ लोगों में अपने बच्चों को अंग्रेजी माध्यम स्कूल में पढ़ाने की इच्छा तो बहुत है, लेकिन भरोसा कम है। वे पहले स्थानीय समुदाय की मदद से गाँव से ही अच्छी पढ़ी-लिखी होशियार महिलाओं को चुनते हैं और फिर उन्हें 15 दिन का

प्रशिक्षण दिया जाता है, जो छह महीने के मॉन्टेसरी ट्रेनिंग का ही छोटा रूप होता है। एच.एल.पी. ने एक सिस्टम बनाया है, जिसे ए.टी.ई.पी.—(आरंभ, प्रायोगिक, उत्कृष्ट और सर्वोत्कृष्ट) लेवल कहा जाता है। इसमें बच्चों का विश्लेषण होता है और टीचर्स को बच्चों की उन समस्याओं के समाधान के लिए शिक्षित किया जाता है।

एच.एल.सी. में खुद प्री-स्कूल सेंटर्स के लिए सामग्री बनाई है और इसी से प्रशिक्षण दिया जाता है। ऐसे सेंटर शुरू करने के लि.ए 80 हजार रुपयों की जरूरत होती है। टीचर्स के सालाना वेतन को मिलाकर 80 हजार रुपए अन्य खर्च होता है। चूँकि यह ग्रामीण मार्केट की सामाजिक जरूरत की बात है और शहरी क्षेत्रों की कंपनी, जैसे ट्रीहाउस और जीकिड की तुलना में अलग होने के बावजूद एशियन डेवेलपमेंट बैंक और कई अन्य सीड फंड कंपनियों ने पिछले पाँच दौर की फंडिंग मं इसमें 2.1 करोड़ डॉलर्स का निवेश किया है। एच.एल.सी. चार कारणों से सफल है—1. सेंटर्स सुविधाजनक स्थान पर होते हैं। 2. फन और एक्टिविटी के जरिये शिक्षा की मंशा अच्छी है। 3. स्थानीय महिलाओं को ट्रेनिंग से रोजगार भी पैदा होता है और 4. बच्चों को अंग्रेजी और उनकी मातृभाषा की शिक्षा सही तरीके से मिल रही है। आज एच.एल. सी. के साथ स्कूल आंत्रप्रेन्योर पार्टनर भी हैं। कर्नाटक में 50 स्कूल और महाराष्ट्र में आठ स्कूल पार्टनरशिप में चल रहे हैं और अब इन स्कूलों में 11 हजार छात्र और 600 प्रशिक्षित टीचर हो चुके हैं। एच.एल.सी. ने मूल समस्या को पहचाना और अपना पूरा बिजनेस सिद्धांत इस बात पर तैयार किया कि ग्रामीण बच्चों को बराबर प्रोत्साहन नहीं मिलता और इसलिए जीवन के शुरुआती दिनों में विकास के बड़े अवसरों से वे चूक जाते हैं।

फंडा यह है कि भारत और इंडिया के बीच के अंतर को पाटने का कोई भी बिजनेस सफल और स्थायी होगा, क्योंकि अल्प शहरियों की तुलना में ग्रामीण आबादी बहुत-बहुत ज्यादा है।

□

मौजूदा व्यवस्था में आमूल बदलाव इनोवेशन का नया अवतार

स्टोरी-1 : उसके पिताजी वाराणसी स्थित मंडी परिसर के निर्माण विभाग में डिप्टी डायरेक्टर हैं। वह आर.आई.आर.टी. कॉलेज में मैकेनिकल इंजीनियरिंग में प्रवेश लेने के लिए इतनी दूर भोपाल आई। इंजीनियरिंग करने की इच्छा रखनेवाले किसी भ्री स्टूडेंट की तरह, किंतु इसके पहले कि वह कोर्स पूरा करती, अंतिम वर्ष की छात्रा 23 वर्षीय नैन्सी वर्मा ने पनबिजली संयंत्र का ऐसा कंसेप्ट तैयार किया है, जो बिजली पैदा करने के परंपरागत तरीके से लगभग उल्टा है। मौजूदा बाँधों पर टर्बाइन जलाशय के निचले हिस्से में रहता है और वायुमंडल का दबाव पानी को वॉल्व लगे जलमार्ग से टर्बाइन तक भेजता है और बिजली पैदा होती है।

नैन्सी ने अपने सिद्धांत में छह वर्ग मीटर के चार छोटे जलाशयों की कल्पना कर पानी को बिजली पैदा करने के लिए जलमार्ग तक भेजने के लिए बाहरी दबाव की योजना बनाई है। जाहिर है, जरूरत के मुताबिक बाहरी दबाव को नियंत्रित किया जा सकता है। मौजूदा व्यवस्था में पानी के टर्बाइन से टकराने के बाद उसे त्याग दिया जाता है, जबकि नैन्सी के मॉडल में पानी कई बार इस्तेमाल किया जा सकता है। इस प्रकार बिजली बनाने के लिए विशाल जलराशि की जरूरत खत्म हो जाती है। फिलहाल हम बिजली बनाने के लिए विशाल बाँधों का इस्तेमाल करते हैं, जबकि नैन्सी की अवधारणा में बाँध के सामने 1,000 वर्ग मीटर जमीन की जरूरत होगी। चेन्नई से यह सिद्धांत पेटेंट के लिए स्वीकार कर लिया गया है और उसके डिजाइन से बाँध की ऊँचाई बार-बार बढ़ाने, स्थानीय लोगों के पुनर्वास, बहुत ज्यादा जमीन की जरूरत और बहुत बड़ी लागत जैसी खामियाँ दूर होने की उम्मीद है। नैन्सी को निक नेम मिला है 'पॉवर गर्ल।' नैन्सी को पहले ही पेटेंट रेफरेंस मिल चुका है और अब उसे अंतिम पेटेंट का इंतजार है।

स्टोरी-2 : वे ऑटोमोबाइल मैकेनिक हैं, स्मार्ट मैकेनिक। वे हर खराबी दूर

कर यह सुनिश्चित करते हैं कि वाहन फिर सड़क पर दौड़ने लगें, लेकिन यदि उनके गाँव तक ही कोई वाहन न पहुँचे तो वे क्या कर सकते हैं? यह गाँव गुवाहाटी से 45 किमी. दूर है। असम के सुदूरवर्ती धीमाजी जिले का गाँव, श्यामजुली। यह जिला देश के सबसे ज्यादा बाढ़ प्रभावित क्षेत्र के रूप में अखबारों की सुर्खी बनता है। जाहिर है, अच्छी सड़कों के बारे में यहाँ के लोगों ने सिर्फ सुन ही रखा है। चंद्र सिवाकोटी शर्मा स्कूल की पढ़ाई अधूरी छोड़नेवाले व्यक्ति हैं, लेकिन जहाँ तक ऑटोमोबाइल का सवाल है, इस बारे में उन्होंने सबकुछ खुद ही सीखा। उन्होंने धातु की चद्दरों, कारों की सीटों और दो एस.यू.वी. इंजनों पर 15 लाख खर्च कर हेलिकॉप्टर का डिजाइन बना दिया। उनका इरादा हेलिकॉप्टर निर्माताओं से स्पर्द्धा करने का नहीं था, बल्कि अपने पिछड़े क्षेत्र के लोगों को तेज रफ्तार परिवहन का साधन देना था। उन्होंने इसका नाम रखा है—'पवन पुत्र'। हालाँकि यह विमान की रफ्तार से नहीं उड़ता, लेकिन दो लोगों को लेकर 50 किलोमीटर प्रति घंटा की रफ्तार से 50 फीट की ऊँचाई तक उड़ान भर सकता है।

जिले के उपपंजीयक नागरिक विमानन की सर्वोच्च संस्था डायरेक्टोरेट ऑफ सिविल एविएशन को इस प्रकार की उड़ान की अनुमति पर विचार के लिए लिखनेवाले हैं, वहीं पवन पुत्र को उड़ते देखनेवाले स्थानीय उत्साहियों ने प्रधानमंत्री कार्यालय से संपर्क करके गुहार लगाई है कि इस नए हेलिकॉप्टर को प्रधानमंत्री के महत्त्वाकांक्षी प्रोजेक्ट 'मेक इन इंडिया' का हिस्सा बना लिया जाए। इस बीच, खुद उन्होंने अनुमति के लिए डी.जी.सी.ए. को आवेदन किया है।

फंडा यह है कि प्रखर दिमाग के युवा देशभर में जन्म ले रहीं स्टार्टअप कंपनियों का हिस्सा बन रहे हैं। वे युवा, जिन्होंने किसी-न-किसी क्षेत्र में किसी अभाव की पहचान की है और पूरी रफ्तार से उस अभाव को दूर करने के लिए प्रत्येक क्षेत्र में कुछ-न-कुछ इनोवेशन करने में लगे हैं। इसने युगों पुराने काम के तरीके और व्यवस्था में पूरी तरह उथल-पुथल मचा दी है।

□

अधेड़ उम्र के लोगों के बुजुर्गों के लिए निर्भरता खत्म करना नया लक्ष्य

स्टोरी-1 : टाटा स्टील की नागरिक उपयोगिताओं संबंधी सहयोगी कंपनी 'जस्को' में चीफ मैनेजर (एनवायरनमेंट एंड सस्टेनेबिलिटी) गौरव आनंद जमशेदपुर उपनगर के अपने सरकारी आवास में एक क्रांतिकारी काम कर रहे हैं। दस दिन पहले अपने एक लघु उद्योग के मालिक मित्र की सहायता से उन्होंने बालकनी में पोर्टेबल बायोगैस प्लांट निर्मित व असेंबल किया।

आनंद अब अपने रिहाइशी इलाके में चर्चा का विषय बन गए हैं और उनके कम-से-कम पाँच पड़ोसियों ने अपनी बालकनियों में इसी तरह की सुविधा की इच्छा जताई है। इस प्रकार आनंद पूर्वी भारत में पहले ऐसे व्यक्ति बन गए हैं, जिन्होंने अपने फ्लैट की बालकनी में छोटा-सा बायोगैस प्लांट स्थापित किया है। उन्हें उम्मीद है कि इससे रसोई गैस का उनका खर्च आधा हो जाएगा और किचन से निकले व्यर्थ पदार्थों से उनका छोटा-सा बगीचा खिल उठेगा।

उनके प्लांट में री-इनफॉर्म्ड फाइबर प्लास्टिक (आर.एफ.पी.) सिलिंडर और डोम है। सिलिंडर में किचन और ऑर्गेनिक वेस्ट अंदर डालने की जगह है। इसी तरह दो आउटलेट हैं, एक बायोगैस और दूसरा खाद के घोल के लिए। बायोगैसवाले आउटलेट से 10 मीटर का पाइप लगा है, जो किचन तक जाकर गैस के चूल्हे से जुड़ा है। खादवाली जगह के नीचे एक ट्रे लगी है, जो इसे इकट्ठा करती रहती है। बिल्कुल साफ-सुथरी व्यवस्था है।

इस पूरे प्लांट पर उन्हें 10 हजार रुपए से कम लागत आई और इसे असेंबल करने में कुछ घंटे लगे। प्लांट शुरू करने के लिए आनंद ने 50:50 के अनुपात में 80 किलो गोबर और पानी सिलिंडर के अंदर डाला और डोम रख दिया। फिर उन्होंने 500 ग्राम किचन वेस्ट और एक गिलास पानी डाला। रोज आधा किलो किचन वेस्ट सिलिंडर के अंदर डिकम्पोज होकर बायोगेस व खाद बनाने के लिए डाला जा सकता

है। 24 घंटे में बायोगैस मिलने लगती है, जबकि खाद का घोल अब कभी भी मिल सकता है, क्योंकि खाद का घोल बनने के पहले चक्र को पूरा होने में 10-12 दिन लगते हैं। उनकी पहल को देखकर 'जस्को' भी अपार्टमेंट और हाउसिंग कॉम्पलैक्स में व्यक्तिगत स्तर पर बायोगैस यूनिट लगाने को बढ़ावा देने को तैयार है। जस्को शहर में कहीं भी इसी तरह की सुविधा स्थापित करने के लिए अपनी विशेषज्ञता उपलब्ध कराने पर सहमत हुई है।

स्टोरी-2 : वे अकेले हैं, अपने निर्णय या किसी और कारण से। वे आर्थिक रूप से सक्षम हैं और भारत व विदेश में भिन्न पदों पर काम कर चुके हैं। उनका अनकहा भय यह कल्पना है कि उन्होंने देह त्याग दी है और किसी को इसका पता ही नहीं है। फेसबुक पर छोटे से ग्रुप के रूप में उनकी आपस में पहचान हुई और उन्होंने विभिन्न भारतीय शहरों की टोह लेना शुरू किया। वे शहरी जिंदगी से निकटता, सुविधाएँ, माहौल और बजट जैसे महत्त्वपूर्ण बिंदुओं पर उन्हें आँकते हैं, ताकि एक दिन वे सब पड़ोसियों के रूप में मिलकर वहाँ रह सकें। मिलिए जॉय (जस्ट ओल्डर यूथ) क्लब से। यह अजनबियों का छोटा-सा ग्रुप है, जिन्होंने तय किया है कि वे अकेलेपन की जिंदगी नहीं गुजारेंगे।

एक दिन खुद रिटायरमेंट कम्युनिटी का हिस्स बनने का निर्णय लेनेवाली 58 वर्षीय निशी मल्होत्रा वॉशिंग्टन डी.सी. में वर्ल्ड बैंक में कंसल्टेंट एडिटर रही हैं। उन्होंने ऐसा ऑफलाइन संघ बनाने के इरादे से फेसबुक पेज शुरू किया, जो सामूहिक रूप से सेवानिवृत्ति की जिंदगी की तैयारी करेगा। आज 30 से ज्यादा महिला-पुरुष, जो 50 या 60 पार की उम्र के हैं और कुछ तो अपने पालकों की देखभाल कर रहे हैं, वे पालकों को विदा होने के बाद समूह में रहने की तैयारी कर रहे हैं। इस सिविल ग्रुप की समान रुचियाँ हैं। वे समान रूप से भोजन-प्रेमी हैं तथा पढ़ने, यात्रा करने, संगीत और थिएटर में रुचि के साथ अच्छा समय गुजारने का इरादा रखते हैं।

फंडा यह है कि किसी पर निर्भरता को खत्म करना औद्योगिक युग में आम था, लेकिन अब घरों और व्यक्तिगत जिंदगी में इसका प्रवेश नए युग की शुरुआत है।

समाज की भलाई का हर प्रयास बड़ा ही होता है

स्टोरी-1 : वह सिर्फ 23 साल की है, लेकिन 84 फीसदी अपंग है। उसके पिता ऑटोरिक्शा ड्राइवर थे और एक दुर्घटना के बाद मुंबई में ठाणे के पास एक छोटी दुकान चलाते हैं। माँ सिलाई का काम करके घर की कमाई में सहयोग देती हैं। दीक्षा दिंडे हिस्ट्री में मास्टर्स डिग्री कर रही हैं। वह सेरेब्रल पाल्सी क्वॉड्रिपरक्सीस से जन्म से पीड़ित हैं, लेकिन यह कमी स्कूल नहीं जा पानेवाले अभावग्रस्त बच्चों को पढ़ाने की इच्छा की राह में रोड़ा नहीं बनी। वह इन बच्चों को पिछले चार साल से पढ़ा रही हैं। स्पाइनल कॉर्ड में दिक्कत की वजह से दीक्षा बिना मदद के हिल भी नहीं सकतीं। वह बच्चों के लिए ऐसी दुनिया बनाना चाहती हैं, जहाँ कोई भी कारण या डर स्कूल जाने में बाधा न हो। नवंबर 2016 में दीक्षा संयुक्त राष्ट्र में 'अ वर्ल्ड एट स्कूल' प्रोग्राम में एकमात्र भारतीय होंगी। वह कई देशों के प्रतिनिधियों की बीच अपने विचार रखने वॉशिंगटन डी.सी. जा रही हैं। हर साल यू.एन. 500 दूतों का चयन शिक्षा के क्षेत्र में काम के आधार पर करता है।

स्टोरी-2 : दुनिया की 15वीं सबसे बड़ी अर्थव्यवस्था मैक्सिको जैसे देश की एम्बेसेडर प्रदूषण को लेकर चिंतित है। वे भारत में राजदूत हैं और रोज अपने कार्यस्थल पर दिल्ली में ऑटो रिक्शा से जाती हैं। इस रिक्शा को विशेष रूप से उनके लिए फलोरल ब्लू रंग दिया गया है। उन्होंने अपनी मर्सिडीज और बी.एम.डब्ल्यू. छोड़कर ऑटो को चुना, क्योंकि उन्हें लगा कि इससे दिल्ली का पर्यावरण सुधारने में मदद होगी।

स्टोरी-3 : अलसुबह जब अधिकांश बच्चे नींद पसंद करते हैं, उत्तर प्रदेश के मिर्जापुर के मावाइया गाँव में बच्चों का एक समूह खामोशी से पेड़ों की शाखाओं, झाड़ियों, घरों के पिछवाड़े छुप जाता है। अगर मैदान में कोई शौच करता नजर आता है तो ये सीटी बजाकर उन्हें भगा देते हैं। 'बाल निगरानी समिति' के ये बच्चे एक छोटी झंडी पर शौच करनेवाले का नाम लिख देते हैं और इसे उस जगह लगा देते हैं। यह

उन गाँववालों को शर्मिंदा करने की शुरुआत थी, ताकि वे घरों में शौचालय बनाने के बारे में सोचें। इन्हीं प्रयासों के चलते मिर्जापुर जिले के कई गाँव खुले में शौच से मुक्त घोषित किए जा चुके हैं और इस बार गर्मियों में डायरिया का कोई मामला नहीं आया। मक्खियाँ भी कम हो गईं और कुल मिलाकर गाँववालों का स्वास्थ्य अच्छा रहा।

स्टोरी-4 : छत्तीसगढ़ का पिपनटोला 25 से 30 घरों वाले उन हजारों गाँवों में से एक है, जहाँ पिछले कई सालों से लगातार सूखा पड़ रहा है। संरक्षित बैगा जनजाति अपनी छोटी फसलें बर्बाद होते देख रही है। इस साल अप्रैल से उन्होंने एक एन.जी.ओ. की मदद से एक सामुदायिक कुआँ खोदना शुरू किया। इसमें सरकार की ओर से कोई मदद नहीं ली। वे अपना नियमित काम पूरा करने के बाद हर रोज कुआँ खोदते, लेकिन जब 40 फीट खुदाई के बाद भी पानी नहीं निकला तो उम्मीदें टूटने लगीं, पर अचानक 41वीं फीट पर पानी मिल गया। अब वे जानते हैं कि जब बारिश होगी तो कुआँ पानी से भर जाएगा और अगले साल पानी की कोई दिक्कत नहीं होगी। गाँववालों की इस सफलता के बाद स्थानीय प्रशासन की नींद खुली और उसने अन्य स्थानों पर ऐसे कुएँ खोदने शुरू किए, ताकि वे इस काम का श्रेय ले सकें, लेकिन आस-पास के क्षेत्र के सैंकड़ों गाँव जान गए कि वे बिना किसी की मदद के कुछ भी कर सकते हैं। कुआँ खोदने का जो जोखिम उन्होंने लिया, इसका परिणाम है कि अन्य गाँववालों को भी प्रेरणा मिली।

फंडा यह है कि कोई भी योगदान छोटा नहीं होता, अगर वह सदिच्छा और समाज के बेहतर कल के लिए किया जाए। इनकी आपस में तुलना करना न्यायसंगत नहीं होगा। हर छोटा योगदान समग्रता में इनसानियत के लिए महत्त्वपूर्ण है।

□

एकजुट होकर सामूहिक शक्ति से जिंदगी को पूरी तरह बदल दें

मैरिज ब्यूरो हेड के रूप में भी काम करनेवाले पंडितजी ने बड़े गर्व से कहा कि उन्होंने अपने रसोईघर के दोनों छेद बंद कर दिए हैं। फिर कहने लगे, ''मैं आपको यकीन दिलाता हूँ कि आपकी बेटी वहाँ राज करेगी।'' वे होनेवाली दुल्हन के परिवार के मुखिया से बात कर रहे थे, जो अभी झटके से उबरे नहीं थे। मुझे पक्का पता है कि वे क्या कह रहे हैं, आपको कुछ समझ में नहीं आया होगा। ऐसा इसलिए है, क्योंकि हम शहरवासियों ने स्वतंत्रता के इन 68 वर्षों में विवाह प्रस्तावों में रसोईघर के छेदों की चर्चा होते कभी नहीं सुनी होगी। यह सिर्फ चर्चा ही नहीं थी, बल्कि पूरे मामले का केंद्रीय मुद्दा नजर आ रहा है और हैसियत से इसका संबंध लगता है।

पंडितजी जिस छेद की बात कर रहे थे, वह ऐसी जगह थी, जहाँ परिवार अपने रोज के भोजन के लिए मसाले पीसता है। प्रत्येक घर के रसोईघर के फर्श पर परिवार के आकार के मुताबिक एक या दो ऐसे छेद बने होते, जहाँ परिवार की सबसे छोटी बहू को मसाले पीसने होते हैं। अचरज का यही कारण था। 'क्या वाकई? मुझे तो विश्वास ही नहीं हो रहा है। क्या आपका आशय यह है कि उनके यहाँ बिजली और मिक्सर है?' पंडितजी अपना सिर किसी बैल की तरह हिला रहे थे, क्योंकि मुँह में तो व्यंजन भरे थे। उन्होंने इशारे से इंतजार करने को कहा और फिर जल्दी से खाए हुए को गले के नीचे उतारा और कहा, ''इतना ही नहीं, कम्युनिटी हॉल में महिलाओं के लिए टी.वी. भी लगा है।'' जाहिर है, बिजली और मिक्सर घर में होना इस परिवार के लिए बहुत बड़ी चीजें और यह उनकी बेटी के आरामदेह भविष्य का संकेत थीं।

इनमें से ज्यादातर चीजों के साथ हम पले-बढ़े हैं, लेकिन यहाँ इन्हें उपलब्धि और हैसियत के प्रतीक के रूप में देखा जाता है, क्योंकि इतने बरसों तक ग्रामीण भारतीयों को बिजली और फलस्वरूप इन चीजों से वंचित रखा गया है। महाराष्ट्र के पालघर जिले के वाडा तालुका के 188 गाँवों में एक है—तिलमाल। यह बिजली के

मामले में देश के सबसे समृद्ध महानगर मुंबई से सिर्फ 100 किलोमीटर दूर बसा है। उसे पता ही नहीं था कि बिजली होती क्या है? लालफीताशाही की बदौलत इस वर्ष 12 अक्तूबर को उन्हें पहला बिजली कनेक्शन मिला।

किंतु भुवनेश्वर से 25 किलोमीटर दूर स्थित 61 घरों के 350 बाशिंदों का आदिवासी तिलमाल गाँव की तरह सरकारी कृपा होने का इंतजार नहीं करना चाहता। वे इकट्ठे हुए, वरिष्ठ आई.पी.एस. अफसर जोयदीप नायक में अपना हीरो खोजा और गत 2 अक्तूबर को बारीपाठा को पूरी तरह सौर ऊर्जा पर आधारित ओडिशा का पहला गाँव बना दिया। देश में अन्य स्थानों पर कई सौर ऊर्जा परियोजनाएँ लड़खड़ाकर नाकाम हो गईं, लेकिन बारीपाठा की बात कुछ और है। इसका मॉडल कम लागत, सस्ते रख-रखाव और सामुदायिकता आधारित तत्त्वोंवाला है। ये बातें अन्य सौर ऊर्जा परियोजनाओं में नदारद हैं।

सौर ऊर्जा के उत्पाद बनानेवाली कंपनी ईको इलेक्ट्रॉनिक्स और जेक्सन ग्रुप (सौर ऊर्जा के समाधान देनेवाली कंपनी) ने मिलकर 7 लाख रुपए का प्रोजेक्ट स्थापित किया। इसके तहत गाँव के हर घर में दो बल्ब के लिए सौर इकाई और 1 किलोवॉट की एक केंद्रीय इकाई गली में लगे छह लैंप के लिए। इसके अलावा कम्युनिटी सेंटर पर एक एल.ई.डी. टी.वी. और टी.वी. सेट बॉक्स भी सौर ऊर्जा से चलता है। यह केंद्रीय इकाई एक हॉर्स पॉवर का सिंचाई पंप भी चला सकती है।

अब तक सारी ग्रामीण सौर परियोजनाओं में केंद्रीय इकाइयाँ घरों में बिजली आपूर्ति करती थीं। आमतौर पर होता यह कि खुले तारों से दूसरे लोग बिजली चोरी करते, जबकि कुछ अन्य अपने हिससे से ज्यादा बिजली खींच लेते और इस तरह केंद्रीय इकाई ओवरलोड होकर ठप पड़ जाती। इस समस्या को हल करने के लिए बारीपाठा में उन्होंने हर घर को अलग इकाई दी। पूरा गाँव योजना बनाने और इस पर अमल करने में शामिल रहा। गाँव के मुखिया नारायण हिसा और आई.टी.आई. डिप्लोमा होल्डर एपिल कुमार सिंह को रख-रखाव की जिम्मेदारी सौंपी गई है। केंद्रीय इकाई में आठ बड़े पैनल हैं, जिन्हें सिर्फ दो मिनट में फोल्ड किया जा सकता है, ताकि ओडिशा में प्राय: आनेवाले तूफान और तेज हवाओं से उन्हें क्षतिग्रस्त होने से बचाया जा सके।

फंडा यह है कि एकजुट होकर मजबूत बनना चाहिए, क्योंकि सामूहिक शक्ति हर किसी की जिंदगी में बड़ा फर्क ला सकती है।

□

हमेशा सिर्फ पैसा ही बिजनेस की प्रेरणा नहीं होता

यदि आप सोचते हैं कि बिजनेस का मतलब पैसा है और गुजरात के बिनजेसमैन इसे हमसे बेहतर समझते हैं तो हमें अहमदाबाद के स्टेडियम सर्कल के निकट नवरंगपुरा स्थिति 'मेडकार्ट' जाना चाहिए। यहाँ अन्य मेडिकल स्टोर्स की तुलना में कई अंतर नजर आएँगे। यदि आप जानना चाहते हैं कि मुनाफे के साथ ग्राहकों को भी फायदा मिले तो वहाँ जरूर जाना चाहए। मुनाफे पर निगाह होने के बाद भी यह स्टोर गरीब और जरूरतमंदों की मदद भी करता है। वहाँ जाएँ तो आपको एक तरह की मिश्रित भीड़ नजर आएगी—धनी से लेकर निर्धन तक सब आते हैं, लेकिन ज्यादातर कुछ अधिक पढ़े-लिखे नजर आते हैं बजाय ऐसे लोगों के, जो दवाइयाँ लेते हैं और फिर डॉक्टर के यहाँ जाकर खरीदी गई दवाइयों की पुष्टि करवाते हैं।

स्टोर पर सरसरी निगाह डालने पर आपको एहसास हो जाएगा कि स्टोर पर हर ग्राहक को अधिक वक्त दिया जा रहा है। ग्राहक दवाई को लेकर काउंटर पर खड़े लोगों से काफी चर्चा करते नजर आते हैं। कर्मचारी भी उन्हें मेडिकल शब्दावली, यहाँ तक कि दवाई के मॉलिक्यूल तक धैर्य के साथ समझाते दिखाई देते हैं। स्टोर के बीचोबीच 34 वर्षीय युवा नजर आता है, जो दुकान का मालिक है। वे लगातार निगाह रखकर समझते रहते हैं कि ऐसा क्या किया जाए कि दुकान पर ग्राहक का बेकार होनेवाला वक्त बचाया जा सके।

दुकान में 15 प्रमाणीकृत फार्मासिस्ट हैं और शेष कर्मचारी उन्हें मदद करते हैं। ऐसा केमिस्ट दुकान के बिजनेस में दुर्लभ है। युवा मालिक अपनी दुकान पर जानकारी से लैस कर्मचारी चाहते थे, जिनमें इतना धैर्य हो कि वे रोगियों व उनके रिश्तेदारों को समझाकर वैकल्पिक जेनरिक दवाई खरीदने में मदद कर यथासंभव उनका खर्च कम कर सकें। ये हैं अंकुल अग्रवाल, आई.आई.एम. लखनऊ के ग्रेजुएट हैं और वे यथासंभव ऐसी जेनरिक दवाएँ रखते हैं, जिनमें वे सारे तत्त्व हों, जो ब्रांडेड दवाओं में

होते हैं। वे ऐसा इसलिए करते हैं, क्योंकि ज्यादातर जेनरिक दवाएँ ब्रांडेड की तुलना में 80 फीसदी तक सस्ती होती हैं। उनका सीधा-सा मिशन है—बिजनेस तो करना है, लेकिन इससे आम लोगों को भी फायदा पहुँचना चाहिए।

यही वजह है कि 75 फीसदी ग्राहक वहाँ ब्रांडेड और जेनरिक दवाओं के हर मॉलिक्यूल के बारे में पढ़ते और तुलना करते हैं और इसलिए सामान्य दवाई की दुकान की तुलना में ज्यादा समय गुजारते हैं। सितंबर 2014 में खोले गए स्टोर में प्रमाणीकृत जेनरिक दवाएँ बेची जाती हैं। यह फैसला अग्रवाल ने तब किया, जब वर्ष 2013 में कोलकाता में बीमार ससुर की तीमारदारी करते हुए उन्हें मेडिकल बिरादरी और फार्मा कंपनियों की साठ-गांठ नजर आई। आई.आई.एम. से शिक्षित होने से उन्हें बिजनेस का आइडिया पता लगाने में देर नहीं लगी। फिर अभिनेता आमिर खान के टी.वी. शो से उन्हें प्रेरणा मिली, जिसमें पूरा एपिसोड जेनरिक व ब्रांडेड दवाओं के फर्क पर केंद्रित था। ससुर की तीमारदारी करने के कुछ माह बाद हुई एक रिसर्च से उन्हें पता चला कि कई शहरों में तो जेनरिक दवाएँ बेची ही नही जातीं और आज वे धनी-निर्धन सबको सेवाएँ दे रहे हैं। और कम मुनाफे का यह मतलब नहीं है कि वे पैसा नहीं कमा रहे हैं। उसी शहर के सैटेलाइट और जुहापुरा में दो और आउटलेट खोलने से ब्रांडेड की तुलना में जेनरिक दवाओं के व्यवसाय व्यवहार्यता समझी जा सकती है।

फंडा यह है कि आर्थिक तरक्की के लिए आर्थिक संतुष्टि का तत्त्व ही सबकुछ नहीं होता। हालाँकि पैसा भी महत्त्वपूर्ण है। समाज के प्रति अच्छा उद्‌देश्य रखकर भी पैसा कमाया जा सकता है। इसी तरह से हमारे पूर्वजों ने कई दशकों तक चलनेवाले टिकाऊ व्यवसाय निर्मित किए थे।

आस्था को कम किए बिना दे सकते हैं भक्ति को ऊँचा स्तर

उत्सव 1 मार्च से 6 मार्च तक चरम पर रहता है, हालाँकि कृष्णा नदी की स्तुति में प्रतिवर्ष फरवरी से मार्च तक 'कृष्णा माई' नामक यह उत्सव मनाया जाता है, जो 300 वर्ष पुरानी परंपरा है। जल प्रवाह और नदी घाटी क्षेत्र के हिसाब से कृष्णा गंगा, गोदावरी और ब्रह्मपुत्र के बाद देश की चौथी सबसे बड़ी नदी है। कृष्णा नदी का उद्‍गम जोर गाँव के पास महाबलेश्वर में है। यह महाराष्ट्र के सतारा जिले की तहसील वाई के एकदम उत्तर में स्थित जगह है। 1,300 किलोमीटर लंबी इस नदी को 'कृष्णवेणी' भी कहा जाता है और इसे 'माई' कहने का एक कारण यह है कि कृष्णा नदी महाराष्ट्र, आंध्र प्रदेश, तेलंगाना और कर्नाटक के लिए सिंचाई का प्रमुख स्रोत है।

मैं नहीं जानता कि यह ऐतिहासिक रूप से सही है अथवा नहीं, लेकिन किंवदंती है कि अफजल खान के नियंत्रण में वाई और कृष्णा नदी थी। लोगों ने कृष्णा नदी से प्रार्थना कर संकल्प लिया कि यदि खान को बेदखल कर दिया गया तो वे नदी के किनारे उत्सव आयोजित करेंगे। इतिहास बताता है कि शिवाजी महाराज द्वारा अफजल खान का वध किए जाने के बाद यह उत्सव प्रारंभ हुआ। दो दशक पहले महाबलेश्वर जाते समय मैं पहली बार वाई गया था। नदी का पूरा किनारा सभी आकार-प्रकार के तीर्थस्थलों से घिरा हुआ है। बाद के वर्षों में मेरी यात्राओं में यह देखकर मुझे दुःख हुआ कि नदी धीरे-धीरे पूरी तरह सूख गई है और पीछे सिर्फ धूल और कीचड़ ही बचा है। इस सदानीरा रही नदी की इस धीमी मौत पर मुझे दुःख हुआ और हाल की मेरी यात्राओं के दौरान भी नदी की दशा में कोई परिवर्तन नहीं हुआ है। वास्तव में उसकी हालत और भी खराब हुई है।

वर्तमान में नालियों के पानी और कचरे से प्रदूषित है। वर्ष 1970 के दशक और वर्ष 1980 के शुरुआती वर्षों में जो पानी प्रदूषण मुक्त और पीने योग्य था, वह अब अस्वास्थ्यकर हो चुका है। समय के साथ नदी ने पेयजल आपूर्ति की अपनी क्षमता खो

दी है। धोम बाँध बनाए जाने के बाद नदी का प्रवाह प्रभावित हुआ। रही-सही कसर नालियों से निकले गंदे पानी ने कर दी है। मोटेतौर पर रोज 30 लाख लीटर गंदा पानी नदी के प्रवाह में शामिल होता है।

महीने भर चलनेवाले उत्सव में कई प्रकार के कार्यक्रम होते हैं, जो पिछले छह दिनों में चरम पर पहुँच चुके हैं। आखिरी दिन होनेवाला कार्यक्रम 'ललित' कहलाता है, जिसमें पूरे घाट पर मौजूद छोटे और बड़े मंदिरों में महाप्रसाद दिया जाता है। यही वह दिन होता है, जिस दिन नदी सबसे ज्यादा प्रदूषित होती है। लोग इस विश्वास के चलते हर कचरा नदी में फेंकते हैं कि ईश्वर को अर्पित और उनसे प्राप्त कोई चीज कूड़ेदान में डाली जानी चाहिए, इसलिए पानी यह सारा ग्रहण करता है, किंतु पहली बार इस 301वें साल में उत्सव ने बेहतरी की ओर रुख किया है। इस बार श्रद्धालुओं ने पूजा से परे जाकर नदी को स्वच्छ बनाने के लिए समर्पित प्रयास करने का निर्णय लिया। इसके अलावा उन्होंने हर तीर्थयात्री को इस बारे में शिक्षित करने का संकल्प लिया कि वह नदी में कोई चीज न डालें। कृष्णा माई की आलंकारिक पूजा करने की बजाय उन्होंने एक नया 'स्वच्छता' अभियान शुरू कर दिया। पानी से जलकुंभी और प्लास्टिक को हटाने में वक्त लगेगा। स्वच्छता का यह विचार स्वर्ण मंदिर या किसी भी गुरुद्वारे में होनेवाली कार सेवा से लिया गया है। स्थानीय संगठन 'समूह' इस अभियान का नेतृत्व कर रहा है।

स्थानीय श्रद्धालुओं में से आए सैंकड़ों स्वयंसेवक खुले में शौच और नदी किनारे कचरा फैलाने के खिलाफ जागरुकता फैलाने में लगे हैं। वे अतिक्रमण करनेवालों को भी समझा रहे हैं कि धार्मिक पर्यटन के साथ टिकाऊ और पर्यावरण अनुकूल पर्यटन के संपूर्ण विकास के लिए उन्हें भी हट जाना चाहिए। इससे नदी के प्रवाह मार्ग में बहुत बदलाव आया है। आज तीर्थयात्रियों को यह एहसास हुआ है कि उन्हें उस जगह को आनेवाली पीढ़ी के लिए उसी तरह स्वच्छ व हरा-भरा छोड़ना चाहिए, जैसा उनके पूर्वजों ने उनके लिए छोड़ा था।

फंडा यह है कि वक्त आ गया है जब दिल में 'आस्था' खोए बिना भक्ति को टिकाऊ भविष्य के अलग दृष्टिकोण से देखना होगा।

□

'उसकी सेना' करे 'उसके' लोगों और धरती की देखभाल

स्टोरी-1 : वर्ष 2017 की बात है। योगेश मलखारे की पत्नी रमा को पुणे के वाई.सी.एम. अस्पताल में भर्ती किया गया था जहाँ उन्हें किफायती इलाज मिला, लेकिन भोजन घर से लाना पड़ता था। दूसरे दिन रमा ने पिता से कहा कि वे घर से दो लोगों के लिए भोजन लेकर आएँ, क्योंकि उनके पास के बिस्तर पर महिला ने हाल ही में बच्चे को जन्म दिया था। वह अपने पति को सात महीने पहले खो चुकी हैं। पिता इस युवा माँ को इतना भोजन कराने में सक्षम नहीं हैं कि वह दूध पिलाने लायक हो सके। इस दृश्य ने इस दंपत्ती के दिमाग पर अमिट छाप छोड़ी। जब तक रमा अस्पताल में भर्ती रही, योगेश जरूरतमंदों के लिए भोजन लाते रहे। यह सिलसिला उन्होंने बाद में भी बंद नहीं किया। वे उन लोगों की मदद करते रहे, जो माँ और माँ बननेवाले अपनों के पोषण में सक्षम नहीं थे। वित्तीय रूप से बहुत अच्छी हालत न होने के बावजूद परिवार ने यह काम वर्ष 2012 तक जारी रखा। तब सरकार ने 'राजीव गांधी जीवनदायी आरोग्य योजना' के तहत गर्भवती महिलाओं को अस्पताल में भोजन उपलब्ध कराना शुरू किया था, लेकिन योगेश और रमा की यात्रा इससे कहीं आगे बढ़ गई थी। योगेश एक दिन मानसिक रूप से अस्थिर व्यक्ति 45 वर्षीय वेंकटेश नायडू से मिले, जो सड़क पर भीख माँग रहे थे। उन्होंने उसे यरवडा मेंटल हॉस्पिटल में भर्ती करा दिया। बाद में उन्होंने उसकी जानकारी निकाली तो पता चला कि वह व्यक्ति तमिलनाडु के तिरुचिरापल्ली के एक गाँव के रहनेवाले हैं और पिछले आठ साल से पुणे की सड़कों पर भीख माँग रहे हैं। नायडू अमीर व्यक्ति थे और उनके परिवार के पास 160 एकड़ जमीन थी। उन्होंने नायडू को अपने परिवार से मिलवाने की कोशिश की।

नायडू के परिवार की खुशी को योगेश कभी भूल नहीं सके। इसके बाद से खोए लोगों को घर पहुँचाना उनका नियमित काम बन गया जैसा कि पहले युवा माताओं को भोजन कराना था। पुणे के पिंपरी के 36 साल के योगेश वर्ष 2016 से एक एन.जी.ओ.

चला रहे हैं—स्माइल प्लस सोशल फाउंडेशन। इसके माध्यम से वे 300 लोगों का सफलतापूर्वक पुनर्वास कर चुके हैं। इसमें से 33 लोगों को वे अपने परिवारों से मिला चुके हैं। इस अच्छी सेवा को करते हुए उन्होंने कभी कानून को हाथ में नहीं लिया। हर मामले में पूरे नियमों का पालन किया। मानसिक रूप से बीमार लोगों को पहले जाँच के लिए अस्पताल ले जाया जाता। फिर उनका यरवडा अस्पताल में पुनर्वास किया जाता। अनाथों को बालग्रह ले जाया जाता। यही बाल कल्याण समिति के नियम हैं, जबकि बड़ी उम्र के लोगों को वृद्धाश्रम ले जाकर सरकारी नियमों के तहत नामांकन किया जाता। सरकारी प्रक्रिया पूरी करने के बाद वे खोज का अपना अभियान शुरू करते और फिर अपने स्तर पर उनके पुनर्वास की कोशिश करते, जो उन्हें मानसिक शांति देता।

स्टोरी-2 : योगेश एक तरफ लोगों के देखभाल के काम में लगे थे तो दूसरी तरफ मुंबई के नजदीक ठाणे म्युनिसिपल कॉर्पोरेशन ने अपने तरीके से धरती की देखभाल का जिम्मा लिया है। उन्होंने गणेश उत्सव के लिए साइकिल शेयरिंग सुविधा शुरू की है। शुरुआत में 500 साइकिल 50 बड़े स्टैंड पर पार्क की गई हैं, जिन्हें 10 रुपए प्रति घंटे के किराए पर लिया जा सकता है। यूजर को न्यूनतम 250 रुपए का स्मार्ट कार्ड खरीदना होगा। जी.पी.एस. लगी साइकिल से म्युनिसिपल क्षेत्र की सीमा में कहीं भी ले जा सकते हैं। साइकिलें और इसे इस्तेमाल करनेवाले को होनेवाले किसी भी नुकसान की भरपाई इंश्योरेंस ग्रुप से की जाएगी। प्रदूषण कम करना और हर प्राणी के लिए जीवन की गुणवत्ता सुधारना इसके पीछे का लक्ष्य है, जबकि मुख्य उद्देश्य तो धरती को कार्बन उत्सर्जन से बचाना है।

फंडा यह है कि हम सभी अपने निर्माता के प्रतिनिधि हैं। इसलिए समय आ गया है कि हम अन्य लोगों व धरती की देखभाल करें और इसका संकल्प लें। पूरा जगत् उसके निर्माण का हिस्सा है।

□

आपका कद 'ऑन स्क्रीन' नहीं, 'ऑफ स्क्रीन' टेस्ट से तय होता है

बॉलीवुड से जुड़ा कोई भी आयोजन हो तो आमतौर पर मैं दो लोगों को नहीं चूकता। एक सुपरस्टार अमिताभ बच्चन, सार्वजनिक स्तर पर उनके व्यवहार के कारण, और दूसरी 'हरी ओम हरी' गानेवाली गायिका उषा उत्थुप, जो हमेशा से अपने ऊर्जावान स्वभाव और जिस तरह अपनी जादुई आवाज से किसी भी आयोजन पर छा जाती हैं, उसके लिए जानी जाती हैं। ज्यादा लोगों को पता नहीं होगा कि लोगों के प्रति दयालुता दिखाने में भी उषा का कोई जवाब नहीं है।

हम में से कई लोगों ने उन्हें शुक्रवार को के.बी.सी. कार्यक्रम में देखा होगा, अमिताभ जिसके होस्ट थे। वहाँ एक प्रतिभाशाली गायिका ट्रांसजेंडर गौरी सावंत के साथ आई थीं। उषा के कहने पर अमिताभ से रवींद्रनाथ टैगोर का लिखा सबसे लोकप्रिय बंगाली गाना 'एकला चलो रे' गाया, पर बहुत कम लोगों को पता होगा कि उषा गौरी के लिए साड़ी और अमिताभ के लिए शॉल लेकर आई थीं। खैर, इस स्तर के लोगों से तो यही अपेक्षित होता है, लेकिन उसी शुक्रवार की शाम इस बात ने मेरा दिल छू लिया कि इसी के.बी.सी. कार्यक्रम में छह साल पहले 5 करोड़ रुपए का जैकपॉट जीतनेवाले 35 वर्षीय सुशील कुमार ने टीचर एलिजिबिलिटी टेस्ट वर्ष 2017 पास कर लिया है। पटना से 179 किलोमीटर दूर मोतीहारी के हनुमान गढ़ी में रहनेवाले सुशील कुमार ने बिहार स्कूल परीक्षा बोर्ड द्वारा शुक्रवार को घोषित नतीजे में 140 में से 100 अंक हासिल किए। वे परीक्षा पास करनेवाले 16.07 फीसदी कैंडीडेंट्स में से हैं। यह परीक्षा पहली से आठवीं तक के सरकारी स्कूलों में कॉन्ट्रेक्ट टीचर्स की भर्ती के लिए हुई थी। उनकी इस सफलता का जश्न मनाने के दो कारण है। एक तो यह कि सुशील पूर्वी चंपारन के कोटोवा ब्लॉक की मचारगावा पंचायत में करीब सौ छात्रों को पिछले 18 महीनों से मुफ्त पढ़ा रहे हैं, लेकिन उनकी पत्नी ने उनसे कहा कि यदि वे एक पेशेवर टीचर बन जाएँ तो अपने काम में और बेहतर हो जाएँगे। इसीलिए वे शुक्रवार को पेशवर टीचर बन गए।

किंतु सबसे महत्त्वपूर्ण बात तो यह है कि अन्य पिछड़े वर्ग (ओ.बी.सी.) के सुशील चाहते तो इस श्रेणी के तहत आवेदन कर सकते थे, क्योंकि इस परीक्षा में 2.43 लाख बैठे थे, क्योंकि वे इसी वर्ग के थे। सुशील ने सामान्य श्रेणी में आवेदन किया मुख्य रूप से इसलिए, क्योंकि वे सोचते थे कि 8 लाख रुपए से ज्यादा की सालाना आय के साथ वे क्रीमी लेयर में आते हैं और निश्चित ही वे अन्य आवेदकों के अवसरों में अड़ंगा नहीं लगाना चाहते थे।

मनोविज्ञान में पोस्ट ग्रेजुएट सुशील कुमार पश्चिम चंपारन जिले के चनपटिया ब्लॉक में कंप्यूटर ऑपरेटर का काम करके हर माह 6 हजार रुपए कमाते थे। उसी वक्त वर्ष 2011 में वे अमिताभ बच्चन के टी.वी. शो के पाँचवें संस्करण में जीतकर रातोरात मशहूर हुए। वे 5 करोड़ का जैकपॉट जीतनेवराले पहले व्यक्ति बने थे। टैक्स चुकाने के बाद उन्होंने कुछ हिस्से से मकान बनाया और शेष राशि निवेश कर दी। वर्तमान में दिल्ली में ट्रांसपोर्ट बिजनेस, मोतीहारी में कुछ दुकानें और बैंक के फिक्स्ड डिपॉजिट से मिलने वाले ब्याज उनकी आय के स्रोत हैं। इस तरह से उनकी आय विशेष श्रेणी के तहत आवेदन के लिए तय सीमा से ज्यादा हो गई। वे सितार भी सीख रहे हैं और उन्हें उम्मीद है कि निकट भविष्य में अपना संगीत स्कूल भी खोलेंगे। सुशील मोतीहारी के ग्रामीण इलाकों में पोस्टिंग चाहते हैं, ताकि वे अधिकतम समय गरीब छात्रों को दे सकें। सुशील के इस कदम और ईमानदारी ने कई लोगों को चकित कर दिया, मुख्यतः इसलिए क्योंकि लोग कई सरकारी फायदे हासिल करने के लिए 'दस्तावेज बना' लेते हैं। खासतौर पर बिहार में ऐसा ज्यादा होता है।

फंडा यह है कि दूसरों के सामने कुछ करके तो आप महान् व्यक्ति बन जाते हैं, लेकिन आप लोगों की पीठ के पीछे कुछ करके महानतम बन जाते हैं, जिसके बारे में हो सकता है कि तत्काल उन्हें पता न चले, पर जाहिर वह नाम और काम अधिक समय तक बना रहता है।

□

अगली पीढ़ी को नई संस्कृति देना भी दान उत्सव है

स्टोरी-1 : इस युगल को अगस्त में जीवन की सबसे बड़ी खुशी मिली। पुणे के कोथरू मूं ऑटोकैड सॉफटवेयर ट्रेनिंग इस्टिट्यूट चलानेवाले रणजीत नाईक और पुणे के ही विमान नगर स्थित सिंबायोसिस इंस्टिट्यूट में प्रोफेसर नेहा के यहाँ 18 अगस्त को कन्या ने जन्म लिया। किसी भी आम घर की तरह युवा युगल के बड़े परिवार में खुशी फैल गई और वह इसका जश्न मनाना चाहता था। फिर कन्या के नामकरण समारोह के सपने देखे जाने लगे। किसी अनूठी-सी जगह पर खर्चीले भोज की बात होने लगी, जिसमें सैंकड़ों मेहमान मौजूद हों। मौजूद लोगों की सराहना पाने के लिए बड़ा-सा बजट तय किया गया, लेकिन इस युवा युगल ने यह पैसा कुछ अलग तरह से खर्च करने का निर्णय लिया। उन्होंने आमतौर पर दी जानेवाली आंडबरपूर्ण पार्टी की बजाय यावत स्थित ख्यात भुलेश्वर मंदिर के पास के मालशिरास गाँव में 101 पेड़ लगाए। पुणे से सिर्फ 55 किलोमीटर दूर स्थित यह इलाका कुछ वर्षों से सूखे का सामना कर रहा है। इस दौरान उनके मित्र और परिवार के सदस्य भी मौजूद थे और उन्होंने इस सामाजिक व पर्यावरण से जुड़े उद्देश्य के प्रति वचनबद्ध होकर इस शुभ आयोजन का जश्न मनाया। उन्होंने कड़ी धूप में गाँव की जमीन पर कई प्रकार के पौधे लगाए, जिनमें नीम, आम, बाँस, नारियल, गुलमोहर, बरगद, गूलर, इमली, बेर शामिल हैं। इसके अलावा उन्होंने स्थानीय ग्रामीण स्कूल के छात्रों को 51 पौधे दान किए, ताकि पर्यावरण संरक्षण की उनकी समझ बढ़े। पौधों को जानवरों से बचाने के लिए उन्हें चारों ओर से लकड़ियों व जाली से घेर दिया गया। बाद में केक काटकर कन्या के नए नाम 'अलीशा' का उत्सव मनाया गया। उनका मुख्य उद्देश्य अगली पीढ़ी को एक नई परंपरा से जोड़ना था—ऐसी अधिक समग्र परंपरा, जिसे और भी ज्यादा लोग अपनाएँ। वे जानते थे कि पौधे लगाना तो आसान है, लेकिन उन्हें बनाए रखना महत्त्वपूर्ण है। इसलिए इस युगल ने पौधों को नियमित रूप से पानी देने के लिए

गाँव के कुछ लोगों की सूची बनाई और पौधों की वृद्धि पर निगरानी रखने के लिए गाँव में हर सप्ताह आने का निर्णय लिया। शिवाजी नगर के इस युगल को अलीशा के बढ़ने के साथ पौधों के बढ़ने की भी उम्मीद है। जहाँ स्थानीय ग्रामीण समुदाय ने इस आयोजन का स्वागत किया, कई लोग परिवार को इस काम में मदद देने के लिए आगे भी आए।

स्टोरी-2 : सौम्या कावि ने अमेजॉन में इंजीनियर की अपनी नौकरी छोड़कर एक सोशल सेक्टर कंसल्टेंसी फर्म के साथ काम शुरू किया, ताकि यह सुनिश्चित किया जा सके कि हैदराबाद के कम आयवर्ग वाले परिवारों के बच्चे नियमित स्कूल जाएँ, लेकिन उन्हें सीखने के लिए प्रेरित करने के उनके सारे प्रयास तब तक नाकाम रहे, जब तक एक दिन उन्होंने बच्चों से बातचीत करने का फैसला नहीं किया। सारे बच्चे रोचक क़हानियाँ सुनाने लगे कि उन्होंने क्या देखा, घर में क्या हुआ, उनके पालकों, भाई-बहनों के साथ क्या हुआ? किस तरह की समस्याएँ उनके सामने आती हैं, जैसे एक लड़की ने बताया कि कैसे उसके पालक उसके छोटे भाई को उससे ज्यादा महत्त्व देते हैं। सौम्या ने बच्चों से इन कहानियों के आधार पर 10-12 मिनट के नाटक पेश करने को कहा, जिसमें कोई दिशा और समाधान हो। इससे वे सोच-विचार करने लगे और उनमें सीखने की ललक पैदा हो गई। इस तरह तीसरी कक्षा के वे बच्चे जो वर्णमाला भी नहीं जानते थे, सुंदर वाक्य लिखने लगे। उनके मित्र प्रशांत नोरी भी कक्षा में ड्रामे का इस्तेमाल करते थे, वे भी वर्ष 2015 में उनके साथ आ गए और उन्होंने 'ड्रामेबाज' नाम का ग्रुप लॉन्च कर दिया, जहाँ तीसरी से छठी कक्षा के बच्चे अपनी पसंदीदा कहानियों की नाट्य प्रस्तुति देते। डिजाइन वर्कशाप से लेकर, पटकथा लेखन, पठन और रिहर्सल आदि मंच के पीछे की गतिविधियों के साथ प्रोडक्शन इस ग्रुप का अभिन्न हिस्सा हो गया। आज 'ड्रामेबाज' देश के पाँच शहरों में काम करके 2 से 3 हजार तक पहुँच रहा है, जिनमें सीखने की ललक पैदा हुई है।

फंडा यह है कि अगली पीढ़ी में धरती को बचाने और खुद को शिक्षित करने जैसी एकदम नई संस्कृति विकसित करना भी दान उत्सव का हिस्सा है।

□

भीतर से तैयार हो तो हर चीज से लगाव छूट सकता है

इस अक्तूबर माह को वे उन तीन ऊनी सूट और कुछ स्वेटर देख रही थीं, जो बड़ी सफाई से सूटकेस में रखे हुए थे। उनकी आँखें नम होने लगीं और आँसू सूट पर गिर पड़े और उन्होंने तुरंत उन्हें पोंछ दिया, अपनी आँखों को नहीं, बल्कि सूट को, जो उनके लिए बहुत कीमती थे। अकेलापन महसूस होने पर वे हमेशा वह सूटकेस खोल लेतीं और सूट को बस सहलातीं। फिर उन्हें लगता जैसे उन्होंने उनका हाथ अपने हाथों में ले लिया है, क्योंकि इन्हीं सूट में एक मानव शरीर हुआ करता था, एक हाथ होता था और लंदन में विंडसर कैसल की पहाड़ियों पर घूमते वक्त अथवा दुनिया के कई ठंडे स्थानों की सैर के दौरान वे उन हाथों को अपने हाथों में थाम लेती थीं। जब वे सूट को सहला रही थीं तो उन्हें अपने इस प्रिय व्यक्ति की याद आई, जो विशाल कंधों के साथ न सिर्फ बहुत स्टाइलिश नजर आता था, बल्कि उसका दिल भी बहुत बड़ा था वरना क्यों एक लैंड रिक्लमेशन एक्सपर्ट, ड्रेनेज कॉन्ट्रेक्टर, हैम रेडियो एक्सपर्ट और पर्वतारोही उत्तरी आयरलैंड की अपनी सारी पुश्तैनी संपत्ति छोड़कर वर्ष 1985 में नई दिल्ली स्थित लोटस टेंपल में तीन साल काम करने आएगा? क्यों ग्वालियर से 23 किलोमीटर दूर 76 एकड़ बंजर जमीन को उपजाऊ बनाने का दायित्व लेगा, ताकि आदिवासी स्कूल को लंबे समय तक चलाए रखने योग्य बनाया जा सके। इनका दिल भी उतना ही बड़ा था। शायद इसीलिए उन्हें ओपन हार्ट सर्जरी करवानी पड़ी और वह भी 55 साल पहले सिर्फ 15 साल की उम्र में, जब चिकित्सा का क्षेत्र आज की तरह इतना विकसित नहीं हुआ था। एक साल तक मेडिकल केयर में रहने के बाद वे सामान्य जीवन में लौट आईं। इसलिए उन्होंने ईश्वर को धन्यवाद दिया और मानवता की सेवा करने का निर्णय लिया। रोजगार की उम्र में पहुँचकर वे चार साल तक पी.एफ. ऑफिस में बुजुर्गों की मदद करके अपने उद्देश्य की तलाश करती रहीं। फिर हाईकोर्ट में चार साल काम करके भी उनका उद्देश्य पूरा नहीं हुआ। फिर वे ग्रामीण महिला कॉलेज में

चली गईं, ताकि लेक्चरर की भूमिका में उन्हें सबल बना सकें। वहीं से उन्हें इंदौर में अपना उद्देश्य मिल गया, जहाँ उन्होंने 'बार्ली डेवेलपमेंट इंस्टीट्यूट फॉर रूरल वूमैन' शुरू किया और उसे सफलतापूर्वक चलाया। वर्ष 1985 में शुरू इस इंस्टिट्यूट के जरिये 25 वर्षों में उन्होंने 500 गाँवों की करीब 6,000 आदिवासी कन्याओं को अपने पैरों पर खड़ा किया, ताकि न सिर्फ वे खुद की, बल्कि अपने परिवार व समुदायों की भी मदद कर सकें। हो सकता है कि इन दोनों लोगों के देवता एक-दूसरे से बातें करते हों और चाहते हों कि वे आपस में मिलें। वरना क्यों 'दीदी' के नाम से मशहूर 39 वर्षीय जनक पल्टा मैकगिलीगन ग्वालियर में 25 मिनट के पड़ाव के दौरान जिमी के नाम से मशहूर 44 वर्षीय जेम्स आर. मैकगिलीगन से मिलतीं और जीवनसाथी के रूप में दोनों 25 वर्ष साथ रहकर आदिवासियों को अधिकार संपन्न बनाने के लिए तब तक काम करते, जब तक कि वर्ष 2011 में सड़क दुर्घटना में जेम्स की मौत न हो गई, और वह भी उन्हीं के हाथों में। पद्मश्री 'दीदी' उन जिमी को खोकर भीतर तक हिल गईं, जिन्हें ब्रिटेन की महारानी ने 'ऑर्डर ऑफ ब्रिटिश एंपायर' से सम्मानित किया था। उनके गुजर जाने के कुछ महीनों बाद उन्होंने साहस जुटाया और इंस्टिट्यूशन सहित उनकी हर चीज को सुरक्षित हाथों में सौंप दिया। सिर्फ वे तीन सूट और स्वेटर 7 अक्तूबर, 2017 तक उनके पास थे, जब 66 माह की भीतरी तैयारी के बाद उन्होंने इन चीजों को भी आँसुओं के साथ विदाई देते हुए किन्हीं वृद्ध को दे दिया। आज 70 वर्षीय दीदी इंदौर से 18 किलोमीटर दूर सनावादिया गाँव में रहती हैं। उनका आठ सदस्यी परिवार सारी भौतिकता से निर्लिप्त जीवन जीता है। उनके घर में 32 वर्षों से कभी कचरा नहीं निकला। सौर ऊर्जा उनका प्राथमिक ईंधन है और गैस का एक सिलिंडर 30 माह चलता है। वे नमक, चीनी, चाय पत्ती और खाद्य तेल छोड़कर एक एकड़ से भी कम जमीन पर 64 प्रोडक्ट बनाते हैं। कोई आश्चर्य नहीं कि 60 हजार लोगों ने उनसे टिकाऊ विकास सीखा है और जाना है कि कैसे समाज को कुछ लौटाने से भीतरी शांति मिलती है।

फंडा यह है कि यदि आप भरपूर भीतरी शांति का अनुभव लेना चाहते हैं तो परेशानियों के हर स्रोत को हटाइए और सबसे ज्यादा विनाशक है—आसक्ति, लगाव।

वह करते रहें जिसमें भरोसा हो, मंजिल पर पहुँच जाएँगे

इस बुधवार जब सुप्रीम कोर्ट ने ऐतिहासिक फैसला दिया तो मुझे करीब 12 साल की बिहारी लड़की की याद आई, जिसे 40 वर्षीय आदमी के साथ शादी करने पर मजबूर किया गया था। फैसले में कहा गया कि पुरुष और उसकी 18 साल से कम उम्र की पत्नी के बीच शारीरिक संबंधों को दुष्कर्म माना जाएगा। इस आरोप में पुरुष को दस साल की जेल या वर्ष 2012 के पॉस्को एक्ट के तहत उम्रकैद भी हो सकती है।

मुझे जो घटना याद आई, वह वर्ष 2014 में हुई थी, जिसमें लड़की को उसके चाचा के एक विवाह समारोह के बहाने से दूसरे गाँव भेजा। विवाह-स्थल पर पहुँचने के बाद उसे अच्छे कपड़े पहनाए गए, लेकिन उसे यह एहसास नहीं हुआ कि वह खुद ही दुल्हन है, जब तक कि उसे 40 वर्षीय व्यक्ति के साथ शादी करने पर मजबूर नहीं किया गया। महिलाओं को बाल विवाह और शोषण से बचाने के अलावा उन्हें शिक्षित करे आर्थिक रूप से आत्मनिर्भर बनाने में मदद करनेवाले महिलाओं के स्थानीय ग्रुप को जब यह मालूम पड़ा तो उन्होंने पुलिस को सूचना दे दी। विवाह खारिज हो गया, लड़की के रिश्तश्ेदारों व दूल्हे को हिरासत में ले लिया गया और लड़की अपने पालकों के पास लौट गई। 'भूमिका बिहार' ऐसा ही मानव तस्कारी के खिलाफ काम करनेवाला बिहार स्थित संगठन है, जो लड़कियों को देह-व्यापार और प्रताड़ना के खिलाफ संरक्षण देता है। नेशनल क्राइम रेकॉर्ड्र्स ब्यूरो का दावा है कि वर्ष 2016 में बिहार के विभिन्न इलाकों से 3,037 लड़कियाँ गायब हो गईं। महिलाओं के खिलाफ अपराधों के मामले में बिहार 11वें स्थान पर है। राज्य के चार सीमावर्ती जिलों से ही 168 बच्चे पिछले साल गायब हुए।

'भूमिका विहार' की डायरेक्टर शिल्पी सिंह उसी कटिहार जिले के छोटे कस्बे में जन्मी थीं, जहाँ उन्होंने स्कूल व कॉलेज की शिक्षा पूरी की और फिर एम.बी.ए. करने पटना चली गईं। उनके पिता अरुण कुमार सिंह ने उनके जन्म के एक साल पहले

भूमिका विहार शुरू किया था, जिसके कारण शिल्पी को अपने आस-पास का परिवेश समझने में मदद मिली। शिक्षा पूरी होने के बाद किसी बड़े शहर में जाकर अधिक अच्छे अवसर तलाशने की बजाय उन्होंने अपनी शिक्षा को अपने समुदाय और अपने कटिहार जिले के वृहत्तर कल्याण के लिए लगाने का निश्चय किया। जब 30 मार्च, 2013 को शिल्पी के पिताजी का निधन हो गया तो उन्होंने संगठन की बागडोर सँभाल ली और देह तस्करी और बाल विवाह विरोधी अभियान जारी रखे। तब से भूमिका विहार ने न सिर्फ 1,000 लड़कियों को मुफ्त शिक्षा दी, बल्कि कई लड़कियों को देह व्यापार से बचाया। महत्त्वपूर्ण यह है कि 100 लड़कियों को बाल विवाह से बचाया। 34 वर्षीय शिल्पी यही काम कर रही है, जिस पर उन्हें यकीन है।

इस सोमवार उन्हें फोन कॉल आया और कहा गया कि वे जिस तरह से दूसरों की जिंदगियाँ बचा रही हैं, उसे देखते हुए वे असली सुपरस्टार हैं। उन्होंने वादा किया कि वे उनसे मिलने पटना आएँगे और उन्हें मुंबई आमंत्रित करेंगे। फोन करनेवाले और कोई नहीं, बॉलीवुड आइकॉन आमिर खान थे। उनका फोन कॉल उस अभियान का हिस्सा है, जिसमें ऐसे लोगों का पता लगाया जाता है, जिसे किसी बड़े सामाजिक उद्‍देश्य के लिए काम कर रहे हैं, पर दुनिया को उनका पता नहीं है। आमिर अपने आनेवाले कार्यक्रम 'सीक्रेट सुपरस्टार' के प्रचार में लगे हैं, जो अक्तूबर 2019 में शुरू होगा। यह छोटे शहरों की लड़कियों के सपनों, आकांक्षाओं, संघर्षों की कहानी है। जाहिर है अपने वर्क प्रोफाइल के आधार पर शिल्पी को सीक्रेट सुपरस्टार के लिए चुना गया है।

फंडा यह है कि वह करते रहें, जिसमें आपका यकीन है। हर अच्छे काम की मंजिल होती है, जो आपके वहाँ पहुँचने पर बदल भी सकती है।

□

अलग ही तरीके से समाज का बदला चुकाते हैं नेकदिल लोग

स्टोरी-1 : अरुणाचल प्रदेश के ठेठ पूर्वी छोर पर दिबांग नदी के किनारे घाटी में बसा है सुंदर दृश्योंवाला कस्बा, रोइंग। यहाँ की भौगोलिक स्थिति में समतल से लेकर बर्फ से ढँके पहाड़ तक आते हैं। जिला उत्तर की तरफ पहाड़ी और दक्षिण की तरफ समतल है। कई आड़ी-तिरछी धाराओं, नदियों और छोटी नदियों में यह बँटा है, जो पर्यटकों को आकर्षित करता है।

एक खास जनजाति जो यहाँ रहती है वह है—इदू मिशमी। ये लोग तिब्बती और बर्मी की मिली-जली भाषा बोलते हैं। इस भाषा में सबसे बड़ी समस्या यह है कि इसमें वेस्ट के लिए कोई शब्द नहीं है। इसलिए वे नहीं जानते कि बेकार हुए पॉलिथीन बैग्स, स्टेरोफोम प्लेट्स, पी.ई.टी. बॉटल्स और पेपर सहित अन्य वेस्ट चीजों के साथ क्या कया जाए।

उदयपुर में 'इको-हट' नाम का डिजाइन स्टोर चलानेवाले विशाल सिंह के साथ सॉलिड वेस्ट इंजीनियरिंग और मैनेजमेंट में विशेषज्ञता रखनेवाली इंडो-जर्मन कंपनी के विश्वास विद्यानाथ, 'फर्दर एंड बियॉड' एन.जी.ओ. के मर्विन कटिन्हो, राजीव राठोड़, फ्रीलॉन्स राइटर श्वेता डागा जैसे कुछ नेकदिल लोग यहाँ पहुँचे और इस पहाड़ी क्षेत्र से सारा कूड़ा एकत्र किया। उन्होंने स्थानीय लोगों से बात की और उन्हें उनके शब्दकोश के लिए एक नया शब्द दिया, वेस्ट। उन्हें बताया कि वेस्ट को सुरक्षित तरीके से एकत्र और नष्ट करें?

आठ दिन के काम के बाद उन्हें अचानक एडिशनल डिप्टी कमिश्नर श्रेष्ठ यादव का पत्र मिला कि हम आपको यहाँ से जल्दी नहीं जाने देंगे। आप बाहरी हैं, लेकिन यहाँ पर जमीनी काम कर रहे हैं, जो सरकार को करना चाहिए। आप यहाँ से नहीं जा सकते, जब तक रोइंग में वेस्ट मैनेजमेंट के लिए एक ब्लू प्रिंट तैयार नहीं कर देते। यह खूबसूरत हिल स्टेशन देश के अन्य पहाड़ी इलाकों की तरह ही है। शहरीकरण और

पर्यटन यहाँ के प्राचीन स्वरूप और वातावरण को बदल रहा है। पिछले दशक में यहाँ सर्वाधिक प्लास्टिक, कॉन्क्रीट, कारें, बैटरी, पेस्टिसाइड आए हैं। इसने संवेदनशील रोइंग के पर्यावरण तंत्र को खतरे में डाल दिया है। यहाँ की नदियों, धाराओं, हवा को प्रदूषित किया है और जंगलों, वनस्पति और जीव-जंतुओं को नुकसान पहुँचाया है। यह कस्बा आज हर दिन 5.6 टन वेस्ट पैदा करता है। इन लोगों ने यहाँ के लिए पूरा वेस्ट मैनेजमेंट सिस्टम बनाने का प्लान तैयार किया। हालाँकि सभी लोग अपने-अपने स्थानों पर लौट गए, लेकिन वे नियमित रूप से स्थानीय लोगों के संपर्क में रहते हैं। इन्हें पूरा भरोसा है कि इस साल के अंत तक यह शहर वेस्ट की अपनी समस्या का समाधान कर लेगा। साथ ही, अपनी भाषा में 'वेस्ट' के लिए एक शब्द भी तलाश लेगा।

स्टोरी-2 : भुवनेश्वर के अभय कुमार मोहंता, कृष्ण चंद्र त्रिपाठी, निहार रंजनदास, भवानी शंकर पारिदा सभी अपने-अपने कॅरियर में अच्छे से सेटल युवा हैं। इन्होंने अपनी कंपनी 'वी4यू' के माध्यम से दृष्टिहीन छात्रों की मदद के लिए ऑडियो बुक्स तैयार की हैं। उन्हें एहसास हुआ कि देश में 1 करोड़, 20 लाख दृष्टिहीन छात्र हैं, जिसमें से सिर्फ ओडिशा में ही 25 हजार हैं और इनकी जरूरतें पूरी करने के लिए देश में मात्र 10 ब्रेल प्रेस यूनिट्स हैं। इस समस्या के एहसास ने इस प्रयास का विचार सामने रखा।

ये सभी साथ आए और 70 कार्यकर्ताओं की एक टीम तैयार करके कक्षा 7 से लेकर पी-एच.डी. तक की कक्षाओं की किताबों की रिकॉर्डिंग शुरू की। छह वर्षों में वे 15 हजार छात्रों को उनकी कक्षाओं की ऑडियो बुक्स दे चुके हैं। इनकी मदद से ये छात्र हर साल अच्छे नंबर ला पा रहे हैं। एक माइक्रोफोन, एक एंप्लीफायर और एक एयर फिल्टर के छोटे-से सेट की मदद से सी.डी. और डी.वी.डी. के रूप में ऑडियो फाइल बनाई जा रही है। दूरस्थ इलाकों के छात्रों को यह फाइल सेलफोन में भी उपलब्ध कराई जा सकती हैं। जब पैसों की कमी हो जाती है तो ये कॉर्पोरेट इवेंट का आयोजन करते हैं।

फंडा यह है कि समाज हमें जो देता है, उसका बदला चुकाना एक कला है, जो दिल से आती है और नेकदिल लोग हमेशा ऐसा अलग ही तरीके से करते हैं।

☐

समाज सेवा में समुदाय अथवा शहर के व्यापक हित का ध्यान रखें

महाराष्ट्र से शुरू हुई किसानों की हड़ताल ने मध्य प्रदेश को भी अपनी जद में ले लिया है और मंगलवार को पुलिस गोलीबारी के दौरान पाँच किसानों की मौत हो गई। मैंने इस हड़ताल के दौरान सब्जी बेचनेवालों में एक तरह की एकता देखी है। मंगलवार को रात मेरे ध्यान में आया कि कुछ सब्जी उगानेवाले किसान कुछ कमाने के इरादे से स्वतः तुरंत एकत्र हो गए, ताकि अगर जरूरत पड़े तो अपने आंदोलन को कुछ और समय के लिए आगे बढ़ा सकें। वे एक पॉश कॉलोनी के किनारे बैठ गए। हड़ताल पर नजर रख रहे किसानों के आंदोलन से यह जगह सात सौ मीटर की दूरी पर थी। ये लोग स्ट्रीट लाइट की रोशनी में सब्जियाँ बेचने लगे। इन लोगों की जिस चीज ने मेरा ध्यान खींचा, वो था एक व्हाइट बोर्ड। मुझे लगा, यह किसी राजनीतिक दल का तो नहीं हो सकता, क्योंकि किसी पार्टी का कोई झंडा तो वहाँ नहीं था। आइडिया शायद किसी सोशल सर्विस एक्टिविस्ट का था। इस बोर्ड पर सब्जियों की कीमत लिखी जा सकती थी। कोई भी किसी से बात नहीं कर रहा था। लोग सिर्फ बोर्ड पर लिखी सब्जी की कीमत देखते, आधा या एक किलो सब्जी माँगते, कीमत चुकाते और चले जाते। सबकुछ ऐसे हो रहा था जैसे कोई कोरियोग्राफ्ड डांस सीक्वेंस हो। मैं जानता हूँ कि यह कोई फ्लैश डांस जैसा नहीं था, जिसमें लोग एक-दूसरे को पहचानते नहीं हैं। दिलचस्प बात यह है कि जिस व्यक्ति ने बोर्ड पर कीमत लिखी थी, उसकी तसवीर बोर्ड के एक कोने में लगी थी।

बोर्ड पर सब्जियों के नाम उनकी कीमत की तुलना में बहुत छोटे अक्षरों में लिखे थे। अगर कोई सब्जी बेचे जाने की शिकायत करता तो जिस व्यक्ति का फोटो बोर्ड पर लगा था वो लिखे हुए अक्षरों को तुरंत मिटा देता। यूँ भी सब्जियों के नाम मंद रोशनी की वजह से बहुत छोटे नजर आ रहे थे। लिखने की इस स्टाइल ने देश भर के रेलवे स्टेशनों पर लगे उन बड़े पीले बोर्ड्स की याद दिला दी, जिन पर स्थानीय भाषाओं में

शहरों का नाम बड़े काले अक्षरों में लिखा होता है। आप में से कई लोगों ने ये बोर्ड देखे होंगे, लेकिन इसके नीचे छोटे अक्षरों में लिखे आँकड़ों पर शायद ही किसी का ध्यान गया हो। यह आँकड़े खासतौर पर समुद्र तट के नजदीक के रेलवे स्टेशनों के बोर्ड पर लिखे होते हैं। असल में, ये अंक बताते हैं कि समुद्र तट से इस स्थान की ऊँचाई कितनी है। रेलवे बोर्ड पर इस तरह समुद्र तल से स्टेशन की ऊँचाई लिखने की परंपरा 170 साल पहले रेलवे के शुरुआती दिनों से है।

छोटे आकार में लिखे ये आँकड़े समुद्र की ऊपरी सतह का औसत स्तर होते हैं, जहाँ से निर्माण की खड़ी ऊँचाई को मापा जा सके। रेलवे के लिए ये महत्त्वपूर्ण होते हैं, क्योंकि भारी बारिश के दौरान ट्रैक पानी में डूबना नहीं चाहिए और पानी निकलते रहना चाहिए। आज के दिनों में आधुनिक मशीनें ये काम मिनटों में कर देती हैं, लेकिन उन दिनों समुद्र के स्तर का पहले से हिसाब लगाया जाता था। पहले अधिकतर रेलवे स्टेशन शहर के केंद्र में होते थे या शहर के भीड़-भाड़वाले इलाके से होकर गुजरते थे। यह अंक सोच-समझकर स्टेशन बोर्ड पर दर्ज किए जाते थे, ताकि रेलवे के सिविल इंजीनियर्स को विकास कार्यों में मदद मिले। साथ ही, यह जानकारी उस शहर के की सिविल कंस्ट्रक्शन एजेंसीज के भी काम आती थी, ताकि वे अपनी प्रॉपर्टी समुद्र सतह को ध्यान में रखकर बना सकें और शहर में बाढ़ की स्थिति से निपट सकें। समय के साथ कुछ स्टेशन पर ये अंक लिखने बंद कर दिए गए।

इसी तरह क्लॉक टावर बनाने और यूनिवर्सिटी या रेलवे स्टेशनों पर घंटे बजानेवाली घड़ी लगाना भी लोगों को घर बैठे समय की जानकारी देने की सुविधा देना ही था। याद रखिए, रिस्ट वॉच और दीवार घड़ी खरीदना सौ साल पहले सुपर लग्जरी होता था।

फंडा यह है कि भले ही आप किसी भी समुदाय या वर्ग के हों, जब सोशल सर्विस की बात आती है तो उन कामों को प्राथमिकता देनी चाहिए, जो शहर या समाज के बड़े हिस्से को प्रभावित करते हों।

□

उद्देश्य से ज्यादा पवित्र होना चाहिए तरीका

दोनों स्थानों पर परीक्षा का विषय समान था। यह बोर्ड की कठिन परीक्षा थी और स्वाभाविक रूप से विषय थे—विज्ञान और गणित, जिन्हें दसवीं बोर्ड की परीक्षा देनेवाले छात्र सबसे कठिन मानते हैं। दोनों स्थानों पर सभी लोग प्रार्थना कर रहे थे कि सभी छात्र पास हो जाएँ। लोग अपने-अपने तरीके से उनकी मदद कर रहे थे। दोनों स्थानों पर छात्रों को तसल्ली दी जा रही थी और पूछा जा रहा था, 'कैसा किया?' दोनों ही स्थानों पर सभी छात्र मुसकराते हुए कह रहे थे, 'बहुत अच्छा' और साथ ही, मदद के लिए 'थैंक यू' भी कह रहे थे, किंतु दोनों स्थानों पर फर्क यह था कि कैसे इस अच्छे परिणाम को पाया गया। पूरे शुक्रवार मथुरा की एक खबर दिन भर चलती रही कि कैसे चीटिंग माफिया परीक्षा केंद्रों पर खिड़कियों से छात्रों को एक के बाद दूसरा उत्तर बोलकर लिखवाते रहे और कैसे एक-दूसरे के पास बैठे सभी छात्रों ने सारे जवाब लिख दिए। निश्चित रूप से पैसों के लिए ही ऐसा किया गया होगा। यह सब होता रहा, वहाँ निगाह रख रहे टीचर और मूक खड़े पुलिसकर्मी की आँखों के सामने, लेकिन इस हलचल भरी जगह से हजारों किलोमीटर दूर एक गाँव है—नाडा। बेंगलुरू से यहाँ पहुँचने के लिए 383 किलोमीटर का सफर करना होता है। यहाँ भी बच्चों की अच्छी मदद की जा रही थी, लेकिन अलग तरह से।

कर्नाटक के इस गाँव के स्कूल टीचर याकूब कोय्यूर ने 80 से ज्यादा यू-ट्यूब वीडियो बनाए हैं। 4,000 से ज्यादा सबक वेबसाइट पर डाले हैं और इस तरह एक पूरी लेबोरेट्री खोल दी है। इसके पीछे उद्देश्य एक ही है कि बच्चे गणित और विज्ञान के डर से बाहर निकलें। सरकारी कन्नड माध्यम के स्कूलों के बच्चों की मदद के उनके इस पवित्र विचार के पीछे उद्देश्य बच्चों का सीखने का स्तर सुधारना और परीक्षा में अच्छे अंक दिलाना था। सरकारी स्कूल के इस असिस्टेंट टीचर ने ग्रामीण स्कूल के छात्रों के लिए ऐसा कंटेंट तैयार किया, जो इन बच्चों की पहुँच में नहीं था। यह कंटेंट सामान्य

तौर सिर्फ शहरी छात्रों के लिए अंग्रेजी भाषा में ही उपलब्ध था। आई.टी. आधारित यह पहल कक्षा 8 के बच्चों के लिए परीक्षा पास करने में उपयोगी साबित हुई। बच्चों ने कुछ सबक यू-ट्यूब वीडियो से सीख लिए और कुछ www.inyatrust.co.in/2016/05/yakub.html पर मौजूद नोट्स, सवाल-जवाब और पासिंग पैकेज से।

असल में, उन्होंने देखा था कि अधिकतर छात्र गणित विषय में फेल हो जाते हैं, इसलिए उन्होंने मैथ्स वर्ल्ड लेबोरेटरी बनाई। यहाँ कक्षा 8वीं के बाद सभी छात्र मॉडल, ऑडियो-विजुअल टूल्स और चार्ट के जरिये सीख सकते हैं। उन्होंने 750 पेजों के नोट्स तैयार किए हैं। इसमें से 360 पेज कन्नड़ में हैं और बाकी अंग्रेजी में हैं। सवाल और उत्तर के पासिंग पैकेज नोट्स 4,000 पेजों में हैं। यह काम उन्होंने 2.5 लाख रुपए के आंशिक सरकारी सहयोग से शुरू किया था। स्कूल के पूर्व छात्रों ने इसमें 13 लाख रुपए लगाए। वर्ष 2012-13 में सभी तरह के प्रयासों के बाद पास होनेवाले छात्रों का प्रतिशत 69 था, लेकिन लेबोरेटरी खुलने के बाद इसमें बढ़ोत्तरी हुई। अगले दो वर्षों 2013-14 और वर्ष 2014-15 में परिणाम 77 प्रतिशत से ज्यादा रहा। 8वीं कक्षा के जो बच्चे इस लेबोरेटरी का इस्तेमाल कर रहे थे, उन्होंने एक साल बाद से ही 95 प्रतिशत से ज्यादा अंक हासिल करना शुरू कर दिए थे। इस साल उनका लक्ष्य 100 प्रतिशत का है। इस मॉडल से प्रभावित होकर सरकारी हाई स्कूल और शिक्षक कोय्यूर के कदमों पर चल रहे हैं। भरोसा कीजिए, जब परीक्षा के परिणाम आएँगे तो नाडा गाँव के बच्चों को मथुरा के बच्चों ये ज्यादा पर्व का अनुभव होगा।

फंडा यह है कि उद्देश्य पवित्र हो और साथ ही, प्रक्रिया भी तो उद्देश्य और पवित्र हो जाता है।

□

कुछ काम ऐसे होते हैं कि उन्हें आँका नहीं जा सकता, महसूस किया जाता है

स्टोरी-1 : कर्मचारियों से चलनेवाली कई कंपनियों की तरह कई शहरों में मौजूद आई.टी. समाधान देनेवाली कंपनी सख्केन टेक्नोलॉजीस ने कर्मचारियों के परिवारों को भावनात्मक रूप से जोड़ने के लिए उन्हें अनोखा अनुभव देने का नया रास्ता अपनाया। इस हरित पहल का विचार तब आया, जब कंपनी को पता चला कि इसके बेंगलुरू स्थित ऑफिस से लगा 4 एकड़ जमीन का हिस्सा निरुपयोगी पड़ा है। कुछ कर्मचारी वहाँ बॉस्केट बॉल या क्रिकेट खेलते थे। जब परिवारों को जोड़ने की बात आई तो उस खाली जमीन पर सब्जियाँ उगाने का विचार रखा गया।

एक बार जब विचार स्पष्ट हो गया तो जमीन साफ करके वहाँ की मिट्टी लैब में उसी पी.एच. वैल्यू जाँचने के लिए भेज दी गई, ताकि तय हो सके कि कौन-सी सब्जियाँ वहाँ उगाई जा सकती हैं। इसके बाद वहाँ कुछ सब्जियाँ उगाना शुरू कर दिया गया। बागवानी की सात सदस्यीय टीम सब्जियों के पूरे बिजनेस को सँभालती है और उसने बंजर जमीन के हर हिस्से को ऑर्गेनिक किचन गार्डन में बदल दिया है। तीन माह में ही कंपनी ने पत्तागोभी, टमाटर, भुट्टे, भिंडी, बीन्स, गाजर, बीट, मूली, करेले से धनिया तक कई पत्तेदार सब्जियाँ भी उगानी शुरू कर दी हैं।

पिछले तीन माह से हर हफ्ते और कभी-कभी तो हफ्ते में दो बार यह दो दशक पुरानी आई.टी. फर्म मिनी मार्केट लगाती है, जहाँ वहाँ उगाई गई सब्जियाँ कर्मचारियों को उस दिन की कीमत से 20 फीसदी सस्ती बेची जाती हैं। जो पैसा कमाया जाता है उसे फिर बीज-खाद खरीदने, रेनवॉटर हार्वेस्टिंग सिस्टम लगाने और बागवानी कर्मियों के वेतन पर खर्च किया जाता है। इस तरह की पर्यावरण अनुकूल पहल कई कर्मचारियों के लिए तनाव दूर करने का बहुत अच्छा जरिया है, क्योंकि न सिर्फ इससे

स्थानीय सब्जी बाजार से भाव-ताव करके सब्जियाँ खरीदने में लगनेवाला वक्त बचता है, बल्कि कई कर्मचारियों ने तो कंपनी से ककड़ी व मिर्ची जैसी सब्जियों के बीज लेकर घर के आँगन में हरी सब्जियाँ उगाना शुरू कर दिया गया है। इस पहल से जो फर्क पैदा हुआ है उसे किसी गणितीय समीकरण से नहीं आँका जा सकता। इसे तो खुद कर्मचारी ही महसूस कर सकते हैं।

स्टोरी-2 : क्या आपको पता है कि भारतीय रेलवे नाश्ते में क्वेकर ओट्स देती थी और मटन चॉप्स और फ्राइड फिश लंच का मुख्य भोजन हुआ करता था? क्या आप जानते हैं कि 'द सदर्न महराट्टा (गोवा) रेलवे' पुर्तगालियों ने बनाकर ब्रिटिश शासकों को सौंपी थी? क्या आपको मालूम है कि रेल जिन पुलों, पुलियाओं और सुरंगों से गुजरती है, उनकी लागत क्या है? सन् 1924 में जन्मे एस. वेंकटरमन वर्ष 1942 में रेलवे में मैटेरियल मैनेजर के बतौर शामिल हुए। उन्होंने हाई स्कूल के दिनों से ही ऐसी जानकारियाँ एकत्रित करनी शुरू कर दी थीं। अब उन्होंने रेलवे के विभिन्न पहलुओं पर चार किताबें लिख दी हैं। उनमें सबसे प्रसिद्ध है 534 पृष्ठों की 'रेलवेज—द बिगनिंग।' आप और हमारे लिए चार दशक रेलवे में सेवा देने के बाद किताबें लिखना कोई अचरज की बात नहीं है, लेकिन आश्चर्य इस बात का है कि उन्होंने 88 की उम्र में इसे लिखना शुरू किया और आज 93 की उम्र में उन्होंने चार किताबें पूरी कर ली हैं, जिसमें कई शोध दस्तावेज, अनुबंध पत्र, पुराने चित्र और 'पांडिचेरी रेलवे हिस्ट्री' जो तब फ्रांसीसी उपनिवेश था, उसके हिस्सों के बीच लिखे पत्रों की प्रतियाँ शामिल हैं।

फंडा यह है कि कुछ पहल और काम ऐसे होते हैं, जिन्हें उनकी मात्रा या संख्या से नहीं नापा जा सकता या उनका आकलन नहीं किया जा सकता, लेकिन उसे महसूस किया जा सकता है।

□

कम्युनिटी हेल्प ने अब नया अवतार ले लिया है

स्टोरी-1 : बेंगलुरू की 48 एकड़ में फैली कैकोंड्राहल्ली लेक के मासिक रख-रखाव का कॉर्पोरेट और सामुदायिक फंड जब खत्म हो गया तो आस-पास रह रहे कुछ रहवासियों ने जो किया, वह बहुत ही नई बात है। उनके लिए यह वक्त लेक का बदला चुकाने का था। जॉगिंग ट्रैकवाला यह विशाल जलाशय धावकों के लिए ट्रेनिंग ग्राउंड था। उन्होंने सोचा कि क्यों न लेक के रख-रखाव का पैसा खड़ा करने के लिए दौड़ आयोजित की जाए? उन्होंने ऐसा कर भी दिखाया। 17 जनवरी को मुंबई में 42 किलोमीटर की पूरी मैराथन में लेक के पास रहनेवाली पुष्पा कृष्ण, पद्मा श्रीनिवास, श्रीनिवास संपत और रिजाज ने भाग लिया। यह मुहिम इतनी वायरल हुई कि यह टीम 3.30 लाख रुपए जुटाने में कामयाब रही, जिससे कम-से-कम कुछ माह तक तो लेक के रख-रखाव का काम चल ही जाएगा। इसे इतना अच्छा प्रतिसाद मिला कि पुष्पा अपने अमेरिकी मित्रों व रिश्तेदारों से 1 लाख रुपए जुटाने में कामयाब रहीं। पद्मा तथा श्रीनिवास ने 92 हजार रुपए जुटा लिए, जबकि रिनाज 91 हजार रुपए एकत्र कर पाए। कैकोंड्राहल्ली लेक उन कई लेक्स में से हैं, जिन्हें म्युनिसिपल कॉर्पोरेशन ने पुनर्जीवित कर वहाँ के लोगों को सौंप दिया था। वहाँ लोग विभिन्न गतिविधियों से पैसा जुटाते रहे। मैराथन उनका नवीनतम प्रयास है। अब साफ-सफाई और सतत देखभाल से लेक और आस-पास का इलाका फोटोग्राफी और नेचर वॉक के लिए लोकप्रिय स्थान हो गया है। लेक में करीब 1,000 पेड़ हैं। इसलिए कई किस्म के पक्षी वहाँ आकर्षित होते हैं और वह इलाका पक्षी प्रेमियों का स्वर्ग हो गया है।

स्टोरी-2 : नाजुक परिस्थितियों में इन विट्रो फर्टीलाइजेशन (आई.वी.एफ.) से जन्मे एक बाल को बेंगलुरू के एक निजी अस्पताल में क्राउड फंडिंग से नई जिंदगी मिली, क्योंकि उसके पालक नवजात सघन इकाई (एन.आई.सी.यू.) का खर्च नहीं दे सकते थे। बच्चे को जन्म देने की आई.वी.एफ. पद्धति में ही उनका सारा पैसा खर्च

हो गया था। 46 वर्षीय महिला की यह पहली गर्भावस्था थी, जो फर्टीलिटी, प्रसूति संबंधी कठिनाइयों और नवजात से जुड़ी दिक्कतों के बाद बेटी की माँ बनी थी। पहले अंतर्गर्भाशयी वृद्धि में 20वें हफ्ते से दिक्कत आई, फिर 23वें हफ्ते में हाईपरटेंशन रहा और बच्ची का विकास इस चरण पर आकर लड़खड़ाने लगा। ये सब उन लोगों के लिए आम स्वास्थ्यगत समस्याएँ हैं, जो विवाह के काफी समय बाद आई.वी.एफ. को अपनाते हैं। मेडिकल टीम के सामने बच्ची को बचाने की समस्या थी, लेकिन एन.आई.सी.यू. का खर्च बहुत अधिक था और महिला के परिवार ने कहा दिया था कि वे इतना खर्च बर्दाश्त नहीं कर सकते थे। बेंगलुरू के क्लाउड नाइन हॉस्पिटल्स के सह-संस्थापक और मैनेजिंग डायरेक्टर रोहित एम.ए. ने पैसा इकट्ठा करने के लिए 'मिलाप फाउंडेशन' का साथ लिया। इलाज की कुल लागत 13.8 लाख रुपए थी। अस्पताल ने 2 लाख रुपए का डिस्काउंट दिया और 5.87 लाख रुपए क्राउड फंडिंग से जुटाए गए।

स्टोरी-3 : जमशेदपुर के केरल समाजम मॉडल स्कूल (के.एस.एम.एस.) ने अगली पीढ़ी को जॉब शैडोइंग के जरिये मदद करने का फैसला किया। पश्चिम के देशों में यह बहुत लोकप्रिय है। इसमें छात्र किसी जॉब को किसी असली ऑफिस या कार्यस्थल पर जाकर कुशल वर्कर के साथ 'शैडो' की तरह घूमकर सीखता है। जॉब शैडोइंग किसी असली कार्यस्थल या ऐसे पेशे का क्षेत्र होता है, जिसमें छात्र की रुचि होती है और वहाँ वह उसका अनुभव लेता है। इसका उसे कोई भुगतान नहीं किया जाता। के.एस.एम.एस. नए शैक्षणिक सत्र से इसे अपने यहाँ लागू करेगा। कैंपस पर कॅरियर काउंसलिंग की सुविधा तो वह पहले से ही दे रहा है।

फंडा यह है कि सहायता हमेशा ही गरीबी से जुड़ी नहीं होती और नई पीढ़ी ने इसे नया अर्थ दिया है।

□□□